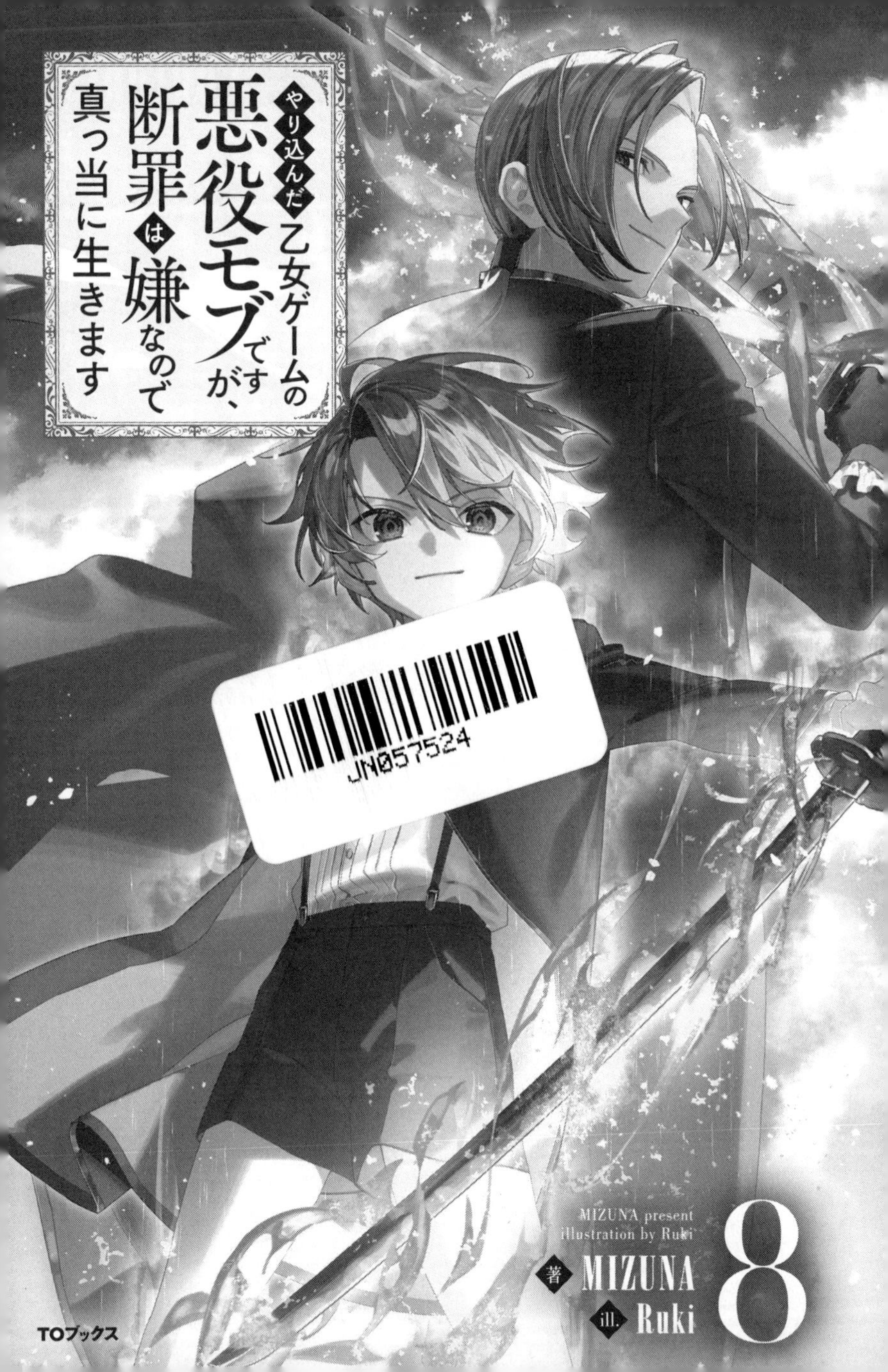
やり込んだ乙女ゲームの
悪役モブですが、
断罪は嫌なので
真っ当に生きます
JN057524
MIZUNA present
illustration by Ruki
著 MIZUNA
ill. Ruki
8
TOブックス

Contents

illustration ◆ Ruki　　design ◆ アオキテツヤ(musicagographics)

CHARACTERS

＜登場人物紹介＞

クリス

バルディア領で『クリスティ商会』代表を
務めるエルフの女性。

サンドラ

リッドの魔法教師。
リッドと協力して、
『魔力回復薬』の開発に成功。

シャドウクーガー

レナルーテの魔の森に住む魔物。

スライム

レナルーテの魔の森に住む
最弱の魔物。

ナナリー

ライナーの妻であり、主人公の母親。
不治の病である『魔力枯渇症』を患っており、
リッドとライナーの活躍により
一命を取り留め、現在闘病生活中。
本来はお転婆、活発、
悪戯好きな女性らしい。

ライナー

立場上色々と厳しい事を言うが、
主人公の一番の理解者であり、
彼を導く良き父親。
ただし、気苦労は絶えない。
リッドを含め、家族をとても
大切にしている。

ダナエ

バルディア家のメイド。

バルディア

リッド

本作の主人公。
ある日、前世の記憶を取り戻して自身が
断罪される運命と知り絶望する。
だが、生まれ持った才能と
前世の記憶を活かして、
自身と家族を断罪から守るために奮闘する。
たまに空回りをして、
周りを振り回すことも……。

メルディ

主人公の妹でリッドとナナリーからは
愛称で『メル』と呼ばれている。
とても可愛らしく、寂しがり屋。
誰に似たのか、
活発、お転婆、悪戯好きな女の子。

アレックス

リッドにスカウトされたドワーフ。
エレンの双子の弟。

エレン

リッドにスカウトされたドワーフ。
アレックスの双子の姉。

ルーベンス

バルディア騎士団の一般騎士。

ディアナ

元・バルディア騎士団の一般騎士。
現在はリッドの従者。

ダイナス

バルディア騎士団団長。

クロス

バルディア騎士団副団長。

レナルーテ

エルティア

エリアスの側室で、ファラの母。

ファラ・
レナルーテ

レナルーテ王国の第一王女。
リッドとの婚約を果たす。

エリアス・
レナルーテ

ダークエルフが治める
レナルーテ王国の王であり、
ファラとレイシスの父親。

アスナ・
ランマーク

ファラの専属護衛。

レイシス・
レナルーテ

レナルーテ王国の第一王子。

相関図

当主 ライナー・バルディア
妻 ナナリー・バルディア

協力

クリスティ商会

代表 クリスティ・サフロン（エルフ）
護衛兼使用人 エマ（猫人族）

サフロン商会

代表（男爵） マルティン・サフロン（エルフ）
他多数

リッドの依頼で奴隷購入

バルディア家関係者

執事 ガルン・サナトス
執事見習 カペラ・ディドール
魔法教師 サンドラ・アーネスト
料理長 アーリィ・サザンナッツ
メイド長 マリエッタ　副メイド長 フラウ
メイド ダナエ　メイド ニーナ
メイド マーシオ　メイド レオナ
医師 ビジーカ・ブックデン
工房長 エレン・ヴァルター
工房副長 アレックス・ヴァルター

所属不明

ローブ（?）

ナナリーとメルディを狙う?

協力?

兎人族
アルマ
オヴェリア
ラムル
ディリック
他多数

鳥人族
アリア
エリア
シリア
他多数

猿人族
トーマ
トーナ
エルビア
スキャラ
エンドラ
他多数

馬人族
アリス
マリス
ディオ
ゲディング
他多数

熊人族
カルア
アレッド
他多数

牛人族
ベルカラン
トルーバ
他多数

獣人国ズベーラ 狐人族

部族長 ガレス・グランドーク
長男（第一子） エルバ・グランドーク
次男（第三子） マルバス・グランドーク
三男（第四子） アモン・グランドーク
長女（第二子） ラファ・グランドーク
次女（第五子） シトリー・グランドーク
一般兵士 リック

奴隷販売

マグノリア帝国（人族：帝国人）

皇帝 アーウィン・マグノリア
皇后 マチルダ・マグノリア
第一皇子（第一子） デイビッド・マグノリア
第二皇子（第二子） キール・マグノリア
他

マグノリア帝国貴族（人族：帝国人）

伯爵 ローラン・ガリアーノ
他多数

帝国貴族

同盟
※密約
表向きは同盟だが、
レナルーテ王国は
帝国の属国

政略結婚
【リッドとファラ】

レナルーテ王国（ダークエルフ）

国王 エリアス・レナルーテ
王妃 リーゼル・レナルーテ
側室 エルティア・リバートン
第一王子（第一子） レイシス・レナルーテ
第一王女（第二子） ファラ・レナルーテ

レナルーテ王国華族（ダークエルフ）

公爵 ザック・リバートン
侯爵 ノリス・タムースカ
男爵 マレイン・コンドロイ
他多数

レナルーテ王国暗部（ダークエルフ）

頭 ザック・リバートン
影 カペラ・ディドール
他多数

バルディア家（人族：帝国人）

長男（第一子） リッド・バルディア
魔法人格 メモリー
長女（第二子） メルディ・バルディア

魔物（ペット？）

クッキー
ビスケット

バルディア騎士団

騎士団長 ダイナス
副団長 クロス
一般騎士 ルーベンス
一般騎士 ディアナ
一般騎士 ネルス
他多数

バルディア家 ―獣人族一覧―

狐人族
ノワール
ラガード
トナージ
ケスラ
他多数

鼠人族
サルビア
シルビア
セルビア
他多数

猫人族
ミア
ロール
レディ
エルム
他多数

狼人族
シェリル
ラスト
ベルジア
アネット
他多数

狸人族
ダン　ザブ　ロウ
他多数

鳥人族
馬人族
バルスト
（人族）
狐人族
狸人族
バルディア
レナルーテ
（ダークエルフ）
魔の森

猿人族
兎人族
王都
狼人族
ズベーラ
（獣人族）
猫人族
鼠人族
熊人族
牛人族
教国トーガ
（人族）
帝都
マグノリア帝国
（人族）
アストリア
（エルフ）
森林地帯
ガルドランド
（ドワーフ）

伏魔殿の舌戦

「ライナー殿。貴殿と同じ辺境伯である父上の問い掛けに、『回答を控える』とは些《いささ》か無礼ではありませんか。そのような態度であるから、帝国へ対する造反《ぞうはん》の意思があるのではないか、と疑念を抱かれるのでしょう」

「お待ちください。無礼はドレイク殿、貴殿でありましょう。我が父に造反の意思があるなどと、断じて聞き捨てなりません」

現ケルヴィン辺境伯家の子息の『失言』を、僕は好機と捉えて声を上げた。

「なぜ声を荒らげる。リッド・バルディア。私以外の方々も『造反の意思』が言葉の裏にあると言っていたではないか」

僕はいま、帝城の謁見《えっけん》の間に立っている。マグノリア帝国を治める皇帝、皇后陛下の御前で沢山の貴族達に囲まれる中、グレイド・ケルヴィン辺境伯の息子ドレイクと睨み合っていた。

僕と彼のやり取りを周りの貴族達は好奇の目で見つめ、ひそひそと小声を立てている。両陛下もとりあえず様子見をしているみたいだ。

事の発端は、教国トーガとの国境地点に隣接している西の領地を治めるケルヴィン辺境伯家が、『懐中時計』の軍事的な重要性に気付き、国の予算を付けるべきとか、優先して軍に納品すべきと

か言い始めたことだ。

追い風のようにベルルッティ侯爵やベルガモット卿も議論に加わり、場は騒然とし始めた。

父上、バルディア家に対する彼の軽率な発言……『造反の意思』なんて言葉は看過できないし、到底許せるものじゃない。

「いえ、他の皆様はあくまで父上の言葉の真意をお尋ねになっておりました。造反の意思など一切口にしておりません」

「なに……？」

僕の毅然《きぜん》とした指摘に、ドレイクは不満気に首を捻《ひね》っている。どうやら、まだ彼は自らの失言に気付いていない。でも、グレイド辺境伯は渋い顔を浮かべている。父上と同じ辺境伯の立場である彼は、こちらの言い分を理解しているのだろう。この状況を逃す手はない。

「恐れながら申し上げます。父上に『造反の意思』などございません。父達の会話から、ドレイク殿が勝手にお考えになっただけでございましょう。皇帝陛下の御前で我がバルディア家に対する侮辱。見過ごすことはできませぬ」

「ふざけるな。そのような揚げ足取りなど……」

言葉を続けようとしたドレイクだったが、グレイド辺境伯が彼の肩に手を置き制止する。

「止せ。リッド殿の言い分が正しい。この場にいる誰もが、ライナー殿に『造反の意思』があるとは微塵《みじん》も考えておらん。軽はずみな発言は控えろ」

「な……」

ドレイクは目を丸くすると、ハッとして周りを見渡した。グレイド辺境伯の指摘通り、この場にいる貴族達は、彼を擁護《ようご》する素振りはない。むしろ、忍んで冷笑している様子も窺える。その事に気付いたドレイクは、恥辱《ちじょく》で顔が真っ赤になり、怒りを抑えきれないらしく、拳を震わしていた。

「ライナー殿、リッド殿。我が息子の無礼な発言、申し訳なかった」

グレイド辺境伯が一歩前に出て、僕達に向かって軽く頭を下げる。

「ち、父上」

ドレイクは目を見開くが、意図をすぐに理解したらしい。苦虫を噛《か》み潰したような顔を浮かべ、一歩前に出た。

「……ライナー殿、リッド殿。私の軽率な発言をどうかお許しください」

「お二人共、顔をお上げください。言葉のあやであり、ドレイク殿も本意ではないはず。私は気にしておりません」

父上がそう言うと、グレイド辺境伯は顔を上げてほっと胸をなで下ろした。ドレイクは、怨《うら》めしそうに僕をそれとなく睨んでくる。先に仕掛けてきたのはそっちだろうに。

「もうよさぬか。この場において、これ以上のやり取りは相応《ふさわ》しくなかろう。だが、グレイドよ。ドレイクの発言が軽率だったことは否めん。混乱を避ける為、貴殿の息子にはこの場から退室してもらうぞ。良いな」

玉座に座るアーウィン陛下が発した鶴《つる》の一声で謁見の間の空気が張り詰めた。グレイド辺境伯は「畏《かしこ》まりました」と一礼する。ドレイクも「……承知しました」と頭を下げるが、その表情は険しいままだ。そして、憎悪が籠《こ》もった眼差しで僕を一瞥《いちべつ》する。

あまりに嫌な目つきで、ビクっとしたけど、彼はすぐに目を伏せこの場から一人で退室した。グレイド辺境伯は、この場に残ったままである。バルディア家に『造反の意思』なんてあるわけがない。あの場で声を上げなければ、後々面倒なことに繋がる恐れもあった……それこそ『断罪』とかね。

とはいえ、立場のある父上が声を荒らげると、ケルヴィン家とバルディア家の関係を悪化させる要因になりかねない。そこで、僕が声を上げたというわけだ。

ドレイクはグレイド辺境伯の息子だから、同じ立場の僕が前に出ることで、外聞的には子供同士の諍《いさか》いで話を終われる。

つまり、両家の面目も保たれるのだ。グレイド辺境伯もそれを理解したからこそ、すぐに謝罪を申し出て、陛下も介入したのだろう。ドレイクが出て行くと、陛下はゆっくりとこの場を見回した。

「バルディア領における技術開発の件は、また改めて話すとしよう。この場では……」

「お待ちください。陛下」

一人の貴族が挙手をする。この場の視線が注がれる先にいた人物は、ベルルッティ侯爵だ。

「……なんだ、ベルルッティ」

陛下はあからさまに訝《いぶか》しむ。だが、彼は怯《ひる》むことなく畏まり、礼儀正しく頭を下げた。

「お話を遮《さえぎ》り、申し訳ございません。しかし、ライナー殿が仰ったことでどうしても確認したいことがございます故、少々お時間をいただきたく存じます」

眉間《みけん》に皺《しわ》を寄せる陛下だったが、何かを確かめるように周りを見渡した。貴族達は、陛下とベルルッティ侯爵のやり取りを注視している。

うーん、あまり良くない感じだなぁ。

陛下がベルルッティ侯爵を無視すれば、バルディア家を皇帝が贔屓《ひいき》しているように見えてしまうかもしれない。

固唾《かたず》を呑《の》んでいると、「ふぅ……よかろう。だが、手短にな」と陛下がやむを得ない様子で呟いた。

「ありがとうございます」

ベルルッティ侯爵は一礼して顔を上げると、こちらにゆっくりと振り向いた。

「早速ですが、ライナー殿。先程、貴殿が申し出た『税制上の優遇』の件。私個人としては、前向きに検討すべきと考えております。ですが、一点お伺いしたい」

「何でしょうか」

表情を変えず、父上は眉だけピクリと動かした。

「国の予算ではなく、バルディア家の資産を使用する故に、税制上の優遇措置を求める。という事は、万が一にでも何かバルディア領内で問題が起きた場合……当然、すべてはバルディア家の責任となり、問題の内容次第では帝国は最悪関与できないことも考えられますが、その認識でよろしいですな」

ベルルッティ侯爵が好々爺《こうこうや》らしく目を細めたその時、彼の後ろに控えていたベルガモットが、

「ふむふむ」と芝居がかったように相槌《あいづち》を打つ。そして、両腕を広げながら躍り出た。

「確かに……父上の仰る通りですな。そもそも、開発した新技術を陛下に報告して共有することは、

『帝国貴族』であれば当然のこと。国の予算介入を断りつつ、代わりに税制上の優遇措置を提言。しかし、何か問題が起きれば帝国全体の責任というのは、些か腑《ふ》におちませんなぁ。これは是非とも、ライナー殿の聡明なるお考えを我らにご教授願いたい」

ベルガモットは、瞳に皮肉の色を宿して嫌味たっぷりに口元を緩めている。

貴族達は、彼の言動に相槌を打ち、「確かに……」と呟く者がほとんどだ。

ローラン伯爵が前に出るような動きをしたけど、ベルガモットが横目で一瞥する。ローラン伯爵は、その視線で体をビクッと震わせると、顔を引きつらせて小さくなってしまった。余計なことをするなと言わんばかりである。

それにしても、ベルルッティ侯爵とベルガモットは、かなり嫌な部分を突いてきた。

バルディア領で開発中の新技術を見せたくない、という思惑からやんわり予算を断った訳だけど、穿《うが》った見方で意地悪くついてきたのである。

物事は言い方や言葉の印象で良くも悪くもなるものだ。彼等は、言葉巧みにバルディア家の印象操作を行おうとしているのだろう。

「ベルルッティ侯爵、ベルガモット殿ともあろうお方が、何を今更当然の事を仰せになったのか……よく理解できませんな」

謁見の間に嫌な雰囲気が漂い始める中、父上がゆっくりと首を横に振った。

「我がバルディア家の領地は、他国と国境が隣接する辺境。従って、領内における問題は、できる限り我らの責任で解決するのは当然の事でしょう。それに、帝都の予算を頑なに固辞しているわけではありません。今は帝国の血税を使わずとも、自領の資金で賄《まかな》える余裕があるだけです。故に、税制上の優遇措置を願い申したまでのこと。そのような言い方をされることこそ、甚《はなは》だ心外というものです」

「……なるほど」

毅然とした答えにベルガモットが少しつまらなそうに頷いたその時、会場に小さな拍手が響く。振り向くと、ベルルッティ侯爵が笑みを溢《こぼ》していた。

「いやぁ、素晴らしい。さすがは、我が帝国の剣と称されるライナー殿です。実に見事なお考えとお言葉でございますな。私は、貴殿の申し出た『税制上の優遇措置』を支持させていただきますぞ」

「……それは、有り難いことです」

父上が訝しげに頷くと、ベルルッティ侯爵は陛下に視線を移す。

「陛下、私からの質問は以上でございます。お時間を頂き申し訳ありませんでした」

彼がそう言うと、貴族達がざわめいた。

ベルルッティ侯爵がもっと追及すると思っていたらしい。それとなく周りに目をやると、バーンズ公爵やグレイド辺境伯も少し意外そうにしている。陛下も怪訝そうだけど、ベルルッティ侯爵がこれ以上は何も言うつもりがないと判断したらしく、「うむ」と頷いた。

「ライナーからの申し出。税制上の優遇措置は、ここで決める事ではないが前向きに検討するとしよう。この件についての議論はまた改めて行う事とする。皆、よいな」

陛下の声が謁見の間に響くと、貴族達が畏まって会釈した。当然、僕達も同じように畏まる。

懐中時計の件に、貴族達がここまで反応するとは思わなかったけど、とりあえずは乗り切ったかな。

胸を撫でおろしていると、今度はマチルダ陛下が何やら妖しく目を細めた。

「ところで、ライナー。今回の献上品には、美容に関する新しいものもあると聞きました。そちらについても教えてもらえるかしら」

「畏まりました」

父上はそう答えると、目で合図する。僕は頷いて次の献上品の準備を開始した。

「こちらが、新しい美容……というより健康を維持する献上品でございます」

「その言い方だと、健康を維持することで美を保つということですか」

マチルダ陛下は、僕が手に持つコップに入った液体を興味津々で見つめている。

「はい、仰せの通りでございます。こちらはバルディアで製造を開始した『甘酒』であり、このコップ一杯分を毎日継続的に摂取することで健康を保ち、結果として美容効果も期待できます」

営業スマイルを披露すると、マチルダ陛下の瞳に宿る興味の輝きが増した。周りにいるメイド達からも熱い眼差しが注がれる……甘酒が入ったコップにね。

二つ目の目玉となる献上品こと甘酒は、レナルーテから仕入れた米をバルディア領で加工製造した新商品だ。

この世界では、『食べ物が体をつくる』という考えはまだ一般的ではない。食事で健康に気を遣えるとすれば貴族か、もしくは平民の中でもある程度の富裕層だろう。そもそも健康維持の為、食事に気を遣うということが難しい。

前世のように外に出れば五分、十分でコンビニやスーパーで好きな食材を選べるほど、食料がありふれている世界ではないからだ。

その状況下で一般的な平民が日々の食事に気を遣い、色々な食材を選ぶということは現実的ではない。とはいえ、『お金』と『その気』さえあれば、この世界でも多少は健康的な食事に気を遣うことはできる。

特に帝都は、国内外の商品や食材が集まる中心地といえる場所だ。資金に糸目をつけなければ、様々な料理を作ることは可能だろう。

実際、健康的な食事ではなく『豪華で美味しい食事』には、帝都に住む貴族や裕福な平民達は既にお金をかけているそうだからね。

つまり、帝都には『食の市場』が存在しているということにもなる。その市場に、『美容に繋がる健康的な食品や料理』という新しいジャンルを提供すれば、必ず食いついてくる顧客はいるはずだ。でも、『甘酒』を『一日コップ一杯で健康と美容効果がある』と普通に謳《うた》っても、爆発的な人気は得づらい。

化粧品類を扱うクリスティ商会を通すから、全く売れないということは、ないだろうけどね。だけど、やるからには未開拓の市場で確固たる立場を確立する動きをすべきだろう。その鍵となる人物が誰であろう、僕の目の前にいるマチルダ陛下だ。

「では、そちらの甘酒なるもの。私が一度飲ませていただきましょう。その後、マチルダ陛下にお渡しいたします。決まりですのでご容赦ください」

マチルダ陛下の傍に控えていたメイドが一歩前に出てそう言うと、綺麗な所作で会釈した。

「彼女はメリア、私の専属メイドです。悪く思わないでくださいね」

「とんでもないことでございます。マチルダ陛下のお立場を鑑《かんが》みれば、当然のことでしょう。では、メリアさん。こちらのコップに入った『甘酒』を、この銀匙《ぎんし》でご試食ください」

「畏まりました。それでは、失礼いたします」

メリアが目を光らせて一口食した。この場にいる皆がその様子に固唾を呑んでいる。

甘酒に懸念があるとすれば『味』だ。

帝国では『お米』を食べる習慣がない。輸入商品として探せばあるけど、わざわざ好き好んで食べる人は少数だろう。帝国の両陛下や貴族達は、お米の味が初めての可能性が高い。それでも、『甘酒』には勝算がある。

「これは……」

メリアは目を丸くする。

「……どうしたのですか」

マチルダ陛下が首を傾げると、彼女はハッとして畏まる。

「いえ、とても『甘い』ので驚いた次第です。味に問題はありません」

彼女の発言に騒めきが起き、マチルダ陛下の瞳が光る。

そう、少し独特な味だけど、『甘酒』は文字通り甘いのだ。この世界では、『甘い食べ物』というのは貴重であり、限られている。『甘酒』が『未知の甘味』であることがわかった時点で、注目を浴びるのは当然というわけだ。

次にマチルダ陛下が「では、頂きましょう」と銀匙を使って口にする。その様子に、謁見の間の空気が張り詰めた。

平静を装っているけど、僕も胸の鼓動が鳴り止まない。事前の根回しをしているけど、結局はマチルダ陛下がどう判断するかに掛かっている。

「これは、あまり口にしたことのない味ですが、とても甘くて食べやすいですね。これを、毎日食べることで美容効果が期待できるとは、素晴らしい食品と言えるでしょう」

彼女は、ゆっくりと口元を緩めた。

「ありがとうございます。お口に合いまして嬉しい限りでございます」

僕は畏まって頭を下げつつ、内心では心が躍っていた。

第一の難関は通過できたけど、貴族もしくはマチルダ陛下から次の質問がくるはずだ。身構えていると案の定、貴族達の中から中肉中背の男性が「よろしいでしょうか。マチルダ陛下」と手を上げる。

「……なんでしょうか。ローラン伯爵」

彼女は、水を差されたと言わんばかりに眉を顰《ひそ》めた。

「恐れながら申し上げます。『甘酒』なるものを日々食することで何故、健康が維持できるのか。具体的な説明がまだ一切ございません故、評価を下すのは少々早いかと存じます」

彼はそう告げると、こちらを嫌な目で一瞥した。周りの貴族達も、同意するように頷いている。

「ふむ……確かに一理ありますね」

マチルダ陛下は扇子《せんす》で口元を隠すと、試すような眼差しを向けてきた。

うーむ。父上やクリスがローラン伯爵を嫌う理由がわかる気がするなぁ。僕のことを子供だと侮《あなど》っている印象がぬぐえない。グレイド辺境伯やベルルッティ侯爵達と比べると、彼の指摘は今一つ詰めが甘いと言うか、みみっちく姑息《こそく》な印象がある。

だけど、今は望んだ流れに運んでくれた彼に感謝すべきかもしれない。そう思いながら、目を細めて微笑んだ。

「ローラン伯爵のご指摘は当然でございましょう。従いまして、その点もご説明させていただいてもよろしいでしょうか」

マチルダ陛下は口元を扇子で隠したまま、瞳を光らせる。

「ほう。では、この『甘酒』が健康維持と美容効果に繋がる根拠があるというのですね。いいでしょう。リッド、聞かせてください」

「ありがとうございます。それでは、ご説明させていただきます……」

『ビタミンが豊富』だから『飲む点滴』である……と訴えても、この世界では『ビタミン』が未確認であり、認識されていないから理解は得られない。

なら、どう伝えれば良いのか。それは甘酒の『実績』を提示することだ。甘酒は、ダークエルフが治めるレナルーテ王国に昔から存在しており、かの国では体力回復や健康維持に役立つ『栄養飲料』と認知されている。

エルフやダークエルフ達が見目麗しい存在であることは有名であり、その美貌と長寿は人族、特に貴族といった権力者達からは羨望《せんぼう》の眼差しが向けられているそうだ。故に、ダークエルフから『栄養飲料』と認知されて長年愛用されている……という事実は、十分な実績になり得るし説得力も増すことだろう。

甘酒について語りながらそれとなく様子を窺うと、貴族達の瞳には強い興味の光が宿っている。特に、陛下達の傍に控えているメイド達の瞳の輝きはすごい。

「……以上です」

説明が終わるとマチルダ陛下は、扇子で口元を隠しながら「ふむ……」と頷いた。

「レナルーテにおいて、『甘酒』がそれほどに親しまれているとは知りませんでした。確かに、ダークエルフの方々が長年愛用しているというのは、一つの根拠になり得るでしょう……ただし、それが事実であればですが」

彼女は、怪《あや》し気に目を細めると視線の矛先を変えた。

「どうなのでしょうか、ファラ王女。レナルーテ王国における『甘酒』の評価は、彼の言う通りで間違いありませんか」

突然の問い掛けだったけど、ファラは動じることなく「そうですね……」と相槌を打つと、僕に目配せをしてから微笑んだ。

「リッド様の仰せの通りでございます。レナルーテ王国では、『少量の甘酒』を毎日摂取すること。これは、王族から民に至るまで健康長寿の秘訣《ひけつ》としてよく知られております。他にも……」

ファラは甘酒の扱い、効能の根拠に繋がる補足説明をしていく。勿論《もちろん》、これも事前に打ち合わせていたことだ。

クリスから化粧水を献上する時の出来事、ローラン伯爵の言いがかりの件は聞いていたから、貴族の誰かが難癖を付けてくることは想像に難くなかった。そして、同時に利用することもできると僕は考えていた。

こちらから根拠を説明するのと、求められて答えるのでは相手が受ける印象は全然違うものになる。当然、相手の印象に残りやすいのは後者だ。でも、相手から質問される為には、興味を余程引くか、そうしなければならない状況を生み出す必要がある。だから、最初に『根拠』となる話をせず、あえて隙をつけこませたという訳だ。

ファラは、ダークエルフでもレナルーテ国外に長年おり、『甘酒』を摂取できなかった者と、国内で摂取した者では健康や見た目に差異が出ていること。加えて『甘酒』は、品質管理の面から輸出に適した商品ではなく、レナルーテ国外では知られていなかった可能性が高いことを説明した。

ある程度の説明を終えると、品質維持の観点から考え、甘酒はバルディア領で製造後、帝都に輸送するのが適切だろうとファラは語っていく。

前世の社会であれば、客観的な科学的根拠が必要になるけど、科学が未発達のこの世界では『科学的根拠』という言葉自体が存在していない。従って、元王族であるファラの口から説明される実績。これ以上、根拠のある『信憑性《しんぴょうせい》の高い話』はないわけだ。

まぁ、科学が発達したとしても、『甘酒』が健康と美容の維持に良いのは事実だから、多分問題ないと思うけどね。

ファラが補足説明を終え、「……以上でございます」と畏まり一礼した。マチルダ陛下は、口元を扇子で隠したまま「ふむ」と頷く。

「あい分かりました。この場の皆も、ファラ王女の話に納得したことでしょう」

彼女の発した鶴の一声に反応して、騒めきと相槌を打つ声が謁見の間のあちこちから聞こえてくる。ちらりと横目でローラン伯爵を窺うと、「むぅ……」と苦虫を噛み潰したような表情を浮かべている。

「それにしても……」とマチルダ陛下はこちらに視線を向けて切り出した。

「ダークエルフに健康長寿の源として扱われている『甘酒』が、バルディア家を通して帝都でも食べられることは実に良いことですね」

「はい。こちらの『甘酒』は、クリスティ商会を通して帝都でも販売する予定です。従いまして、マチルダ陛下が希望されるのであれば『納品優先権』をご用意することも可能でございます」

『納品優先権』という単語に彼女の目が怪しく光る。

この提案も、事前にクリスから聞いていたやり取りを元に考えていたものだ。何でも、帝都における話題性の高い人気商品は、貴族達によってすぐに売り切れてしまうらしい。

マチルダ陛下は、そうした背景から『納品優先権』を前回の取り引きにおいてクリスをだまし討ちしてまで引き出させたそうだ。なら、今回は最初からその案を出せば良い。

彼女は扇子を『パチッ』と勢いよく閉じ、口元を緩めた。

「……良いでしょう。では、その件はまた改めて話す場を設けます。クリスティ商会のクリスも交えてね」

「承知しました。ありがとうございます」

一礼すると、貴族達から騒めきが起きた。

マチルダ陛下が『甘酒』を気に入ったのだ。聡い貴族はもう気付いているだろう。このやり取りが、化粧品類に続く『新しい流行』の前兆であることに。

マチルダ陛下が『甘酒』を愛飲する。帝国内で販売するにあたり、これ程の広告効果と信用を同時に得る手段は他にない。

『皇后陛下が健康と美容を維持するため、継続的に摂取している健康飲料』となれば、帝国貴族の御婦人から裕福な平民まで、こぞって『甘酒』を求めるようになるだろう。

加えて、皇帝陛下とベルルッティ侯爵がバルディア領の技術開発について、『税制上の優遇措置』を前向きに検討するという旨の発言をしている。今後、『甘酒』を販売して得る利益も、技術開発の資金に宛《あて》がう予定だ。

極端な話、バルディア家がクリスティ商会を通して販売する商品すべての『利益』が、技術開発の資金となり、『税制上の優遇措置』の対象にこじつけることもできる。まぁ、この辺りの詳細は、父上の交渉術次第だけどね。

周りにこっそり目をやると、一部の貴族達はこちらの意図に気付いたらしい。呆れたり、感心したり、おどけたり、目を丸くしたり、眉間に皺を寄せたり、と様々な反応が見て取れる。ちなみに、ローラン伯爵は相変わらず眉を顰め、苦々しい表情をしている。

甘酒を含む献上品の説明が全て終わると、皇帝陛下が「うむ」と頷いた。

「レナルーテ王国とバルディア家からの様々な献上品、実に見事であった。今後も楽しみにしているぞ」

「はい。喜んでいただき恐悦至極でございます」

父上が畏まり一礼する。他の貴族達からの横やりも特に入らず、謁見の間での挨拶《あいさつ》と献上品の納品はひとまず、成功したと判断して良いだろう。両陛下が席を立つと、次いで僕達も謁見の間を後にするのであった。

◇

応接室に戻った疲れ顔の皆は、揃ってソファーに腰かける。そして、父上が安堵したように「ふう……」と息を吐いた。

「とりあえず、謁見の間での挨拶《あいさつ》は無事に終わったな」

「はい。懐中時計や甘酒も売り込むことができましたからね。税制上の優遇措置についても、陛下から『前向きに検討』という言葉を引き出せました。後は……父上の手腕に期待しております」

そう答えて微笑むと、父上は眉をピクリとさせて身を乗り出した。

「心配無用だ。その話は、陛下や貴族達としっかり詰めていくつもりだ。まったく……お前はいつも一言余計だぞ」

「う……すみません」

鋭く睨まれてたじろぐと、ファラ達から忍び笑う声が漏れ聞こえてくる。父上は、その様子を横目でチラリと一瞥すると咳払いをした。

「それにしても、お前がドレイクに言い放った言葉だが、少し演技臭かったぞ。次からはもっと上手くやるようにな」

「そ、そうですか結構上手くできたと思っていたんですけどね……」

予想外の指摘に首を傾げる。でも、さすが父上だ。あの時のやり取りが、すべて演技だったことも察していたらしい。

「ふふ。リッド様と親しい者であれば、無理して怒号を上げているのがすぐわかったと思いますよ」

「えぇ……ファラからもそんな風に見えていたのか」

彼女の言葉に、アスナやディアナも肩を震わせながら頷いている。

メルに普段から絵本を読んでいたから、演技力には自信があったんだけどなぁ……。がっくり項垂れていると、扉が叩かれ兵士の声が響く。

「ライナー様。両陛下が皆様と別室でお話されたいとお待ちでございます」

「え……」

僕やファラ達が突然の呼び出しに目を丸くする中、父上は「承知した」と冷静に答え、視線をこちらに向ける。

「お前達、すぐに向かうぞ」

「は、はい。父上」

◇

兵士が先導して城内を進んでいくと、豪華な造りをした扉の前に辿り着いた。

「陛下。ライナー様以下、皆様をお連れしました」

「うむ。入ってくれ」

皇帝陛下の声ですぐに返事があり、父上は僕達に目配せをしてから「陛下、失礼します」と扉に手を掛ける。僕達も畏まりながら父上に続き入室した。室内を見回すと、応接室よりも一回り広くて内装も豪華だ。

僕達の正面、アーウィン陛下とマチルダ陛下が部屋の中央にあるソファーに腰かけていた。両陛下の傍には、僕やファラと同じぐらいの年齢の子供が三人おり、こちらを興味深そうに注視している。多分、この子達は……と思ったその時、皇帝陛下が目を細めた。

「いやぁ、急に呼び出してすまんな。謁見の間では皆の目もあるのでな。こうして、気軽に話せん故。許せ。よろしく頼むぞ」

「ふふ。陛下の言う通りです。リッド、それにファラ。二人とも謁見の間では素晴らしい受け答えでしたね。改めて、マチルダ・マグノリアです。よろしくね」

「とんでもないことでございます。このような場に呼んでいただき、大変光栄であります」

畏まって頭を下げると、マチルダ陛下が小さく首を横に振った。

「さっき、陛下が言ったでしょう。この場では、気を遣わなくていいわ。それに、貴方は私の親友であるナナリーの子供ですもの。そこまで畏まられたら少し寂しいわ」

「母上と……親友だったんですか？」

つい聞き返してしまった。母上が帝都に居る時、マチルダ陛下に良くしてもらった……とは聞いていたけど、『親友』というのは初耳だ。

「ええ、そうよ。ナナリーが帝都に居た時は、よく一緒にお茶を楽しんでいたわ」

マチルダ陛下は、その場を立ち上がると、こちらにやってきてファラの前で微笑んだ。

「貴女のことも、ナナリーから手紙をもらっていたの」

「え、お義母様からですか」

ファラが首を傾げると、マチルダ陛下は「えぇ」と不敵に笑った。

「貴女とリッドの出会いをきっかけに、様々な良い出来事がバルディアに訪れたと手紙にありました。それ故、『招福のファラ王女』と聞いていますよ」

「え……ぇぇぇぇ」

ファラは、顔を真っ赤にして耳を上下させている。母上、いつの間にそんな手紙を送っていたのだろう。

「ふふ、ナナリーの言う通りとても可愛いわね。こういった場に限り、私は貴女のことを『ファラちゃん』と呼ばせてもらってもいいかしら」

「その、私は別に構いませんが……」

突然の申し出に、ファラは戸惑いながら頷いた。何故だろう……マチルダ陛下と母上に同じようなものを感じるなぁ。親友というのは、伊達じゃないかも。

「ありがとう、ファラちゃん」

マチルダ陛下が扇子で口元を隠しつつ目を細めたその時、やり取りを見ていた少年が一歩前に出る。

「母上。先方も困っておりますよ。それに今日は、私とキールやアディールをバルディア家の皆さんと会わせる場と伺っております。そろそろ、自己紹介をしてもよろしいでしょうか」

「そうだな。デイビッドの言う通りだぞ、マチルダ。さすがに先行が過ぎる。今日は子供達の顔合わせだろう」

皇帝陛下とデイビッド皇太子の指摘に、マチルダ陛下は扇子を閉じると『テヘペロ』とおどけてみせる。

「そうでしたね。ナナリーの子供達に会えたのが、つい嬉しくてね。では、皆さん、こちらにどうぞ」

マチルダ陛下はそう言うと、僕達をソファーに座るように促した。皆でソファーに腰掛けると、皇帝陛下が皇太子達を一瞥する。

「では、紹介しよう。私の子供達だ。お前達、一人ずつ自己紹介しなさい」

その一言に、デイビッド皇太子が頷いた。

彼は金髪に澄んだ水色の瞳で優しい目つきで、明るい雰囲気を放っている。ヴァレリから聞いた印象とは大分違う感じがするけど、猫でも被っているのだろうか。彼は、僕達に向かってにこりと笑った。

「マグノリア帝国、第一皇子のデイビッドです。バルディア家の武勇は陛下と母上より聞き及んでおりますよ。今後ともよろしくお願いします」

礼儀正しく彼が答えると、次はその隣にいる男の子が前に出る。その男の子は、デイビッド皇太子と同じ金髪で、おっとりした目つきをしており瞳は濃い青色だ。

「同じく、第二皇子のキールです。よろしくお願いします」

淡々とした彼の口調は、デイビッド皇太子より受ける印象が少し冷たい。

最後にマチルダ陛下と同じ桃色の髪と瞳をした少女が会釈する。髪形は長髪ではなく長めのボブヘアと言えばいいだろうか。

「……第一皇女、アディール。以後、よろしく」

彼女の端的な自己紹介が終わると、意図せず目が合った。アディールの瞳は少し虚《うつ》ろ気で、何だか全てを見透かすかのような鋭さもあって、思わずドキリとさせられる。彼女はこちらの視線に気付いたらしく、首を傾げて「……なにか」と呟いた。

「い、いえ、失礼しました。その、とても澄んだ瞳をしておられたのでつい見惚《みと》れてしまいました」

慌ててそれっぽく答えるが、彼女の表情は何も変わらない。

「……そう、ありがとう。でも、貴方も眉目秀麗《びもくしゅうれい》。きっと、貴族の子女が放っておかないでしょう」

アディールはそう言うと、ファラに視線を向ける。

「……貴女は、きっと大変でしょうね」

「え……」

突拍子のない言葉にファラが目を丸くすると、皇帝陛下やマチルダ陛下から忍び笑う声が聞こえてくる。そのやり取りで室内の緊張感が緩むと、父上が咳払いをした。

「お前達も自己紹介しないか」

ハッとすると、慌てて畏まった。

「この度、皇族の皆様にお会いできて光栄でございます。改めてバルディア家の嫡男、リッド・バルディアと申します。そして、彼女が……」と視線をファラに移した。

「リッド様の妻、ファラ・バルディアでございます」

挨拶が終わると、皇帝陛下が「うむ」と相槌を打つ。

「バルディア家は帝国における東側の要だ。今後も、よろしく頼むぞ」

「有り難いお言葉、光栄でございます」

父上が畏まると、皇帝陛下が硬い表情を解いた。

「さて、堅苦しい話はここまでだ。謁見の間での話は興味深いものが多かったが、『木炭車』の話はできなかったのでな。是非とも、詳しく聞かせてほしい」

「承知しました」

父上は頷くと、木炭車の説明を始め、その折々で僕が補足していく。

根回ししていたけど、バルディア領から帝都に来るまでの道中はどんな感じだったのか。木炭車を実用化する為に何が必要になりそうかなど、両陛下を含めた皇族の皆様は、興味津々の様子だ。

謁見の間で『木炭車』の話をすると、仕組みの説明まで求められて時間が掛かり過ぎるだろう、という判断からあえてしなかった。その代わり、懇親会の場で『木炭車』を披露することは招待状を通して事前に案内済みだ。色々と話す中で、あることを閃《ひらめ》いた。

「父上。近日中に帝都の屋敷で開く懇親会で『木炭車』の試乗会も予定しておりますから、皆様にもお越しいただくのは如何でしょうか」

「まぁ、それは楽しそうね」

マチルダ陛下の瞳に強い光が宿るが、父上は「ふむ」と口元に手を当て難しい表情を浮かべる。

「面白い提案ではあるが、他の貴族にも招待状をすでに送っている。その中、両陛下が急にお越しになれば大騒ぎになってしまうかもしれん」

「はい。従いまして、両陛下には特別に懇親会の開始前に来ていただき、木炭車の試乗や様々な料理を事前に体験していただくのです。そうすれば、混雑や警備もいくらか簡略化できるかと」

そう言うと、父上より皇帝陛下が先に「ほう……」と反応した。

「それは面白そうな話だな。しかしその言い方だと、木炭車の試乗以外にも何か特別なことがあるのかね」

周りの様子を窺うと、どうやらこの場の皆も気になっているらしい。

「そうですね……実は、バルディア家ではレナルーテとの文化交流をきっかけに、最近『新しい料理の探求』を料理長達が行っております。その中には、とても美味しく領地の名物にできそうなものもありました。そのような料理を立食で楽しめるように手配しています」

これは、半分嘘で半分本当。

『新しい料理の探求』を料理長達にしてもらっているのは本当で、その根本となる発想や着想は『前世の記憶』の流用だ。勿論、このことも特定の人しか知らない秘密だけどね。

懇親会の料理が人気になれば、それをまた食べたいと思う人達が必ず現れるはず。バルディア領の料理をまた食べたい、という『需要』を生み出せるというわけだ。

今よりも美味しい食べ物を知ってしまえば、人はその魅力に抗うことは難しい。その味をまた食べたいと、いつまでも記憶に留めてしまうからだ。ちなみに僕は今、純真無垢のように微笑んでいるけど、内心ではほくそ笑んでいる。

「なるほど。それは是非とも伺ってみたいものだ。なぁ、マチルダ」

「えぇ、陛下の仰る通りです。それと……もしその中で私達が気に入った料理があった場合ですけれど、帝都でも提供できるようにはなるのでしょうね」

「勿論でございます。すぐには無理かも知れませんが、クリスティ商会を通じていずれ帝都で飲食店も出そうと考えておりますから」

懇親会で料理を振る舞う一番の理由は、いずれ帝都で飲食店を展開し、収益を上げていくためだ。レナルーテとクリスティ商会で集めた食材を元に、この世界でまだ見ぬ料理をバルディア家の料理長達で再現と探求を行う。開発に成功した料理は、バルディア領発祥として帝都で展開した飲食店で販売。店舗の運営は、クリスティ商会のクリスに任せる。

製炭作業が規格化されたバルディア領が後ろ盾になるから、燃料費をほとんど必要とせずに料理が可能というのは、かなりの優位性になるだろう。いくら人気がある料理と理解できても、燃料代で簡単に真似できるようなものではない。燃料問題が解決されない限り、市場を独占できるわけだ。上手く事が進んで飲食店が成功すれば、左うちわならぬ、左扇子ができるかな。

「そうですか。それなら安心して楽しめそうです。しかし……やり過ぎには注意してください」

マチルダ陛下は口元を緩めるが、目が笑っていない気がした。

それから色々話した結果、両陛下とデイビッド皇太子達が懇親会開始前に屋敷に来ることが決定。会話が一段落したのを見計らって話頭を転じる。

「あの、宜《よろ》しければこの機にデイビッド様達と、もっとお話をしてみたいのですがよろしいでしょうか」

彼等に視線を向けると、皇帝陛下が「ふむ」と相槌を打った。

「子供達同士だけで親交を深めるのもよかろう」

「そうですね。では、私達は少し別室で話しましょう。ライナーもそれで良いですね」

「ええ、私も構いませんが……」

両陛下は立ち上がると、皇太子達やメイド達に別室に移動することを伝えていく。父上は怪訝な様子でこちらにやってくると耳元で囁《ささや》いた。

「また何か良からぬことを考えているのではないだろうな」

「いえいえ、言葉通りです。こうした機会はほとんどありませんから、少しでも親交を深めたいだけですよ」

「……本当にそれだけなら良いのだがな。言っておくが皇太子達は幼いとはいえ、伏魔殿《ふくまでん》で育っている皇族だ。無茶をすると、足をすくわれるぞ」

「承知しております。本当に親交を深めたいだけですからご安心ください」

「ふぅ……わかった」

父上は頷くと、陛下達と一緒に退室する。

室内に残ったのは、僕とファラに加え、護衛として壁に控えるディアナとアスナ。そして、皇太子達とメイド達だけとなった。

デイビッド皇太子は、両陛下が腰掛けていた僕達の正面に移動して微笑むが、目が笑っていない。

「さてと、何を話したいのかな」

彼が発する言葉を聞くと、最初に感じた明るい雰囲気が少し薄れた。やっぱり、猫を被っていたらしい。父上の言う通り、伏魔殿で育つ皇族というのは伊達ではないようだ。

僕の将来に大きく関わってくるであろう、デイビッド皇太子。邂逅《かいこう》を果たした以上、対談は避けるべきじゃない。少しでも彼の人となりを探っておくべきだろう。

デイビッド皇太子が瞳に妖しい光を宿してこちらを見つめる中、僕は微笑む。

「言葉通りですよ、デイビッド様。私は帝都と離れた辺境におります故、直接お話しできる機会は限られます。だからこそ、この機を大切にしたいと考えたまでのこと」

「なるほど。確かに、私も君とはこの機に親交を深めたい気持ちはあるからね。今はその言葉を素直に受け取ることにするよ」

「ありがとうございます。デイビッド様」

畏まると、彼は首を小さく横に振った。

「気にすることは無いさ。それより、君は私と同い年と聞いている。折角だから、気軽にデイビッドと呼んでくれ。言葉遣いも崩してくれて構わないよ」

「承知しました……では、デイビッド。それに皆様も……僕の事はどうか気軽に『リッド』と呼んでください」

提案を素直に受け取ると、彼は少し目を丸くする。でも、すぐに「ほう……」と口元を緩めた。

どうやら掴みは成功したみたいだ。帝都に住む皇族ともなれば、気を許せる相手は作りにくいというのは想像に難くない。

だから、あえて言動を崩した。実際、皇帝陛下と父上もそうだしね。

「君も私のことは『デイビッド』と呼んでくれていいからね」

デイビッドはそう言うと、ファラに視線を移した。

「ありがとうございます。しかし、私は他国から嫁いでいる身上でございます故、『デイビッド様』と呼ばせていただければと存じます。皆様、私のことは『ファラ』と気軽にお呼び下さいませ」

「そうか。少し残念だが、君の立場を考えればしょうがないかもしれんな」

「兄上、ライナー辺境伯の息子であるリッド殿はまだわかります。しかし、レナルーテの王女であったファラ殿に、そのお願いは少し酷というものでしょう」

デイビッドの言葉に反応したのは、キール皇子だ。

「私のことも兄上同様、『キール』と呼んでくれて構いません」

「畏まりました」

続いてアディール皇女は「私は……」と呟いた。その声に反応して皆が振り向くと、彼女はファラに虚ろな瞳を向ける。

「……私は、母上と同じように貴女を『ファラちゃん』って呼びたい」

「え……⁉」

思いがけない提案に、ファラは困惑して目を丸くする。でも、マチルダ陛下との会話を思い出したのか、彼女はすぐに頷いた。

「ええっと、アディール様がそうお呼びになりたいなら、私は構いませんよ」

「……そう。じゃあ、私は貴女のことを『ファラちゃん』って呼ぶ。その代わり二人共、私のことは『アディ』って呼んでいい」

「承知しました。では、その、アディ……様。これでよろしいでしょうか？」

「……うん。『様』はいらないけれど、ファラちゃんの立場を尊重する」

アディは表情を変えずに淡々としている。どうやら喜んでいるらしい。デイビッドやキールと比べると、変わった印象を受けた。彼女は視線をこちらに向けると、じっと見つめてくる。

「……貴方のことは『リッちゃん』って呼ぶ」

「え……」

唐突で呆気に取られたけど、すぐに頷いた。

「わかりました、アディ。よろしくお願いします」

「……ふふ。リッちゃんは話がわかる」

彼女が目を細めて笑う雰囲気は、マチルダ陛下にそっくりだ。僕達のやり取りを見ていた二人が、「ふふ」と笑みを溢す。

「どうやら、アディは相当に君達のことが気に入ったようだね。私もリッドのことは『リッちゃん』と呼ぶか」

「いいですね、兄上」

「お二人がどうしてもと言うなら、構いませんよ」

僕の反応が面白かったのか、皇族の三人は楽し気に笑い始める。うん、何とか仲良くなれそうだ。

デイビッドとキールは『ときレラ！』の攻略対象者である。彼等とヒロインが結ばれることで、前世の記憶にあるゲーム内の僕こと『リッド・バルディア』は『断罪』されていた。

事前にその運命を防ぐためにも、彼等と親交を深めるのは有効な手段になるはずだ。でも、アディール皇女こと『アディ』の記憶がないんだよね。皇族である以上、彼女も要注意人物として注視するのが無難だろう。

「じゃあ、リッド。そろそろ、色々と聞かせてくれないか。最近の帝都では、バルディア領の商品が良いと評判なんだ。さっき父上達との話に出ていた木炭車とか、どうやって開発の着想や発想を得たのか……良ければ是非とも聞いてみたい」

デイビッドがそう言うと、キールも身を乗り出した。

「兄上に同意します。私は、帝城にある本にほとんど目を通しています。しかし、木炭車に繋がるような乗り物についての記載は一切ありませんでした。まるで、絵本や小説のようにポッと違う世界から湧いて出たような、そんな印象を受けます」

「……私も化粧水やリンスの開発に至った経緯に興味ある」

三人の浮かべている表情はそれぞれ違うけど、瞳には共通して興味の色が宿っている。核心に触れるようなことは話せない。でも、今後のことを考えれば、出来る限り答えるべきかな。

「わかりました。では……」

僕がバルディア領について語り始めると、彼等は三者三様の反応を示す。

デイビッドは、領地運営やレナルーテとの関係性を大局的というか、物事を俯瞰《ふかん》して考えるような感じだ。ある程度話すと、彼は「なるほど」と相槌を打った。

「他国と国境が隣接している辺境と帝都では、やはり騎士達の緊張感や練度が違うということだな。あと存外にバルスト、レナルーテのような他国と積極的に貿易をしているのも面白い。是非とも町の様子をいずれ見に行きたいものだ」

「こんな話でも、楽しめてもらえて良かったです」

キールも好奇心に満ちた瞳をこちらに向ける。

「私は、バルディア領で保護した獣人の子供達に施しているという『勉学』の類が気になります。それと、リッドの魔法教師である『サンドラ』にも色んな話を聞いてみたいな」

「その言葉、彼女にも伝えておきますね、きっと喜ぶと思います。それにしても、キールは『魔法』がお好きなんですね」

話の流れから、キールに抱いた印象を口にした。彼もデイビッドのように、物事を俯瞰して考えられるらしい。それ以上に『魔法』……というより知識欲からくる好奇心が旺盛という感じがする。

武稽古は興味が薄そうだったけど、サンドラから習う魔法の話をした時は、かなり目を輝かせていた。

「うん、私は第二皇子だからね。色々と好きなことをさせてもらっているんだ。それで、よく書庫にある本を読んでいるんだけれど、その中でも『魔法学』が特に好きな分野なんだよ」

「魔法学……ですか。確かに彼女はその分野ではかなり専門的な知識をもっていますから、キールとは話が合いそうですね」

サンドラの魔法学に関する知識量は、帝国でも上位に入るだろう。その才能を疎まれた結果、帝都の研究所から追い出されたんだし。それなのに、第二皇子のキールが『是非、会いたい』というのは皮肉だ。

彼がサンドラと帝都で話す機会があれば、バルディア領に彼女が来ることはなかったかもしれない。そうなると、母上の治療がうまく進まなかった可能性もある。めぐり合わせに感謝するしかない。感慨に耽《ふけ》っていると、アディが「……兄上達の気持ちもわかるけれど」と呟いた。

「私はリッちゃんの妹のメルディちゃんやクッキーとかビスケットに会ってみたい」

「ありがとう。メルディやクッキー達もきっと喜ぶと思うから、皆にアディのことを伝えておくね」

「……うん。その時を楽しみにしてる」

アディが笑って頷くと、この場にいる皆の頬が緩んだ。

ここまで打ち解ければ大丈夫かな？

「そういえば、帝都に来た時にエラセニーゼ公爵家のヴァレリに会ったんだ。彼女、デイビッドのことをとても気にしていたけれど何かあったのかい」

恐る恐る問い掛けると、デイビッドは眉間に皺を寄せ、途端に顔を顰《しか》めた。

「……彼女と会ったのか」

「う、うん。帝都の屋敷に着いた時に、エラセニーゼ公爵家の皆さんが訪ねてきていたんだ。そこで挨拶をしたんだけど、どうかしたのかい。そんなに顔を顰めて……」

彼女と様々な話をしたことは告げずに惚《とぼ》けると、キールとアディが小さく肩を震わせた。

「はは。兄上はヴァレリのことが苦手だからね」

「……うん。でも、額を怪我した女の子に『大嫌いで婚約者として認めていない』って言うのは酷いと思う。それに、最近のヴァレリは良い子」

「な……!?　二人共、余計なことは言わなくていい」

デイビッドは弟妹《ていまい》の言葉に声を荒らげた。僕とファラは、示し合わせたようにあえて顔を引きつらせる。

「え……そんなことをヴァレリに言ったんですか」

「……デイビッド様。さすがにそれは如何かと」

「ぐ……」

苦虫を噛み潰したような表情を浮かべる彼だが、すぐに力なくため息を吐いた。

「やれやれ。折角だから、リッドには彼女との関係を少し伝えておこう」

「はい。ありがとうございます」

よし、良い流れだ。これで、彼とヴァレリの関係改善の糸口が見つかるかもしれない。

「ちなみに、二人共。ヴァレリと私が婚約しているという話は、『仮決定』なんだ。内密に頼むぞ」

「わかりました」

「さて、君達二人は帝国貴族の派閥を、どの程度把握しているのかな」

「えっと、ベルルッティ侯爵が筆頭の革新派。バーンズ公爵が筆頭の保守派。そして、バルディア家やケルヴィン家の辺境伯家が中立派に属していると聞いています」

問いかけにファラが答えると、デイビッド達は目を瞬いた。

「レナルーテから嫁いできたというのに、君は博学だな。その認識で間違いない。しかし、皇族は常に保守もしくは中立の立場に近いんだ。力関係で見ると二派は拮抗《きっこう》しているが、保守派の方がいつも強いと言って良い。だからこそ、私とヴァレリは仮決定という形で婚約が早々に決まったんだよ」

「なるほど。帝国貴族も一枚岩ではないということですね」

僕が聞き返すと、彼は「そうだな」と頷いた。

「だが、二つの派閥があるからこそ、より良い意見が出ることもある。重要なのは一枚岩でなくても、目指す場所が同じであることとさ」

さすが帝都で過ごす皇族と言うべきか、キール、アディも小さく相槌を打っている。自身の立場を理解してるということだろう。デイビッドは、言葉を続けていく。

「そして、ここからが重要なんだが、私の『妻』となる女性は、いずれ『皇后』になる。つまり、言動にはそれ相応の責任が伴う。その点、ヴァレリは相性最悪と言わざるを得ない。彼女が私のことを気に掛けていると言っていたが、その時に私達の出会いも聞いているのではないか」

ヴァレリが彼と初めて会った時、癇癪《かんしゃく》を起こしたことを言っているのだろう。

「はい。確かに、ヴァレリから当時の出来事は聞いています。ですが、彼女はそのことを深く反省していました。それに、デイビッドがちゃんと話せば、改善に努めてくれるのではありませんか」

「リッド、君は優しいな。しかし、人の性根は簡単には変わらないだろう。それこそ、生まれ変わるぐらいじゃないとな」

『生まれ変わってます』と、言いたい気持ちをグッと堪えた。

「……兄上、素直じゃない。この間、ヴァレリと一緒に勉強した時にドヤ顔されたって怒ってた。だけど、あの子が存外賢いって感心もしてた」

アディが、ジト目を浮かべて首を横に振る。

「そうですよ、兄上」とキールも続いた。

「ヴァレリが作った不味いお菓子を食べさせられたけど、悶絶《もんぜつ》しながら完食してみせたとか。水浸しになっても、ヴァレリが濡れなくて良かったとか……いつも何だかんだで、彼女を気に掛けているじゃないですか」

「そ、それは……皇太子として最低限の対応を取っているまでだ。まぁ、確かに少し言い過ぎたところはあるかもしれんが……と、ともかく私は彼女を婚約者として認めておらん」

デイビッドはそう言うと、腕を組んでプイっとそっぽを向いてしまった。

話をまとめると、デイビッドは皇太子という立場から、ヴァレリが皇后に相応しくないという判断をしているみたいだ。一方で、彼女が頑張っていることに気付いているらしい。当初の出来事もあって意地を張ってしまい、彼は引くに引けないという感じなのかも。ヴァレリの頑張り次第で、状況は好転するかもしれないな。

「わかりました。では、彼女には『皇后』に相応しい人物になるように伝えておきますね」

「はぁ……勝手にしてくれ」

デイビッドが呆れ顔でため息を吐いたその時、部屋の扉が叩かれる。

「皆様。両陛下がこちらにお戻りになりたいと仰せでございますが、問題ございませんでしょうか？」

入室してきたのは、マチルダ陛下の専属メイドであるメリアだ。

「そうだな……。二人共、特に話すことはないか」

「はい。とても有意義な時間でした」

デイビッドの問い掛けに答えると、彼はメリアに視線を移した。

「わかった。問題ないと父上達に伝えてくれ」

「承知しました」

メリアが会釈して退室すると、デイビッドが意味深に口元を緩めた。

「それにしても、バルディア領の発展と今後におけるリッドの活躍が楽しみだ。マグノリア帝国の皇太子として、とても期待しているよ。是非、私とは『良き友人』でいてほしいものだね」

彼は、スッと手をこちらに差し出す。その手を力強く握り返した。

「光栄です。僕もデイビッドとは、今後も仲良くさせていただきたいです」

皇太子達との談笑は、何とか無事に終わった。

『君とはこの機に親交を深めたい気持ちはある』……デイビッドの発言の意図は、彼なりに『僕』を見定めるつもりだったのだろう。彼の言動から察するに、僕達のことを『友人』と認めてくれた可能性は高いと判断できる。

デイビッドは、幼いながら皇族として公人の意識が強い。だからこそ、皇后に相応しくないと判断したヴァレリには、冷たい態度や言葉が出てしまっていたのだろう。

彼がそうした思考の持ち主であることが理解できた以上、デイビッドとヴァレリの関係改善もどうにかできる可能性がちょっと見えたかもしれない。


「どうだ、お前達。リッドやファラと仲良くなれたか」

程なく、父上達と一緒に部屋に戻ってきたアーウィン陛下がデイビッド達に微笑みかける。

「はい、父上。私とリッドは、良き友人になれると確信しました」

「私も兄上に同意します」

「……私もリッちゃん、ファラちゃんとは良いお友達になった」

三人は笑って頷いた。陛下は嬉しそうに口元を緩める。

「そうかそうか。それは良いことだ。なぁ、マチルダ」

「えぇ。子供達の繋がりは、きっとそのまま帝国の未来を明るく照らしてくれるでしょう。ライナー、貴方もそう思わない」

「はい。帝国の未来を創る子供達が仲睦まじいことは、大変嬉しく存じます」

「ライナー、そう硬くなるな。お前が息子を政争に巻き込みたくないのはわかる。しかし、これから十年もしないうちに、リッドは爵位継承と家督を継ぐため『マグノリア帝国騎士学園』に入学せねばならんのだぞ。今からそんなに過保護でどうするのだ」

「……その時のリッドは、もう子供ではないだろう。だが、今はまだ子供だ。無駄な政争に巻き込みたくないのは、親なら当然だと思うがな……アーウィン陛下」

父上の鋭い視線を軽く受け流した陛下は、笑みを浮かべてこちらに振り向いた。

「まぁ、そう眉間に皺を寄せるな、ライナー。リッド、君が帝都に来るのを楽しみにしているぞ」

「ありがとうございます。アーウィン陛下」

お礼を述べて会釈したけど、『マグノリア帝国騎士学園』という単語にドキッとした。

その学園こそ、前世の記憶にある『ときレラ！』の舞台となる場所である。そして、学園を卒業することは帝国貴族の子息達にとって重要……いや、貴族として生きていくためには必須だ。

マグノリア帝国では、家督と爵位を継承する際に現当主が任意の人物を指名することが可能だけど、厳しい条件がある。

一つ目、現当主の血縁者。もしくは養子などの家族関係を結んでいること。

二つ目、『マグノリア帝国騎士学園』を卒業していること。

三つ目、皇帝陛下に家督と爵位の継承が認められ、許可が下りること。

学園の入学条件は、十六歳～二十歳までの養子を含めた貴族の子供であることだ。例外として、国同士の繋がりから、他国の貴族を留学生として受け入れる場合もあるという。

入学後は、帝国の歴史から領地運営、戦争における戦略や政治の場での弁論、加えて、前世で言うところの『騎士道』や『武士道』など、貴族の心構えや必要な知識を学んでいく。

学園を無事に卒業した者には『準騎士』という、マグノリア帝国で一番低い爵位が授けられる。『準騎士』という爵位は、あくまで学園を卒業したことを示すものだ。

卒業生に与えられる爵位は、その後の当人の活躍で評価され、家督や爵位を継承することで陞《しょう》爵《しゃく》する。ただし、明らかに能力が低い者への家督と爵位の継承や、貴族の職権乱用と見なされた場合、皇帝陛下の許可が下りないこともある。例外もあるらしいけどね。

何はともあれ、『マグノリア帝国騎士学園』を卒業しないと、家督や爵位を継承できないわけだ。それればかりか、卒業できないと家自体が没落する可能性すらあり、最悪のところ血筋が途絶えかねない。従って、各貴族の子息達は幼いころから日々勉強に励んでいる……一応、僕もその一人だ。

学園の名前に『騎士』とあるけど、貴族令嬢も普通に入学可能である。むしろ、令嬢も学園を卒業しないと、良縁がまず望めないそうだ。

高望みをするならば、好成績で卒業することが必要だから皆必死らしい。メルも、いずれは学園に進み良縁を探すことになるはずだ。

一連のやり取りを見ていたマチルダ陛下が、「ふふ」と笑みを溢した。

「それにしても、バルディア家が開く『懇親会』が今から楽しみです。『甘酒』の件は、その時にクリスを交えて話すということで良いですね」

「はい、畏まりました。彼女にもそう申し伝えておきます」

今回の帝都訪問にはクリスも同行してくれている。今頃、バルディア邸で執事のカルロや獣人族の子達と懇親会の準備を進めているはずだ。

化粧水の一件以降、クリスは帝都に行くことこそ多くなったけど、マチルダ陛下に呼び出されない限り、登城しようとはしていないらしい。まぁ、頻繁に呼び出されてはいるみたいだけどね。

「それはそうと、懇親会には我らも参加することを決めた故、当日はよろしく頼むぞ」

「承知しました。屋敷の者、皆喜ぶと存じます」

僕が答えると、陛下は視線を父上に向けた。

「では、ライナー。また後日にな」

「畏まりました。お待ちしております」

父上が返事をすると、今度はマチルダ陛下が一歩前に出てファラを見据える。

「今日は、あまり時間がありませんでしたね。今度、屋敷にお邪魔する時にまた話しましょう、ファラちゃん」

「はい。私も楽しみにしております」

ファラが頷くと、マチルダ陛下は嬉しそうに目を細めた。別れの挨拶が終わると、皇族の方々は部屋を後にする。

ようやく訪れた静寂に安堵して、ソファーに背中を預けた。ふぅ、さすがに緊張の連続で少し疲れた。

「さすがのお前も、皇族を相手にしては気疲れしたようだな」

「……父上は僕を何だと思っているんですか」

「ふふ。でも、リッド様はとても丁寧に対応されていました。デイビッド様達とは、これから良いご友人になれそうですね」

ファラがそう言うと、一連のやり取りを見守っていたディアナやアスナが頷いた。

「お二人共、皇族の皆様に対して適切に対応していたと存じます」

「姫様、リッド様。ご立派でした」

「はは……それなら、良いけどね」

二人の褒め言葉に、僕は照れ隠しのように頬を掻くのであった。

◇

帝城から屋敷に戻ると、大広間に集まるよう皆に声を掛ける。程なく、バルディア領から一緒に来た面々と、帝都の屋敷で働いている面々が集合。集まった皆の顔を見回すと、何事だろう？ という怪訝な表情をしているのが大半だ。僕は、咳払いをしてこの場の耳目《じもく》を集めた。

「えーっと、皆さん、朗報です。今度、此処で開催する『懇親会』に、皇族の方々もおいでになることが決定しました。失礼の無いよう、全力で準備に臨みましょう」

「は……」

皆は、鳩《はと》が豆鉄砲を食ったようにきょとんとするが、すぐにハッとした。

「え……えぇええええええ!?」

皆の驚愕した声が屋敷中に轟《とどろ》くと、父上は『やれやれ』と呆れ顔を浮かべる。僕達は、その光景に笑みを溢していた。

懇親会当日

ここ数日、屋敷は密かに大騒ぎになっていた。『懇親会』に皇族が訪れることになったからだ。屋敷で働く人達は、一部を除いてほとんどが平民出身であり、皇族と間近で顔を合わせることなどまずない。年間行事で遠くからチラッと見る程度だ。

雲の上にいるような皇族の方々が、『来賓』として屋敷にやってくる……となれば、少しでも失礼があれば『バルディア家』の名に傷をつけかねない。結果、屋敷で働く皆はここ数日、緊張感に溢れ、窓の隅の埃《ほこり》一つ見逃さないと言わんばかりの形相で過ごしていたのだ。

父上も皇族が懇親会に訪れるということは口外しないようにと、釘を刺していた。その時、皆の表情が引きつっていたのは少し面白かったな。そこまで気負う必要はないと思うんだけどね。

バルディア領から連れてきた第二騎士団の子達もいたけど、『皇族がやってくる』と聞いても平然としていた。

彼等からすれば帝国の皇帝に馴染みもないから、反応としては普通だろう。兎人族のオヴェリアだけは、ちょっと違ったけど。

「よくわかりませんが、つまり帝国で一番偉い人ということですね。じゃあ、試合を申し込んでもいいですか」

瞳を輝かせながら身を乗り出しての発言であり、ディアナにこっぴどく叱られてしまう。

怒られたオヴェリアは、故郷である獣人国のズベーラの頂上に君臨する『獣王』は、武力が優れた者が選抜される……だから、帝国の頂点に君臨する皇族も同様だと思ったと、不貞腐《ふてくさ》れながら弁解していた。

一応、第二騎士団の子達には、事前に貴族と会うときの注意点とか皇族の授業もしていたんだけどね。彼女達のやり取りを目の当たりにした時は、笑ってしまった。

改めて皇族について説明すると、オヴェリアだけが理解していなかったことが判明。彼女は、またディアナに叱られることになり、皆から呆れられていた。

『懇親会』という言い方はしているけど、実際のところは『木炭車』、『新しい料理』、『懐中時計』、『新商品』を貴族達に披露する展示会に近い。

会場の食事は立食形式となっており、様々な『新しい料理』を口にしてもらいながら『木炭車』や『懐中時計』という商品や技術を楽しんでもらう予定だ。なお、今回用意する『新しい料理』は前世の記憶を流用したものであり、この世界ではまだ『一般的ではない』ものがほとんどだ。

屋敷で働く皆、獣人族の皆、クリスティ商会の人達、サンドラ達研究員、ドワーフのエレン達等々、様々な人に試食を依頼した。結果は概ね大好評であり、中央貴族達にも『新しい料理』を気に入ってもらえる自信はある。

懇親会を成功させれば、バルディア領の注目度はさらに上昇するだろう。商売で考えれば、とても良いことだ。実は、先々で『バルディア』という名を『ブランド化』させることも考えている。『バルディアの商品であれば、間違いない』という信頼を得られれば、商売的に大成功したと言えるだろう。この点は、クリスとも事前に打ち合わせしており、意思疎通も問題ない。彼女には、マチルダ陛下が懇親会に訪れた際、『甘酒』の商談が行われることも伝え、立ち会うようにお願いしている。クリスはすぐに了承してくれたけど、少し怪訝そうだった。

「……今回は騙し討ちはありませんよね」

「そんなことするわけないでしょ……」

あの時は、思いがけない返事に呆れてしまった。

クリスは、前回の商談で父上と両陛下の策略に踊らされている。その一件がトラウマとなっているらしく、皇族との商談関係は特に警戒心が強いみたい。

とはいえ、今まさに、クリスと一緒にマチルダ陛下と屋敷の応接室で商談しているんだけどね。

「では、クリス。『甘酒』は化粧水と同様、定期的にクリスティ商会を通じて納品可能なんですね」

「はい、その点は問題ありません。ですが、今日の懇親会で振る舞う様々な料理を今後の帝都で楽しみたい……となると『輸送方法』の改善が必要になるかと存じます。その点は、リッド様からご説明された方がよろしいかと」

流暢《りゅうちょう》に答えたクリスは、こちらに目配せする。

「恐れながら、マチルダ陛下。後で木炭車の試乗も用意しておりますが、先に『輸送方法の改善』をご案内してもよろしいでしょうか」

「わかりました。しかし、その話を私にしても、最終的な判断は陛下や貴族達と行う会議の結果次第ですよ」

「承知しております。この件も今頃、父上が陛下にお話しになっているかと」

「あら……」

マチルダ陛下は目を瞬きさせると、楽しそうに目を細める。

「随分と手回しの良いことです。デイビッド達も大人びている部分はありますが、貴方と話す感じは大人と変わりませんね」

「お褒めいただき光栄です」

今、この応接室にいるのは僕、クリス、マチルダ陛下と彼女の専属メイドであるメリアだけだ。

皇帝陛下は、別室で父上と談笑中であり、ファラは第二騎士団の皆とデイビッドやキール、アディの対応をしてくれている。

皇族の方々が来た時は、屋敷の皆はかなり緊張していた。両陛下や皇太子達の気さくな様子を目の当たりにした後の雰囲気は、少し柔らかくなったけどね。

予定より早く来られて驚いたけど、商談を早く済ませて懇親会の会場を見て回りたい、というマチルダ陛下の意向があったそうだ。

皇室による『甘酒』の定期購入の件は、マチルダ陛下に一任しているらしく、陛下は父上とお茶をすると言って、早々に別室に移動。

デイビッド達には、第二騎士団の皆を紹介した。年齢も近いからね。

皇族の彼等は、獣人族の子供達と初めて顔を合わせるらしく、是非とも色々話してみたいと興味津々だった。

獣人族の子達の言動には心配な面もあるけど、ファラとアスナが同席してくれている。彼女達に任せれば問題ないだろう。

「では……次は、『輸送方法の改善』について聞かせてください」

再び鋭い眼差しを向けたマチルダ陛下は、こちらを見据える。

「はい、それでは……」

僕は気を引き締めて説明する。『輸送方法の改善』とは、木炭車の実用化に必要な道路整備と補給所の設置についてだ。

帝国全土の輸送路や販路の拡大も考えれば、これらを国の公共事業として行う価値は十分にある。加えて公共事業の全ては難しくても、バルディア領も位置する帝国東側の施工を受注できれば、かなりの収益が見込めるだろう。

本来、大がかりな整備には多くの人員を集めなければならない。でも、バルディア領には魔法で公共事業を行える『第二騎士団』がある。皆に頑張ってもらえれば、今までとは比べものにならない作業速度で実現可能だ。

販路と輸送を担当するクリスも、その有用性を僕の説明を補足しながら伝えていく。マチルダ陛下は、終始興味深そうに相槌を打つと口元を緩めた。

「確かに、これは素晴らしい……『実現できれば』ですけれど。本当にこんなことが可能なんですか。リッド・バルディア」

「はい。それをお見せする為の『懇親会』でもあります。百聞は一見に如《し》かずと申します故、後は屋敷の外で『彼等』に実演させましょう」

「それは楽しみです。では、『甘酒の件』はここまでにして、『懇親会』を楽しませてもらいましょう」

「畏まりました。では、参りましょう」

とりあえず、交渉は今のところ順調だ。

会場となる屋敷の中庭に到着すると、既に美味しそうな料理が沢山並べられており食欲がかき立てられる香りに満ちていた。マチルダ陛下は扇子で口元を隠しつつ、並べられている料理を見渡している。

「とても良い香りですね」

「ありがとうございます。用意している料理はどれも口にしたことがないかと存じます故、きっとお楽しみにいただけるかと」

「私やクリスティ商会の者達も試食させてもらいましたが、とても美味しいのでマチルダ様もきっと気に入ると思います」

「ふふ、クリス達がそう言うならきっと間違いないのでしょうね」

扇子で顔を隠しつつも、マチルダ陛下の声は弾んでいる。

クリスはマチルダ陛下のことを親しい場では『マチルダ様』と呼んでいるそうだ。その為か、二人が話す様子はとても親しい雰囲気が漂っている。

会場を歩いていると、ファラやデイビッド達が第二騎士団の皆と楽しげに会話しているのが見えてきた。マチルダ陛下が口元に人差し指を立てると、ニヤリと笑う。僕とクリスは、その姿に思わず苦笑しながら頷いた。

彼女は静かにデイビッドの背後に近寄り、「デイビッド、楽しそうにしていますね」と彼の耳元で囁いた。急に声をかけられたデイビッドは、「ゴホゴホ!?」と咽《むせ》てしまう。咳が落ち着くと、彼は勢いよく振り向いて怨めしそうな眼差しを向ける。

「母上、いつもそうやって悪戯《いたずら》するのはお止めください」

「あら、良いじゃない。これも家族の交流ですよ。それよりも貴方達は何を食べているのかしら」

彼女がデイビッドの手にある『食べ物』に目をやると、ファラが「これは……」と反応した。

「バルディアの養鶏《ようけい》で取れた卵を使った新しいお菓子の一つ、『ハムエッグたい焼き』でございます」

「ハム……たい焼き」

きょとんとするマチルダ陛下をよそに、デイビッドはプイっとそっぽを向き、たい焼きを口にする。続くようにキール、アディも美味しそうにたい焼きを頬張った。その様子にマチルダ陛下は勿論、お付きのメイド達も呆気に取られている。

ファラに目配せをすると、咳払いをして注目を浴びてから口火を切った。

「それでは、『ハムエッグたい焼き』についてご説明します」

「えぇ、お願いするわ」

僕は帝国の頂点に立つ一人であるマチルダ陛下に、『たい焼き』を語り始めた。

色々と食文化を調べた結果、『たい焼き』のように何かを焼く為だけの『鋳物《いもの》』がほとんど存在していないことがわかったんだよね。

まぁ、考えてみれば当然なのかもしれない。何せ、『鋳物』を造る費用が馬鹿にならないからだ。

前世の世界なら、発達した加工技術に加え原料も比較的安価で手に入る。でも、この世界にはまだそんな技術はない上、製鉄するにもそれなりの費用が発生してしまう。もし、普通にたい焼きの『鋳物』を造ろうとすれば、原料と加工代がすごいことになるはずだ。

今回、当家で使用している『たい焼き』の『鋳物』は、用途を説明した上でエレン達やトナージ達、工房の皆に依頼して造ってもらっているから、費用は大分抑えられている。

依頼した当初、「また風変わりな物を依頼してきますねぇ……」とエレンは呆れ顔を浮かべていた。だけど、完成した『鋳物』で造った『たい焼き』を披露すると評価は一転。

今では、火を扱うエレン達の工房では間食として好まれている。ただ、職人の拘《こだわ》りがあるのか、彼女達は一度に大量に焼くことのできる懇親会用の鋳物を『連式』と呼び、一枚一枚焼くことのできる鋳物を『二丁焼き』と呼んで明確に分けている。

曰《いわ》く、細かく焼き加減を調整できる『二丁焼き』こそ、たい焼きの真価がわかるとエレン達は力説していた。

たい焼きの具は、レナルーテから輸入した小豆や白小豆を元にした『こしあん』の『白あん』と『黒あん』が基本だ。そして、養鶏で取れた卵と加工食品であるマヨネーズを使用した『ハムエッグ』を用意している。

マヨネーズと類似した食品はすでに存在していたけど名称が違う上、加工する手間から知る人ぞ知る高級ソースであり、認知度は低かった。大量生産かつ『マヨネーズ』という名前で世に出すのはバルディア領になるから、実質的に『新しい食品』としてこれも売り出せるだろう。

『鋳物』がなければ作れず、領地で取れた卵と加工したマヨネーズを使用。これにより『ハムエッグたい焼き』は、この世界で今までにない味と見た目の料理として登場したわけだ。

「……というわけで、お口にしたことのない味になるかと存じます」

「なるほど。確かに、今まで聞いたことがない作り方ですね」

そう言って頷くと、マチルダ陛下は近くで焼かれている『たい焼き』の調理工程を興味深そうに見つめた。国の頂点に立つ人が、たい焼きが焼き上がっていく様子に首ったけだ。程なく、『たい焼き』が焼き上がった。

「マチルダ陛下。メイドの皆様もご一緒にいかがでしょうか」

「そうですね。折角だから皆でいただきましょう」

皆の手に『ハムエッグたい焼き』が行き届くと、マチルダ陛下が微笑んだ。

「では、いただきましょう」

その言葉が合図となり、「サクッ」とか「パリッ」という小気味の良い音があちこちから聞こえてくる。

「これは……確かに食べたことのない味ですね」

マチルダ陛下は目を丸くし、たい焼きを見つめながら「ふぅ……」と息を吐いた。

「表面は香ばしく、程よい硬さであるにもかかわらず、中はフワッと柔らかく甘みのある生地。そして、その甘味と『マヨネーズ』というソースの塩味と酸味が口の中で絡み合い、質素な味付けの卵とハムを良い塩梅《あんばい》にしてくれています。またすぐに一口食べたくなる……そんな味をしていますね」

メイド達も「確かに……」や「陛下の仰せの通りです」と頷いている。間もなく、あちこちから小気味の良い音が再び聞こえてきた。心なしか、音の鳴るペースが速くなった気がする。

まさかこんな風に『ハムエッグたい焼き』が評価されるとは思いもしない。まるで、どこぞの料理漫画のような展開だ。内心、苦笑しながら「有り難いお言葉、感謝いたします」と一礼する。

次いで、『黒あん』や『白あん』も食べてもらったところ、『たい焼き』は大好評となった。やがて、その賑わいに気付いてやってきた父上とアーウィン陛下も合流。

『ハムエッグたい焼き』を食べた陛下は、「これは、うまい！」と服装が吹っ飛ぶ程の大袈裟な反応……はしないけど、かなり感動していた。

たい焼きを皆で楽しんでいると、キールがふと不思議そうな表情で首を傾げる。

「そういえば『たい焼き』は、どうしてわざわざ『魚』の形をしているんですか」

「あ、それは海で取れる縁起が良いとされる『鯛』という魚を模しているからなんです。まさに、おめで『たい』お菓子というわけです」

僕は、にこりと微笑んだ。キールは顔を引きつらせて「な、なるほど……」と相槌を打つ。ただ、辺りの温度が下がり、少しの間を置いて失笑があちこちから聞こえてきたけどね。

たい焼きを食べ終わると、カレー、肉まん、烏骨鶏ラーメン、とんかつ、かつ丼、茶わん蒸し、寿司等々、様々な料理を皇族の皆様に説明。少量をつまんでもらい、楽しんでもらった。

どの料理も前世の記憶から引っ張り出して、アーリィ料理長率いるバルディア領の料理人達に再現を依頼。必要な調味料は、クリスティ商会を通して集めてもらった。

カレーとか、一部の料理は調味料の調達に加え、味の再現が大変だったけど、意外にも『獣人族の子達』が大きな力になってくれた。その時、とある獣人族の子がこちらにやって来た。

「リッド様、恐れながら申し上げます。懇親会の料理がすべて完成しました。味の確認も終わっております」

「わかった。ありがとう、アルマ」

兎人族の彼女は僕の返事を聞くなり、そそくさとこの場を後にした。

味の再現に大きな力になってくれたのは、『兎人族』の皆だ。彼等は、一度口にした料理の味を忘れず、覚える能力を持っていた。

試しに調味料の味を覚えさせると、何をどう混ぜればどんな味になるのかすぐに想像できてしまうことが判明。この能力に気付いたのは、オヴェリアがきっかけだった。

彼女は、良くも悪くも歯に衣着せぬ、思ったことを口に出してしまう。

食事の時も同様であり、前回よりも少し塩が足りないとか、味が濃いとか料理人達に伝えていた。

その話が苦情として届いた時、ふと思い付きで彼女を調理場に立たせてみたのだ。悪戯心で調味料の味を彼女に覚えさせて味付けを任せてみると、最初から料理人達が作る料理に近い味を再現したのである。

勿論、その場にいた皆が目を丸くした。料理人達に至っては、絶句していた。それから色々試した結果、オヴェリアだけでなく、兎人族の味覚がとても優れていることが判明。

当家に仕える料理長のアーリィは、驚きのあまり「この事実を知ると、料理人は誰しも兎人族に生まれたかったと願うかもしれませんね……」と漏らしていた。

僕はこの時、閃いた。兎人族の子達は上手に『調理』することはできないけど、優れた味覚によって仕上がりの確認は可能なのだ。つまり、料理長達が完成させた調理法を使用して別地域で作った時、正しい味かどうかの確認や調整ができる。

これは、どこでも同じ美味しさを味わえるお店を全土に出店可能であるということだ。

『味の再現性』は、料理では意外と難しい問題だったりする。化学調味料がまだ存在しないから、味の調整は味覚で行うしかない。

同じ食材を用意したつもりでも、その日の気温や湿度。食材の育ち方や産地の違いなど、細かい要素で味が変わることは多々ある。その点、完成した料理の味を完全に覚えている『兎人族』の子達がいれば、開発した新料理の味をどこでも調整して再現できることになる。

現に懇親会で並んでいる料理は、兎人族の子達が味の最終確認をしてくれており、先ほどのアルマの報告に繋がるわけだ。彼女の背中を見送ると、「では……」と話頭を転じる。

「まだご案内できていない料理の準備が整いました故、あちらに移動しますね」

そう言って、僕は皇族の方々に会場を案内していった。

◇

新たに並べられた料理の説明と案内が終わると、木炭車の試乗に加え開発を担当してくれたエレン達や狐人族の子達を皇族の皆様に紹介したりと、中々に忙しい。

木炭車の試乗は、まず父上が陛下を助手席に乗せて運転。同時に運転方法を習った陛下が、マチルダ陛下とデイビッド皇太子達を乗せて運転するなど、和気あいあいとしていた。

「私も運転をしてみたいですね」

マチルダ陛下が呟くが、ドレスでハイヒールという服装が適していないと、今回は見送りとなる。

相当残念だったらしく、彼女が口を尖らせて不貞腐れていたのは印象的だった。

試乗に対応するエレンは、当初は顔を強ばらせていたけど、陛下達から褒められて後半は少し調子に乗っていた気がする……貴族達の対応がちょっと心配だなぁ。

木炭車について僕、エレン、父上が説明している間、デイビッド達の対応はファラが変わらずしてくれていた。

横目で窺う限り、デイビッドは淡々としているけど、ファラ、キール、アディの三人は大分仲良くなったみたいだ。

一通りの案内が終わると、会場内にある休憩場所に移動。皇族の皆様には、椅子に腰かけてもらった。

「ふぅ。それにしても、バルディア領の発展は著しいな。新しい食文化に加え、木炭車や懐中時計とは……いやはや総じて恐れ入ったものだ」

「陛下の仰る通りです。しかし、木炭車を効率的に使用する為には、道の整備や補給所の設置が必要と言っていましたね。まだ、『実演』がないようですが、どう解決するつもりですか」

マチルダ陛下は、口元を扇子で隠しながら鋭い視線をこちらに向ける。

「では、早速その方法を、この場で披露したいと存じます」

僕は会釈し、ファラ達の傍に控えていた第二騎士団の子達に目配せした。彼等の数名が手筈《てはず》通りに中央の広場に移動して整列する。

熊人族のカルア、馬人族のゲディング、牛人族のトルーバ、狼人族のシェリルだ。前に並んだ彼等は、第二騎士団の分隊長を任されている。生え抜きと言っていいだろう。

「アーウィン陛下、マチルダ陛下。今から『魔法』を彼等に披露させたいのですが、よろしいでしょうか」

「ほう、これは驚きだ。あの子達は君と年齢がそこまで変わらない印象を受けるが、すでに『魔法』が扱えるとはな。ライナー、お前の息子が言うことは本当なのか」

陛下の問い掛けに、父上は頷いた。

「はい。息子直属の第二騎士団に所属する者は、『魔法』の扱いに長けた者ばかりです」

「それが本当なら素晴らしいですが、魔法の習得はかなり難しいはずです。幼い彼らが『魔法』を扱えると聞かされても、にわかには信じられませんね」

「うむ……マチルダの言う通りだな」

両陛下は首を捻っている。現状における魔法の理解度で言えば、当然の反応だ。僕は、あえて笑みを浮かべる。

「疑問は御尤《ごもっと》もだと存じますが、百聞は一見に如かず。従いまして、魔法をこの場で披露させて頂きたいのです」

「よかろう。では、見せてもらおう」

「ありがとうございます」

僕は会釈すると、前に並んだカルア達に振り向いた。

「じゃあ皆、土の属性魔法を発動して」

「承知しました」

彼等はその場にしゃがみ込んで両手を地面につける。すると、大地が地響きを鳴らして躍動。みるみる綺麗に整地された道路へ変化していった。

一連の光景に、「おぉおおおお⁉」と辺りから驚きの声が轟く。皇子達の反応に目をやると、デイビッド、キール、アディの三人が瞳を輝かせているのが見えた。

想像以上の魔法だったらしく、両陛下は唖然《あぜん》としている。魔法による変化が落ち着くと、咳払いをして耳目を集めた。

「陛下、如何でしょうか。この魔法を使用して道を整備すれば、馬車による輸送は勿論、補給所を設置すれば試乗された木炭車による輸送も可能となるでしょう。しかし、まずは試験的にバルディア領から帝都に続く道にて、整備と補給所の設置を行いたいと存じます」

「はっ……はっははは。素晴らしい、実に素晴らしい魔法だ。まさかここまで完成度の高い魔法を使いこなせるとはな」

「私もこれ程とは思いませんでした。リッド直属という第二騎士団の面々は、この魔法を誰でも扱えるのですか」

「いえ、今お見せした魔法は『土の属性魔法』になります。その為、一部の者達しか扱えません。しかし、団員達が持っている『属性素質』に応じた魔法はそれぞれに使用可能です」

マチルダ陛下の問い掛けに答えると、ファラの傍に控えているオヴェリアに目配せする。彼女は、どことなく嫌そうな雰囲気を発しながらも、飲み物が入ったグラスを手に取ると僕の元に持ってきた。

「こちらでよろしいでしょうか、リッド様」

「うん、ありがとう」

きょとんとする両陛下に、受け取ったグラスをそのまま差し出した。

「こちらをお手に取っていただければ、彼女も魔法が扱えることが理解できると存じます」

マチルダ陛下は首を傾げるが、そのグラスを手に取るとハッとする。

「……オヴェリアと言いましたか。彼女は、『氷の属性素質』を持っているんですね」

「はい、仰せの通りです。お気づきの通り、彼女が冷やしてくれたのです」

「ほう……」

アーウィン陛下が感嘆した様子でオヴェリアに視線を向ける。

彼女は畏まると、丁寧に一礼した。うん、ディアナの教育の賜物《たまもの》だ。

実は、『冷たい飲み物』が飲めるというのはこの世界では珍しい。単純に冷蔵庫がないし、氷を人工的に作ることも基本的に難しいからだ。でも、氷の属性素質を持ち、魔法を扱えるなら話は変わる。

皇族や帝都の貴族となれば、氷の属性魔法を扱える人材は確保しているだろう。これで、魔法を扱える証明になるはずだ。メイド達が毒見を終えると、両陛下が一口飲んでその冷たさを確認する。

「うむ、よく冷えている。氷の魔法は微調整が難しく、凍らせてしまうこともよくあると聞くが、見る限りその心配もないようだな」

「そうですね。それにしても、いとも簡単に飲み物を冷やしてくれるなんて、皇室にも『一人ぐらい』欲しいものです。ねぇ、リッド」

マチルダ陛下は怪しく瞳を光らす。その眼差しに身の危険を感じたのか、珍しくオヴェリアが耳をビクっとさせ体を震わせる。僕は、苦笑しながら首を横に振った。

「大変光栄ではございますが、彼らはバルディアを守る『騎士団員』です。それ故、ご容赦願います」

「あら……それは残念ですねぇ」

彼女は扇子で口元を隠しながら、楽しそうに目を細めた。本気ではないだろうけど、こちらの出方次第では本当に引き抜くつもりだったとしか思えない。恐ろしい人だ。やり取りが落ち着くと、アーウィン陛下が「うむ」と頷いた。

「ライナーとリッドの提案が絵空事ではないことは承知した。帝国は、貴殿達の申し出を前向きに捉え、この件は早急に検討しよう」

「ありがとうございます、陛下」

頭を下げつつ、僕は「それと……」と切り出した。

「差し支えなければ、我々がバルディア領に出立する前にご判断をいただければ幸いです」

「む……？　それはどういう意図があるのだ、リッド」

アーウィン陛下は、首を傾げた。

「もし、出立するまでにご判断をくだされば、帝都からバルディアまでの道を整備しながら戻れます。『甘酒』もいち早くお届けできるかと」

折角帝都に来ているのだから、道路整備をしながら帰れば今後の移動も楽になる。それに、僕もいるから整地作業はかなりの速度で行えるはずだ。尤も僕が魔法を使う場合は、帝都から離れて使わないと悪目立ちしちゃいそうだけど。アーウィン陛下は、「ふむ……」と口元に手を当てる。

「なるほどな。では、明日明後日にでも会議の場を設けるとしよう」

「ありがとうございます」

よし、上手くいった。

期限が決まっていないと、結論は中々出にくい上に先延ばしされやすいからね。言質《げんち》がとれてよかった。この後、懇親会にやって来る貴族達にも根回しすれば、帝都の『公共事業』を受注する下地ができる。前例を作ってしまえば、こっちのものだ。

話が一段落したその時、執事のカルロがこちらにやってきた。

「お話し中、大変申し訳ございません。バーンズ・エラセニーゼ公爵様と御家族の皆様がいらっしゃいました。ご案内してもよろしいでしょうか？」

デイビッドはその言葉に、「はぁ……」と深いため息を吐いて肩を落とした。そんな彼の姿に苦笑すると、それとなく懐中時計で時間を確認する。

うん……予定通りだね。

「陛下、よろしいでしょうか」

父上が切り出した。

「うむ。気付かぬうちに時間が経過していたようだな。構わんぞ」

「承知しました。カルロ、聞いての通りだ。皆様をこちらに案内してくれ」

「畏まりました」

ちなみに、他の貴族より一足早くエラセニーゼ公爵家が訪問してきたことは、計画通りである。先日、懇親会の準備を進める途中、密かにエラセニーゼ公爵家のヴァレリと連絡を取った。勿論、今後における『協力体制』の件についてだ。

ヴァレリは、この世界と酷似している『ときレラ！』という前世のゲームで、『悪役令嬢』という立場であり、将来的に僕同様に断罪されるのだ。そして何の因果か、彼女は僕と同じく、『前世の記憶』を持つ『転生者』だった。

不幸なことに、ヴァレリが記憶を取り戻した時は、既にデイビッドからの印象が最悪になった後だったらしい。このままでは、悪役令嬢の断罪から逃げられないと、彼女は絶望したそうだ。でも、ヴァレリはへこたれず、断罪の未来を回避する為に様々なことを行ったと聞いている……本人曰く、全部裏目に出たらしいけど。

デイビッドと関係改善の成果が見えず、彼女が焦っていた矢先のこと。帝都に広まる『化粧水』やヴァレリの父であるバーンズ・エラセニーゼ公爵から聞いた木炭車や当家の情報から、転生者が『バルディア家にいるのでは？』と考えたそうだ。

こちらとしても、エラセニーゼ公爵家の現当主のバーンズ公爵と父上の親交が厚いという事実を知る機会を得ていた。現状から将来の事を考え、悪役令嬢と出会わないよう敬遠するのではなく、近づいて動向を監視するべきと考えを改める。そして、僕が帝都に出向くことが決まった時、事前にエラセニーゼ公爵家に手紙を送付した。

目的は、親交を深めるためだったんだけどね。屋敷にやってきた悪役令嬢ことヴァレリ・エラセニーゼと彼女の兄ラティガ・エラセニーゼ。二人と会談した結果、紆余曲折《うよきょくせつ》あってヴァレリが転生者であることが判明。その際、断罪回避に向けた『協力体制』の申し出を彼女から受けた。だけどこの時、即決はせずに前向きに検討すると返答を留めている。

ヴァレリの言動から察するに、表向きは『協力体制』を取りつつ監視対象にすべきと判断できたけど、父上に相談してから最終判断を下す必要があると考えたからだ。事の次第はすぐに父上に報告して了承を得たけどね。

だけどこの時は、まだデイビッドに直接会ってなかったから、彼女に協力体制の返事をすぐにはしていない。

ヴァレリは、皇太子との関係に悩んでいたけど、デイビッド達と直接話した感じでは、そこまで悲観的な状況ではなかった。

彼女の性格が変わらなければ、二人の関係は『ときレラ！』のような運命だった可能性は高いだろう。でも、ヴァレリが前世の記憶を取り戻したことで、状況は良い方向に動きつつあるようだ。

前世の記憶を取り戻した後、彼女の言動は当然改善されている。そのおかげか、デイビッドはヴァレリのことを少しずつ見直していることがわかった。デイビッド本人は、それを認めてないけど。

全ての行動が裏目に出てしまった……彼女はそう言っていたけど、実際のところ効果はあったらしい。

帝城から戻ると、僕はすぐに彼女に連絡を取って『協力体制』の申し出に合意。同時に、デイビッドがヴァレリに抱いている印象と彼の思考について伝える。

彼女は、今までの行動が無駄ではなかったことに安堵した様子を見せるも、「はぁ……」と深いため息を吐いて頭を抱えていた。

「関係改善のために将来の『皇后』としてデイビッド様に認められる器量が必要ねぇ。つまり、私に『マチルダ陛下』みたいになれってことでしょう」

「まぁ、そう考えるとわかりやすくていいね。あ、それから……」

この時、『懇親会』についての予定も伝えた。勿論、デイビッドと彼女の親交を深める場を提供するためだ。

「はぁ……」

彼女は再びため息を吐くが、すぐに明るい表情に切り替えた。

「まぁ、なるようにしかならないわ。やるだけやってみましょう。見てなさい、デイビッド。私は貴方が認めざるを得ない『淑女《しゅくじょ》』になってみせるわ」

意気込む彼女だけど、淑女は机の上に片足を乗せて、右手の拳を掲げることはしないのでは？

早々に不安を覚えて、思わず首を捻ったのは内緒だ。

先日のヴァレリとのやり取りを思い返していると、カルロがエラセニーゼ公爵家の方々を連れてくるのが見えてハッとする。

「デイビッド様、良ければエラセニーゼ公爵家の皆様を一緒に出迎えに参りませんか」

彼は「む……」と眉間に皺を寄せるが、すぐに諦めた様子で首を横に振った。

「はぁ、そうだな。では、行くか」

「はい、参りましょう」

◇

エラセニーゼ公爵家の方々をデイビッドと一緒に出迎えると、バーンズ公爵と奥さんのトレニアはとても喜んでくれた。問題の悪役令嬢ことヴァレリは、ラティガの後ろに隠れている。『ラティガ・エラセニーゼ』は、ヴァレリと僕が前世の記憶を持っていることを知っている数少ない人物だ。何でも、ヴァレリは記憶を取り戻すなり、奇行に走ってしまったらしい。それを止めた際、彼女から前世の記憶を聞かされたそうだ。

ラティガは半信半疑ながら、ヴァレリの奇行を止められるなら……と信じてあげたらしい。彼はヴァレリと一緒に、僕が前世の記憶持ちであることを知って驚愕するも、今では良き理解者であり、協力者となってくれている。

正直なところ、ラティガの言動はヴァレリよりも信頼できると思えるほどに誠実な人物なんだよねぇ。

バーンズ公爵達を両陛下が休んでいた場所に案内した。バーンズ公爵と陛下達は、顔を合わせると貴族らしく畏まった挨拶を行う。それが落ち着いたのを見計らい、あえて気さくに振る舞い『彼女』に声をかけた。

「ヴァレリ、良ければ会場を案内しようか」

「そうね……じゃあ、折角だからリッドにお願いしようかしら」

彼女は口元を扇子で隠して頷くと、それとなく、デイビッドを一瞥する。彼は眉をピクリと動かすと、口を尖らせてそっぽを向いた。そして、わざとらしい咳払いをする。素直じゃないなぁ。

「リッド、君はこれから来訪してくる貴族の対応があるだろう。会場は一通り把握したから、案内は私がする。気にしなくていいぞ」

「そうですか。では、デイビッド様にお願いしたく存じます」

ニコリと頷きつつ、予想通りの反応に上手く釣れたとほくそ笑む。この会話の流れは、ヴァレリ達と事前に打ち合わせしていたものだ。

彼は、ヴァレリのことを少しずつ見直し始めている。同時に、いつも彼女がデイビッドを気に掛けることが当たり前になっていたはずだ。

その前提を変えようとする者が現れた時、彼がどんな反応を示すのか一度試してみてはどうか？という提案をヴァレリにした。当初、彼女は提案に懐疑的で首を捻った。

「デイビッド様がヴァレリ様のことを、本当に嫌っている感じはしませんでしたよ」

「……そうなの」

同席していたファラの言葉を聞き、ヴァレリは僕の提案を承諾。現状に至っているわけだ。少し心配だけど、後は作戦通りにヴァレリがデイビッドと親交を深めてくれることを祈るしかない。念のため多少離れた場所でも会話を聞ける、兎人族のラムルやディリックに二人の監視を依頼している。何か問題が起きても後から対処可能だろう。なお、ラムルとディリックは、カペラから諜報活動の教育を受けている子達だ。

遠巻きに、デイビッドが口を尖らせつつもヴァレリに会場を案内しているのが見える。

「とりあえず、大丈夫かな？」

ひとまず安堵したその時、会場にどんどん帝国貴族達が到着していることに気が付いた。

皇族との商談は落ち着いたから、次は貴族の対応に注意しないといけない。気を引き締めてファラと合流すると、貴族達の出迎えに移動する。

◇

懇親会が開催されて暫《しばら》く、会場は想像以上の大盛況となっていた。

今回の催《もよお》しでは、懐中時計や木炭車に加え、新しい食文化を披露することが目的だったから、保守派、革新派、中立派。派閥に関係なく招待状を送っていたこと。加えて先日の陛下との謁見が、大きな告知になったらしい。結果、帝都に駐在する貴族のほとんどが集まったと言っても過言ではない状況になっている。

懇親会にやってきた貴族の多くが、僕と年齢が変わらないと思われる『令嬢』を連れてきているのも嬉しい誤算だ。彼女達が会場で新しい料理の味を知れば、きっとお茶会とかの話題に上がり噂になっていく。口コミによる宣伝効果も期待できるだろう。

ただ、少し気になる点がある。令嬢達が何やらこちらの様子を窺っている感じがする。ファラもどことなく不安気というか、ともかく機嫌があまり良くない。

不思議に思っていたその時、「リッド殿、よろしいかな」と声を掛けられた。振り向くと、そこには武人のような雰囲気を纏った貴族。そして、僕と同い年ぐらいの男の子が立っていた。声を掛けてきた相手に少し驚くも、僕はすぐに目を細める。

「はい、構いません。辺境伯グレイド・ケルヴィン様、どうかされましたか」

目の前にいる貴族は先日、謁見の間で僕達と論戦したグレイド・ケルヴィン辺境伯その人だ。彼がこの懇親会に訪れ、かつ直接話しかけてきたのは意外だった。

ケルヴィン辺境伯家はバルディア家と同様、帝国の派閥では『中立派』の立場をとっているはずだから、無闇に敵対してこないだろう。

笑顔で出方を窺っていると、グレイド辺境伯は畏まりスッと頭を下げた。

「謁見の間では、我が息子『ドレイク』の軽率な発言。改めて、父として辺境伯としてお詫びしたい、申し訳なかった」

「え……」

突然のことに面を食らい、きょとんとしてしまう。

「リッド様……」と傍にいたファラの声でハッとした。

「グレイド辺境伯、頭を上げてください。あの場は様々な意見を出し合う場でした。それに、グレイド辺境伯とドレイク卿はすぐに謝罪してくださり、父上もそれを受け取っております。従いまして、私達の間には遺恨もありません」

そう告げて、あえて破顔《はがん》する。

彼の人柄は、父上に改めて教わっている。曰く、グレイド辺境伯は、冷静な判断ができる人物であり、味方にしておくべきらしい。

ただ彼は、帝国と並ぶ国力を持った『教国トーガ』に隣接する領地を任されている辺境伯故か、帝国の軍縮には明確に反対しており、軍拡《ぐんかく》を推している人物でもあるそうだ。つかず離れず、適度な距離を保つようにと言われている。

バルディア家も『無意味な軍縮には反対』だが、『他国を挑発する結果を招くような、過度な軍拡にも反対』の立場を表明しているそうだ。

謁見の間でグレイド辺境伯と論戦となった懐中時計の一件は、父上なりに一定の理解ができるらしい。現場で即座に時間が確認できるということは、軍事作戦やその活動ではそれだけ重要なことだ。時間さえ予《あらかじ》め決めておけば、連絡手段がなくても同時に作戦行動を起こせる。時計が当たり前に存在していた前世では、その利便性をあまり意識する機会はなかったな。グレイド辺境伯はゆっくり顔を上げた。

「そう言っていただけると、こちらとしては助かりますな。いやはや、リッド殿は将来が楽しみだ。同じ帝都を守る『辺境伯』として、今後は仲良くさせていただきたいものです」

「はい。こちらこそ、よろしくお願いします」

手を差し出して彼と握手をしながら、視線を変える。

「ところで、そちらの男の子は」

「おぉ、そうでした。今日は、リッド殿に年が近い『息子』をご紹介したかったのです。よろしいですかな」

グレイド辺境伯は男の子の背中をポンと押し出すように叩いた。その子は少し戸惑った表情をするが、すぐに畏まる。

「初めまして、グレイド辺境伯の次男、『デーヴィド・ケルヴィン』です。以後、お見知りおきをお願いします」

彼は、ペコリと頭を下げた。

デーヴィドは薄茶色の髪と、青く優しい瞳をした可愛い男の子だ。謁見の間で会った『ドレイク・ケルヴィン』は彼の兄なのだろう。

「こちらこそ、よろしくお願いします。改めて、僕はリッド・バルディア。そして、彼女が……」

「妻のファラ・バルディアです。よろしくお願いします」

彼女は、綺麗な所作で会釈する。自己紹介を終えると、デーヴィドは硬い表情を少し解いた。彼とは年齢も近いから、これから仲良くできるかもしれない。そう思いつつ、あることが気になった。

「グレイド辺境伯。『ドレイク』様の姿が見えないようですが、こちらには来られていないのですか」

「いや、ドレイクも連れてきたかったのですがね。あいつは、謁見の間の一件もありましたから一足先に領地へ帰したのです」

彼はバツの悪そうな表情を浮かべた。

「あ、そうだったんですね。しかし、『懐中時計』にあれだけ興味を示したドレイク様がこの場にいないのは少し残念です。きっと、様々な物を見てその可能性を感じてくれたでしょうから」

半分嘘であり、半分本当だ。ドレイク卿は、『懐中時計』にあの場で一番に興味を示していたように見えた。彼が『木炭車』や新しい食材を目の当たりにすれば、色々な発想や着想、応用を思い付いてくれたかもしれない。

まぁ、それはそれとして、彼が謁見の間で僕に向けていた『敵意』の籠もった眼差し。あれを思い出す限り、現時点で僕と彼が『仲良く』するのは難しいだろうけどね。でも、必ずしも仲良くなる必要もないだろう。

彼が良い意見を出せば、それはそれで採用すればいいだけだ。前世でいう『仕事の取引先』でも、『絶対に合わない人』というのは一定数存在していた記憶がある。自身が苦手と感じる相手は、得てして相手もこちらを苦手と思っていることは多い。だけど、取引先である以上、互いに会わないわけにはいかない。

じゃあ、どうするのか？　互いにその問題は横に置き、『仕事』だと割り切って対応するしかない。お互いに苦手意識を持っていても『仕事はちゃんとする人』は存在する。

ドレイク卿とも好き嫌いは横に置いて、『ビジネスライク』……つまり、事務的にお付き合いできれば良いかなと思っている。

「そう言っていただけるとは思いませんでしたな。ドレイクも喜びましょう」

グレイド辺境伯は嬉しそうに頷くと、「それにしても……」と目を輝かせながら身を乗り出した。

「この会場にある物は、私も可能性を非常に感じていますぞ。特にあの『木炭車』は素晴らしい。是非とも、ケルヴィン家にも融通していただきたいものです。あのような乗り物の着想は、一体誰の発案なのですかな」

「え!?　えっと……」

思いがけない圧に言い淀《よど》んだその時、「グレイド辺境伯。その件は私から話しましょう」という聞き慣れた声が聞こえてきた。

「おぉ、ライナー辺境伯から直接伺えるとはありがたい。では、聞かせていただけますかな」

「ええ、構いませんよ」

グレイド辺境伯の興味は、この場にやってきた父上に移ったらしい。胸をなで下ろしていると、彼の次男坊であるデーヴィドが「はぁ……」と小さなため息を吐いた。

「リッド殿。折角ですし、あちらで少しお話でもどうでしょうか」

「承知しました。あと、妻も良いですか」

「勿論です。では参りましょう」

そうして僕達は、グレイド辺境伯と父上のやり取りが見える少し離れた場所に移動した。


「お二人共、急に移動してすみません。父上は自分の興味がある話になると長いので……」

デーヴィドはそう言うと、父上を質問攻めにしているグレイド辺境伯に呆れた眼差しを向ける。よく見れば父上も困惑しており、ファラと一緒に「あはは……」と苦笑する。

「ところで、デーヴィド殿は私と年齢が近いと伺いましたが、いまおいくつなんですか」

彼は同い年だと事前情報では聞いているけど、一応ね。

「七歳です。もうすぐ八歳になりますね」

「あ、それなら一緒ですね」

素知らぬ顔で僕が頷くと、「なるほど。ちなみにファラ殿も同じですか」とデーヴィドは視線を変えた。

「はい。私もリッド様、デーヴィド様と同じ七歳です」

彼女の答えを聞き、彼は嬉しそうに目を細めた。

「じゃあ、私達は同い年なんですね」

「そうみたいですね」

僕は相槌を打ちながら、彼とは仲良くできそうだなと好印象を抱いていた。自己紹介から簡単なやり取りしかまだしていないけど、デーヴィドの言動に裏を感じない。

一つ一つの仕草を見ても、彼は僕達に敬意を払ってくれている。『ドレイク・ケルヴィン』とは事務的な付き合いになったとしても、デーヴィドと僕が親交を深めれば両家の均衡《きんこう》もとれるだろう。ドレイクが僕と話したくないとなれば、彼を窓口にすれば良いからね。僕は笑顔で手を差し出した。

「こうしてお話しするのもご縁ですから、良ければ『リッド』と呼んでください」

「……わかりました」

彼は少し呆気に取られるが、すぐに僕の手を握り返してくれた。

「では、私のことも『デーヴィド』と呼んでください。あと、言葉遣いも崩して構いません」

「わかった。デーヴィド、改めてよろしくね」

「こちらこそよろしく、リッド」

「それでしたら、私と話すときもどうぞ言葉を崩してくださいませ」

「ありがとう、ファラ殿。では、お言葉に甘えさせていただくよ」

彼は白い歯を見せ、爽《さわ》やかに頷いた。

父上達の会話を横目に談笑するうち、話題は互いの領地に移っていく。驚いたのは、ケルヴィン領に隣接する教国トーガからの不法入国者の対応。そして、トーガ側の挑発的な行動が後を絶たず、グレイド辺境伯やドレイク卿が苦慮しているという事実だった。

バルディア領もバルスト、ズベーラ、レナルーテという三国と隣接した辺境だけど、レナルーテは同盟国だし、バルストとズベーラは国力の違いから帝国と事を構える様子はない。他国からの不法入国者、犯罪組織、工作員などの取り締まりは行っているけど。

でも、『教国トーガ』は、『マグノリア帝国』に勝るとも劣らない大国だ。それ程の国が頻繁に挑発してくるなら、ケルヴィン領は堪ったものではないだろう。

そうした現状から、軍事活動を効率化させるために必要な『時計の小型化』にも着手していたらしい。

「やっぱり、同じ『辺境』でも、隣接する国が違えば状況はかなり変わるね」

「そうですね。まぁ、父上曰く、トーガの挑発は本気ではないらしく、あくまで『偵察』の意味合いが強いそうです」

デーヴィドの言葉に「なるほど……」と相槌を打ちながら、横目で父上達の様子を窺った。『懐中時計』に、グレイド辺境伯が興味を示したことに合点がいく。同時に、少し気掛かりなこともある。

「ところで、君のお兄さんのドレイク卿……彼はあんまりバルディア家に良い印象を持っていないように感じたんだけど、何かあったのかな」

ドレイクの物言いは高圧的かつ敵意を感じるものだった。『懐中時計』の開発で先を越されただけで、あそこまでの敵意は抱かないと思うんだよね。

ドレイクと事務的に付き合っていくにしても、その原因は確認しておきたい。グレイド辺境伯には聞きづらいけど、デーヴィドなら教えてくれるかもしれない。そう考えたけど、彼は決まりの悪い顔を浮かべて「あはは……」と頬を掻いた。

「……ケルヴィン家とバルディア家で問題があったわけではありません。ですが、両家が帝国貴族の間で何と言われているか……知っていますか」

「えっと、確かバルディア家は帝国の剣、ケルヴィン家は帝国の盾と評されていることかな」

「はい、その通りです」

彼は頷くと、話を続けた。

「ドレイク兄さんは、『帝国と並ぶ大国、トーガと剣を交えるケルヴィン家こそが帝国の剣と評されるべき』と考えているみたいです。父上や私は気にしていないんですけど……どうも、帝都の学園に通っている時、そのことで色々あったらしくて、申し訳ないです」

デーヴィドはそう言って、ペコリと頭を下げた。

「いやいや!? こちらもそんな事情があるとは知らずに聞いてしまい、申し訳ない」

そんなことで……と思えなくもないけど、貴族というのは体面と誇りを重視している。

『帝国を守る』という職務を任されたケルヴィン家の嫡男として、誇り高いドレイクからすれば、『帝都の学園であったこと』は相当な屈辱《くつじょく》だったのかもしれない。その点から考えれば、こちらをよく思わない彼の感情は理解できなくもない……か。

とはいえ、あの言動が許されるわけじゃないし。やっぱりドレイク卿との付き合いは今後も難しいかもしれないなぁ。そうなると、ケルヴィン家の窓口となり得るデーヴィドとの親交は、今後の為にも大事にしたいな。

「ありがとう、リッド。兄上にもすれ違いがあったことを伝えておくよ」

「うん、デーヴィド。よろしくお願いするよ」

顔を上げた彼と笑い合っていると、ファラがふと話頭を転じる。

「……そういえば、デーヴィド様のお名前。皇太子のデイビッド様と似ておられますね」

「あ、言われてみれば、確かにそうだね」

僕が相槌を打つと、デーヴィドの顔色が途端に暗くなった。

「はぁ……」

彼がため息を吐くと、周りの空気が急激に冷え込んだ。

「やっぱり……そう考えますよね。実は私の名前、父上が僕より少し早くご誕生されたデイビッド様にあやかって名付けたそうなんです。あまりに安直ですよねぇ」

「あぁ……そういうことですね」

名前の由来に合点がいき、何とも言えない気持ちで相槌を打った。

主君に由来する名前を子に付けるというのは、何となく理解できるけど命名は確かに安直かもしれない。

「いえいえ、デーヴィド様。皇太子であるデイビッド様に由来するお名前、とても素敵だと存じます」

ファラが小さく首を横に振ると、彼は首を捻る。

「……そうですかね」

「はい。デイビッド様に由来する名前の命名が許される。それはつまり、『ケルヴィン家』が忠義に厚く、国からも認められているとも考えられますから」

首を傾げていたデーヴィドがハッとする。

「言われてみれば、そう考えることもできますね」

「えぇ、ですから、デーヴィド様。そのように、ご自分を卑下《ひげ》なされないでください」

ファラが目を細めて微笑むと、彼はポーっとして頬を少し赤く染めた。その様子に、む……と嫌なものを感じて「ゴホン」と咳払いを行う。

「ファラの言う通り、素敵な名前じゃないかデーヴィド」

「そ、そうだね。そんな風に考えたことはなかったよ。ファラ殿、ありがとう」

「とんでもないことです。少しでもデーヴィド様のお力になれたなら幸いです」

彼女が綺麗な所作で会釈したその時、背後から「リッド殿。少しよろしいですかな」と呼ばれる。

振り返ると、ベルルッティ侯爵と彼の息子であるベルガモット卿がこちらにやってきた。

「いやはや、歓談中にすまない。ライナー殿に声を掛けようとしたんだが、グレイド辺境伯が熱く語っていたのでね。先んじて、君に声を掛けさせてもらったんだよ」

「うむ。父上の言う通り、彼の『熱語り』は貴族内でも有名な話なんだ。悪く思わないでくれ」

「いえいえ、ベルルッティ侯爵もよくおいでくださいました。それに、ベルガモット卿もお越しいただきありがとうございます」

失礼の無いように威儀《いぎ》を正して答えると、ファラも礼儀正しく挨拶をする。

帝城における待合室と謁見の間のやり取りに加え、父上の話を聞く限り、この二人が要注意であることは明らかだ。ジャンポール侯爵家の対応は、無難にやり過ごすと事前に決めていた。

「これは丁寧に申し訳ない。あ、それとデーヴィド君、話の邪魔をして悪かったな。許してくれたまえ」

「とんでもないことでございます、ベルルッティ侯爵。父上の『熱語り』は、息子である私もよく存じております故、気になさらないでください」

デーヴィドは苦笑いしながら丁寧に答えている。やり取りから察するに、彼等は初対面ではないらしい。ベルルッティ侯爵はニコリと頷き、視線をこちらに戻した。

「さてと、リッド殿の元に出向いたのは他でもない。先日、待合室で話した娘と孫を紹介するためでね」

「お嬢様と御令孫……ですか」

そう言えば、ベルルッティ侯爵が孤児を養女にしたという話を父上から聞いていたな。あんまり気にしていなかったけど、彼から直接『娘を紹介したい』と言われて違和感を覚えた。

ベルルッティ侯爵は、見た目からしてそれなりの年齢のはずだ。息子のベルガモット卿には孫も居るというのに、わざわざ養女を取った。明らかに、何かの考えがあってのことだろう。程なく、ベルルッティ侯爵に呼ばれて女の子と男の子がやってきた。

二人の背丈や容姿からは、僕やファラと年齢が近いことが窺い知れる。

「では、紹介しよう。我が娘の『マローネ』だ」

女の子が無駄のない動作で一礼する。

「父にご紹介に与かりました。『マローネ・ジャンポール』と申します。皆様、どうかお見知りおきください」

マローネと名乗った彼女は、白金色の長髪と藍色の瞳をしており、とても可憐だ。でも、どこか怪しく、雰囲気もベルルッティ侯爵に少し似ている。それに、『マローネ』という名前は偶然だろうか。内心で訝しみつつ、もう一人の男の子をそれとなく窺う。

彼はベルガモットと同じ茶髪で青い目をした少年であり、中々に可愛らしい顔つきだ。マローネの挨拶が終わると、ベルガモットが咳払いを行った。

「……我が息子の『ベルゼリア』だ」

「ベルゼリア・ジャンポールです、よろしくお願いします」

名乗ってくれた彼の声は、透明感があり、容姿と相まって何も知らないと女の子と勘違いしてしまいそうだ。

「リッド・バルディアです。お二人にお会いできて光栄です。こちらこそ、以後よろしくお願いします」

「ファラ・バルディアです。よろしくお願いします」

彼等の挨拶に答え、こちらも礼を尽くすとベルルッティ侯爵は目を細めて微笑んだ。

「子供達はリッド殿と歳も同じ故、話も合う部分もあるかと思ってな。我々貴族は、与えられた責任から心をすり減らし、病に陥るものも多い。もし……悩みや困ったことがあれば、話すだけでも気が楽になることもある。老婆心《ろうばしん》になるが、マローネとベルゼリアが君の良き友人になれればと思ってな」

「ありがとうございます。私は普段、領地におりますから帝都に友人ができるというのは大変心強い。お心遣い感謝いたします」

彼に何の意図もなければ、言葉通り『老婆心』になるだろう。でも、ベルルッティ侯爵の視線と言葉の端々から感じるこのねっとりした嫌な気配。やっぱり、警戒すべき相手だと直感する。

僕が顔を上げたその時、ベルガモットがベルゼリアを一瞥した。どうしたんだろう？　首を傾げていると、彼はおずおずとファラの前に一歩でる。

「あ……あの……その……」

「……？　はい。なんでしょうか」

意図がわからず、小首を傾げるファラ。

ベルゼリアは緊張からか、顔が少し赤くなってもじもじとしている。話が進まず、見かねた様子のマローネが助け船を出すように「ファラ様」と発した。

「よろしければ、あちらでレナルーテ国のお話を少し聞かせていただけないでしょうか」

そう言って彼女が視線を向けた先は、お菓子やエレン達が開発した手動式ジューサーによる飲み物が提供されている場所だ。次いで、マローネは可愛らしく笑った。

「すみません。私、珍しいお菓子や甘い飲み物に目がないんです。帝国から出たこともないですから、是非この機会にファラ様のお話をずっとお聞きしたいと思っておりました。少しだけ、お時間をよろしいでしょうか」

「え、えぇ、私は構いませんけれど……」

ファラは、こちらに目配せする。

「そうですね。じゃあ、折角ですし新開発したお菓子や飲み物もご紹介しますよ。ベルゼリア様とデーヴィドも良ければ一緒にどうだい」

彼女の言葉に頷きつつ、傍の二人に呼びかける。

ベルルッティ侯爵は、マローネやベルゼリアを使って僕達を探る腹積もりなのかもしれない。でも、それはこちらにも言えることだ。マローネ達を通して、ジャンポール家の情報を少しでも得られれば儲《もう》けものだ。

「そうだね。僕も気になっていたから是非、頼むよ」

「じゃ……じゃあ、私もお願いします」

デーヴィドとベルゼリアが頷くと、マローネが胸の前で手を合わせ、パァっと微笑んだ。

「ふふ、決まりですね。では、リッド様、ファラ様、恐れ入りますが案内をお願いしてもよろしいでしょうか」

「はい。では……」

先導しようとしたその時、「あ、そうだった。リッド殿、よろしいかな」とベルルッティ侯爵に呼び止められる。

「なんでしょうか」

「聞きたいことがあったのを忘れていてね。何、時間は取らんよ。マローネ、お前達は先に行っていなさい」

「はい、父上。では皆様、参りましょう。ファラ様、ご案内をお願いしますね」

「え、は、はい……」

ファラは戸惑っているが、マローネの勢いに加え、ベルゼリアやデーヴィドも歩き始めていたことから止まれない。僕は彼女を安心させるべく、『大丈夫』と目配せした。意図にファラも気付いたらしく、少しホッとした様子で足を進めていく。

「……それで、私に聞きたいこととはなんでしょうか。ベルルッティ侯爵」

「ふふ、いやなに。こんな素晴らしい開発品の数々を目の当たりにすれば、誰でも直接君と話したいと思うのは当然のことだろう。なぁ、ベルガモット」

「えぇ、全くです。この素晴らしい商品はどのように開発されたのか。是非、参考までに聞いてみたいものですねぇ」

僕の前に立つ二人の瞳には、まるで捕らえた獲物を見るようなそんな光が宿っている。それとなく父上を一瞥するが、まだグレイド辺境伯に捕まっているようだ。ファラもマローネ達の案内がある。こちらにすぐに戻ってくることはできないだろう。

僕を孤立させ、何かしらの情報を引き出そうと考えているのかもしれないな。でも、あえて目を細めて微笑み返す。

「ご評価いただきありがとうございます。しかし、こちらに並ぶ商品は、父上とクリスティ商会によって企画され、当家に仕えるドワーフの姉弟によって開発されたものになります。強いて言えば、私はその商品をいち早く触れられる場所にいたに過ぎません」

彼等に淡々と告げたのは、父上達と事前に考えていた『答え』だ。目新しい商品を売り出せば、どうしても発案者は注目を浴びてしまう。だけど、子供の僕が目立つのはあまりよろしくない。対策として、父上やクリスティ商会の陰に隠れられる『模範解答』を予め用意していた。

「ふむ……確かに、クリスティ商会の代表であるクリス殿は優秀だ。しかしだね……ここにある目新しい商品は、ドワーフは元よりクリス殿。勿論、ライナー殿を含め、我々では思いつかないような発想や着想に基づいているものばかりだ」

「……何を仰りたいのでしょうか」

素知らぬ顔で首を傾げると、ベルルッティ侯爵は楽しそうに目を細める。

「つまりだね。常識に囚われない『型破り』な考えを持つ人物が、開発の陰にいると思うのだよ……リッド殿に誰か心当たりはいないかな」

ねっとりとした視線を注がれて息を呑むと、僕はゆっくりと首を横に振った。

「さぁ。残念ですが、先程申し上げたことが全てでございます故、私は存じ上げません」

「ふむ、そうか……。ならば、これ以上は聞くまい」

ベルルッティ侯爵はそう言うと、「ところで……」と話頭を転じた。

「娘のマローネと孫のベルゼリアとは、是非仲良く付き合ってやってほしい。あの二人は、仲の良い友達があまりいないようでね」

「畏まりました。では、この機会に色々と話させていただきます」

「そう言ってもらえると助かるよ。ちなみに、リッド殿の目から見てマローネはどう見えるかな」

「え……マローネ様ですか」

意図が分からず、彼女達がいる場所に振り向いた。そこでは、ファラとマローネ達が談笑しながらジュースを美味しそうに飲んでいる。彼女達は、僕の視線に気付いたらしく、揃って手を小さく振りながら目を細めた。答えるように手を振ると、ベルルッティ侯爵に視線を戻す。

「……可愛らしく、利発なご令嬢に思われますが……」

「そうか。それなら、良かった。今後、何がどういう縁に繋がるかわからんからな」

「えっと、どういう意味でしょうか……」

急に上機嫌になるベルルッティ侯爵を訝しむが、彼は苦笑する。

「おっと、これは失敬。リッド殿とは身内と変わらない感覚で話してしまったな。まぁ、将来的なことだよ」

「……それは側室とか、そういうお話でしょうか」

嫌悪感を抱き眉間に力が入るが、ベルルッティ侯爵は意に介する様子もなく頷いた。

「まぁ、そんなところだ。帝国内の貴族には『純血主義』を唱える者達も一部おってな。勿論、我らはそんなことを気にしておらん。しかし、表には出さずとも、内心では頑なにそう考えている人物が存在するのも確かなのだ。特に……『保守派』と言われる連中はな」

最後の言葉だけ、彼は少し忌《い》ま忌《い》ましそうに吐き捨てた。革新派の中心人物であるベルルッティ侯爵の下には、由緒ある貴族以外にも新興貴族も多く集まっているらしい。

逆に保守派は、昔から皇族に仕えている貴族が多いそうだ。その点から察するに、『純血主義』を唱える貴族に保守派が多いと言うのは事実なのだろう。

『純血主義』とは帝国貴族の爵位を継承できる者は、父母共に帝国人であるべきという思想を持っている貴族達であり、同時に新興貴族に好意的ではないらしい。

バルディア家にそんな思想はないけど、代々続く帝国貴族の一部でその思想が強い貴族がいるそうだ。ファラを妻としている僕も『純血主義』の方々とは、あまりお近づきにはなりたくないのが本音。この点は、ベルルッティ侯爵とも意見は一致しているかも。

まぁ、それはそれとして、今後のためにもはっきりと言わないといけないことがある。深呼吸をして、ベルルッティ侯爵を真っすぐに見据えた。

「恐れながら申し上げます。たとえ、どんな困難が来ようとも、私の妻は彼女……『ファラ』しかおりません」

「ふふ、その瞳。やはり、エスターを思い出すよ。まぁ、未来はどうなるのか誰にもわからん。しかしだ……無駄な摩擦《まさつ》を避けるため、そうした『選択肢』があることだけは覚えておくべきだろう。これは、貴族としての助言だな」

ベルルッティ侯爵がそう言うと、ベルガモット郷が咳払いをした。

「父上。そろそろ、次のところに参りましょう」

「む……そうだったな。では、リッド殿。私はこれで失礼するが、マローネとベルゼリアのことはよろしくお願いするよ」

「畏まりました。懇親会をお楽しみください」

会釈すると、ベルルッティ侯爵は好々爺の如く目を細める。そして、ベルガモット郷と共に『木炭車』が展示、試乗できる場所に向かって歩き出した。

「ふぅ……」

二人の背中を見送っていると、「リッド」と名前を呼ばれる。

「父上、グレイド辺境伯とのお話はお済みになったのですか」

「あぁ、思いのほか長くなってしまったがな。それより、二人と何か話していたようだが、大丈夫だったか」

「はい。そこまで困るような話はありませんでした。ただ……」

僕が言い淀むと、父上は眉間に皺を寄せる。

「ただ……どうした」

「いえ、『純血主義』や『側室』とかの話は少しありましたね」

父上の眉がピクリと反応した。

「私がお前の傍にいない時に、わざわざそんな話をするとは……。やれやれ、ベルルッティ侯爵は余程お前を気に入ったらしいな」

「あ、あはは……そうなんですかね。あ、それと、こうも言われました」

苦笑しながら話頭を転じると、父上は「なんだ」と首を傾げた。

「僕の瞳が、祖父のエスター様に似ているそうです」

「……そうか。ベルルッティ侯爵は父とよく議論を交わしていたからな。お前の瞳に父を感じたのかもしれん。だが、お前の瞳はナナリー似だよ」

そう言うと、父上は僕の頭にポンポンと優しく手を置いてくれた。

◇

その後、父上と僕だけの状況になるのを待っていたのか、沢山の貴族令嬢とその御両親が次々とやってきた。失礼の無いように丁重に対応する中、父上がこっそり耳打ちをしてくる。

曰く、此処に集まった令嬢と御両親は縁談を既にお断りした方々だそうだ。僕と直接会えれば、機会に恵まれるかもしれないという考えらしい。さすがに彼等の目的があからさま過ぎて辟易《へきえき》してしまう。

今のところ直接的な言葉もないから、耐えるしかないよなぁ。そう考えていた時、彼等の一部が僕に卑しい眼差しを注ぎながら父上に語りかけた。

「将来的により良い縁となれば幸いです。それに……帝国の爵位は生粋の『帝国人』が引き継いでいくべきでしょう」

僕を子供だと侮り、聞こえても問題ないと高を括《くく》ったのだろう。

断じて聞き捨てならない。言葉の真意を読み取れば、彼等はファラを僕の妻として見ていないということだ。我慢が限界を超え、ブチっという音が脳内で響く。わざとらしい深呼吸をして注目を浴びると、僕は目を細めて口元を緩める。

「恐れながら申し上げます。私は妻となったファラ以外の方に現《うつつ》を抜かすつもりは一切ありません。国同士の繋がりを鑑みれば、それが筋でございましょう」

「そ、それは……」

反論されると考えていなかったのだろう。彼等は、困惑して面を食らっている。すかさず、父上が咳払いした。

「我が領地は隣国と国境が隣接しております。それ故、領内には様々な人種が行き交い、また暮らしております。そうした状況下、帝国人だけをあからさまに優遇すれば、領民が不満を抱きましょう。貴殿達を否定するつもりはありませんが、当家とは些か見解が違うようですな」

「ぐ……」

貴族達は、苦虫を噛み潰したように顔を顰めた。

一連のやり取りに小首を傾げる令嬢達の手を引くと、彼等は蜘蛛《くも》の子を散らすように去っていく。その背中を見送った後、「はぁ……」とため息を吐いた。

「すみません、父上。つい、言ってしまいました」

「気にするな、正論を言ったまでだ。それに、理路整然と話す姿から勘違いされやすいが、そもそも子供であるお前の言葉に怒りを露わにするなど、貴族の底が知れる。まさに、『大人気ない』という奴だな……ふふ」

楽しそうだけど、父上の笑いのツボがよくわからない。とりあえず、「あ、あはは……」と苦笑した。

「リッド様」

ふいに名前を呼ばれて振り向くと、そこには目を細めて微笑むマローネと、顔を少し赤らめて俯いていているファラ。そして、何やらニヤニヤしているデーヴィドとアスナに加え、もじもじしているベルゼリアがいた。

「……？　皆、どうしたの」

首を傾げると、マローネが可愛らしく笑った。

「ふふ。先程のお言葉は実に素晴らしいものでした。噂通り、リッド様はファラ様と仲睦《なかむつ》まじいと思ったまででございます」

「な……!?」

顔が火照《ほて》っていくのを自覚していると、デーヴィドが「全くです」と相槌を打った。

「あれだけの貴族が集まる中、そのような啖呵《たんか》を切るとはね。この一件はご令嬢の間で噂になることでしょう。その時が楽しみです」

「そ、そうですね。ご令嬢の皆様はこういったお話はお好きですから……」

ベルゼリアも先の二人と同じ意見らしく、言葉はたどたどしいけどしっかり頷いている。

「あの、その、私はとても嬉しかった……です」

ファラは目を伏せたまま、おずおずと呟く。また顔が熱くなったけど、彼女も耳が少しだけ上下に可愛らしく動いていた。

「ま、まぁ、当然のことを言ったまでだからね。それでファラが喜んでくれるなら、嬉しい限りだよ」

そう言うと、僕は照れ隠しで咳払いをした。

「まぁ……ふふ、ここだけ少しお熱い風が吹いているようですね」

「全くだね」

「う、うん。ちょっとうらやましいなぁ」

マローネの発した言葉に、デーヴィドとベルゼリアが続き、辺りからは忍び笑う声が聞こえてくる。僕とファラは、その中で一緒に照れ笑いを浮かべていた。

◇

ファラ達と合流後、デーヴィド、マローネ、ベルゼリアを改めて会場を案内することになった。

新料理、飲み物、木炭車、懐中時計を紹介しながら質疑応答したところ、皆はとても楽しんでくれたみたい。特に、木炭車の試乗はとても喜んでくれていた。

マローネ達は、ドワーフや獣人族と会うのが初めてだったらしく、エレンや狐人族の子達との会話も楽しんでいたようだ。でも、マローネとベルゼリアの褒め言葉でエレンが調子に乗ってしまい、「実はですね。雷属性の……」と言い出した。

「エレン」

慌てて声を掛けると、彼女はハッとした。

「あ⁉　す、すみません。つ、つい……あはは……。皆様、今のは聞かなかったことにしてください」

「わかりました。ふふ、まだまだ色々な商品をお考えなんですね」

マローネの言葉に、デーヴィドやベルゼリアも苦笑しながら頷いた。

エレンが口を滑らそうとしたのは、『雷属性の魔力を宿して保持できる物』を秘密裏に研究していることだ。これの開発に成功すれば、バルディア領が世界に先駆けて発展することになるだろう。

エレンは苦笑しているけど、こちらは冷や汗ものだ。

幸いと言って良いのか。マローネ達は今のやり取りから事情を察してくれたらしく、何も聞かないでいてくれた。それから場所を変え、机を囲んで軽食を取りながら談笑する。

同じ帝国貴族と言っても、家によって考え方や国から受け持っている業務が違うから、中々に有益な話ができたと思う。ただ、どうしても気になるのがベルルッティ侯爵の娘という『マローネ』だ。

彼女は、話す限りではとても好印象である。当たり障りなく話せるし、場の雰囲気も読める上、察しも良い。だからこそ、底知れない何かも感じていた。

『マローネ』という名前は、『ときレラ！』のメインヒロインだった『マローネ・ロードピス』と同じだ。だけど、彼女はベルルッティ侯爵の娘だから、姓名は『マローネ・ジャンポール』である。

問題はこれを偶然と片付けるか、運命の歯車に変化が起きたと捉えるかだ。『ときレラ！』の悪役令嬢こと『ヴァレリ・エラセニーゼ』が僕と同じ転生者だったという事実を考えれば、偶然として片付けるのは安易過ぎる。考えをまとめると、皆で和気藹々《わきあいあい》と話す中で話頭を転じた。

「ところで、折角こうして皆で話せたのも何かの縁だから、手紙のやり取りでもしてみない」

「まぁ、それは素敵なお話です」

マローネが嬉しそうに微笑むと、ベルゼリアも頷いた。

「は、はい。僕も良いと思います」

「うん。僕が住む領地とバルディア家は距離もあるから、手紙の方がやり取りは簡単だね。是非、こちらからもお願いするよ」

デーヴィドも同意してくれたことで、この場にいる皆で文通をすることが決まった。

当家と正反対に位置する中立派のケルヴィン家。帝都における革新派の筆頭、ジャンポール家との繋がりがマローネ達を通じてできたわけだ。

ジャンポール侯爵家は、油断ならない相手だ。とはいえ繋がりが無く、何も情報が得られない状態の方が危険だし、下手をすれば気付かないうちに足を掬《すく》われかねない。当然、『マローネ・ジャンポール』の動向を窺うことも兼ねている。

保守派の筆頭、『エラセニーゼ公爵家』の情報も『ヴァレリ』を通じて得られるから、帝国貴族達の大まかな動向がこれで少し見えやすくなるはずだ。まぁ、彼等が簡単に情報を漏らしてくれるとは思わないけどね。

「なんだか面白そうな話をしているな」

声を掛けられ振り向くと、そこに居たのはデイビッドとヴァレリだ。マローネとベルゼリアは彼等に気付くと、即座に席から立ち上って畏まる。

「はは、そう固くならずに頭を上げてくれ」

デイビッドはそう言うと、ヴァレリも含めて自己紹介を行った。

「なるほど、ジャンポール侯爵家の者か。直接会うのは初めてだな」

「私も初めてです」

ヴァレリがデイビッドの言葉に頷くと、マローネとベルゼリアが再び畏まる。

「こうしてご挨拶できたこと、光栄に存じます。デイビッド様、ヴァレリ様」

「み、右に同じく、光栄に存じます」

「はは。さっきも言っただろう。そんなに畏まらなくて良いさ。それより、何の話をしていたんだ」

デイビッドは、この場にいる皆に軽く笑いかけている。今見る限りでは、彼がマローネに一目惚れしている兆候はない。

彼女が『ときレラ!』の『マローネ』と同一人物であれば、主役級のデイビッドと出会うことで何か起きるかも……そう考えていたんだけど、特に変化はないようだ。

「ここにいる皆で手紙のやり取りをしてみようって話だよ。デイビッドとヴァレリも参加するかい？」

探るように答えると、デイビッドは「ふむ」と頷いた。

「それは面白そうだな。時折で良ければ、私も参加しよう。ヴァレリはどうかな」

「そうですね……。では折角ですから、私も参加してみます」

こうして、二人も手紙のやり取りに加わることになった。基本は月一回程度のやり取りだけど、少しでも何かの情報を得られれば儲けものだろう。皆の年齢も近いこともわかり、もっと気軽に話そうということになった。談笑しているうちに懇親会は閉会の時間となり、皆はそれぞれの親と帰宅の途に就く。

別れ際にはデイビッドを始め、どの子も「すごく楽しかった」と言ってくれたけど、ヴァレリだけは浮かない顔で耳打ちをしてきた。

「ねぇ、リッド。ジャンポール侯爵家の『マローネ』って言う子なんだけど……ただの『同名』なのかしら」

「その件は、僕も気になったから調べるつもりだよ」

「そう、私もできる範囲で調べてみるわね」

「うん。僕も何かわかったら連絡するよ」

僕の答えを聞いたヴァレリは、ホッとした表情を浮かべて胸をなで下ろした。エラセニーゼ公爵家の一団が会場を後にすると、他の貴族達も続いて帰途に就く。

会場にようやく訪れた静寂に、緊張の糸が緩むのを感じながら近くの椅子に腰かけると深く息を吐いた。

「さすがに、少し気疲れしたね」

「ふふ。お疲れ様でございました。リッド様」

「ありがとう、ファラ」

笑みを溢す彼女にそう言うと、視線を変える。

「それに、ディアナもね。君のおかげで色々と助かったよ」

「とんでもないことでございます」

懇親会の最中、ディアナは僕の傍で色々と気を利かしてくれて本当にありがたかった。

彼女の器量の良さは素晴らしいから、恋人のルーベンスは幸せ者だろう。貴族の若い男性の一部は、ディアナをチラチラ見ていたしね。

「あの、リッド様。ところで、先程はヴァレリ様と何をお話しされていたのでしょうか」

ファラが申し訳なさそうに話題を転じた。

「え？　あぁ、マローネのことだよ。彼女のことでちょっとね」

「あ……」

彼女は何かを察したらしく、顔を寄せて耳打ちをしてきた。

「その件で私もお話ししたいことがあります」

「え……」

「マローネ様は、ベルルッティ侯爵様に器量を認められ、一年程前に養女として迎え入れられたとのこと。そして、マローネ様が養女として迎え入れられるまで過ごしていた場所は、『ロードピス男爵家』が運営する孤児院だったそうです」

「な……⁉」

ファラが得た情報に驚愕する。『ロードピス』という姓は、『ときレラ！』に登場する『マローネ・ロードピス』と同じであり、『男爵家』というのも一緒だ。

ロードピス男爵家が運営する孤児院にいた『マローネ』となれば、おそらく同一人物である可能性は高い。

「ちなみに、その情報はどこから」

尋ねると、ファラの表情が少し曇った。

「リッド様がベルルッティ侯爵様とお話をしていた際、マローネ様ご本人から伺いました。裏取りは必要かと存じますが、間違いないかと。皆様がいる状況では、中々にお伝えできる機会がなくて……申し訳ありませんでした」

「いやいや、そんな貴重な情報を得てくれただけでもすごく助かったよ。謝る必要はないし、むしろお礼を言うのはこっちだよ。ありがとう」

目を細めて微笑み掛けると、ファラは顔を赤らめる。

「お役に立てて、良かったです」

嬉し恥ずかしそうに小声を発した彼女の耳に目をやると、少し上下している。相変わらず、可愛いなぁ。

懇親会が終わって

懇親会は大盛況に終わり、翌日になると『木炭車』、『懐中時計』、『新しい料理』の噂を聞きつけた商人の他、商売を基軸としている新興貴族達から商談の申し込みが殺到した。

当家は研究開発を行うのみであり、窓口はクリスティ商会とサフロン商会と決めている。例えるなら、バルディア家が前世の『某自動車製造会社』で、クリスティ商会とサフロン商会が『某自動車製造業者の正規販売代理店』という感じだ。

申し込みは僕達で吟味《ぎんみ》した後、適切と考えられる誠実な相手だけに各商会への紹介状を返送。なお、紹介状には『当家との直接取引は不可である』と父上が一筆入れている。

『バルディア家本来の業務は、帝国の国境警備と防衛である。商品開発と研究はその業務により注力する為であり、事業を通して得る資金も同様である。しかし、当家は本来の業務で多忙を極め、商売に必要な販売業務までは行えない。それ故、クリスティ商会とサフロン商会に販売業務を委託している。従って、先に紹介した商会は当家の代理である為、商談と交渉の場では適切な対応をお願いしたい』

内容はこんな感じだ。大体の相手はこれで納得してくれたけど、中にはそれでも押しかけてきた貴族も一部いた。父上は、そうした相手に容赦しなかったけど。

「つまり……貴殿は当家に皇帝陛下から下された国防の大命に背き、商売に力を入れろ……そう仰るのか」

無粋な相手に、父上はそう言って凄んで一蹴《いっしゅう》する。さすがの貴族達も『皇帝陛下』の名前と、父上に恐れ戦《おのの》いて何も言えず、すごすごと退散していった。

なんにしても、これまで以上に貴族や様々な商人の問い合わせが来ており、クリスもかなり忙しいらしい。

他にも、懇親会で獣人族の耳や尻尾のモフモフに魅了された御令嬢の方々より、再び彼等に会いたいという問い合わせもあった。

特に熊人族のカルアやアレッド、兎人族のラムル、狸人族のダン達という男の子達とお茶の時間を設けてほしい、という手紙が何通か届いている。さすがに丁重にお断りした。彼等は、あくまで第二騎士団の団員だからね。

懇親会が終わって数日が経過した現在。僕も予想外の出来事に見舞われてしまい、屋敷の自室に缶詰めになっていた。

懇親会で『ご縁』をお断りしたはずの御令嬢達から手紙が大量に届いたのだ。当初、カルロから手紙の山を見せられた時は目を丸くした。

「こ、これ……本当に全部僕宛なの……」

「はい、そのようです。机の上だけではなく、あちらの箱にも入れてあります」

彼が指し示した場所には、手紙で満杯になった箱が数箱置いてあり「えぇ……」と呆れてしまう。

何故『ご縁』をお断りしたはずの貴族からこんなに手紙が届いたのか……当初は首を捻ったけど、その理由は何通か目を通してすぐに明らかになった。

「これ……どれもこれも、要は僕と『友達』から始めたいってことじゃないか……」

貴族達は父上や僕に直接交渉しても無駄だと判断し、娘を使った『悪あがき』をしている。悪質なのは、手紙の筆跡から察するに令嬢達自身に書かせたようだ。

「はぁ……。自分達が相手にされないからって、実の娘をだしに使って何をしているんだか……」

「それだけ、今回の懇親会が与えた衝撃が凄かったのでしょう。バルディア家の将来性が期待されているということです」

「それは有り難いんだけどねぇ……。これ返事をどうしようか……」

カルロは嬉しそうに目を細めてるけど、僕はやれやれと首を横に振った。

父上やディアナに相談した結果、やんわりとお断りする方向でまとまった。

問題は、返事の文言なんだよね。いくら先方のご両親が子供に指示した事とはいえ、貴族の幼い御令嬢が本人なりに頑張って書いてくれた手紙だ。

断りがあからさま過ぎれば、相手を傷つけてしまう恐れがある。かと言って、あやふやにすれば今後の対応に苦慮することになるだろう。

父上、カルロ、ディアナ、カペラと執務室で悩んでいると、ディアナがポツリと呟いた。

「いっそのこと、リッド様とファラ様がいかに相思相愛《そうしそうあい》であるかを手紙に書いて、先方の戦意を削ぐと言うのは如何でしょうか」

「は……？」

突拍子もない提案に、僕を含めた皆が呆気に取られた。だけど、彼女は真剣かつ真面目な顔で語り続ける。

「人の恋路を邪魔する者は、古今東西にかかわらず嫌われるものでございます。従いまして、リッド様とファラ様の間に入り込む隙間もないとなれば、相手の戦意喪失に繋がり、諦める理由となりましょう。それでも食い下がる者はいるかもしれませんが、何にしても沈静化には繋がるかと存じます」

「つ、つまり……僕とファラの惚気《のろけ》を断り文句にして返信しろってこと」

「はい。さようでございます」

「えぇ……」

困惑していると、父上が急に俯いて小刻みに肩を震わせた。そして、すぐに額に手を当てながら顔を上げるなり、大声で笑い始める。皆がきょとんとする中、ひとしきり笑った父上は自身の膝を叩いた。

「良いではないか。誰も傷つくことがない断り方だ。実際、お前とファラは相思相愛だしな。よし、ディアナの案で決定だ。カルロ、カペラはリッドの返信作業を手伝ってやってくれ」

「承知しました」

「ち、父上⁉」

途端にすべてが決まってしまい咄嗟《とっさ》に声を上げると、父上は楽しそうに目を細めた。

「リッド。これは、バルディア家が他家と差し障りなくやっていく為に必要なことだ。数年後には、良い思い出として笑い話となるだろう」

「えぇぇええ⁉　そんなご無体《むたい》な……」

こうして、各ご令嬢から届いた手紙の返信に、僕とファラの『惚気』をがっつり書くことが決まった……決まってしまった。

実際に書き始めた返信用の手紙には、レナルーテ王国との政治的な関係性など必要なことも記載しているけど、途中からは惚気しか書かれてない。

内容を簡潔にまとめると、『ファラのことが好きすぎて、他の子が目に入りません』という感じだ。

執筆中、羞恥心《しゅうちしん》でいたたまれなくなり、何度も自室のベッドや椅子の上で悶《もだ》えたのは言うまでも無い。その上、執筆した内容をカルロやディアナに確認されるのだ。

二人が返信の内容に目を通すたび、「ふふ……」と頬を緩めていたことを僕は決して忘れないだろう。

でも、今書いているのが最後の一通だ。実は惚気の内容がある程度まとまった後、カルロとカペラが僕の筆跡を模写して一部代筆してくれている。内容にも少しだけ変更を加えているから、代筆であることはわからないだろう。

とはいえ、二人が書き終えると僕自身も内容が被らないように確認が必要なわけで……惚気満載の内容に、顔が火照るのを都度感じたけど……。

「はぁ……終わったぁ……」

最後の一枚を書き終えると、作業を手伝ってくれていたカルロ、カペラ、ディアナが目を細めた。

「お疲れ様でございました、リッド様」

「いやいや、皆も協力してくれてありがとう。カペラとカルロの代筆が無ければ、バルディア領に帰っても手紙を書く破目になってたよ」

「とんでもないことでございます。お役に立てて幸いです」

二人が笑顔を浮かべて畏まる中、ディアナが怪訝な面持ちで「一つ気になることがあるのですが、よろしいでしょうか」と切り出した。

「うん？　どうしたの」

「いえ、今回の返信作業の件。本当に、ファラ様へお伝えしなくてよろしいのですか」

「あぁ……その事か。いや、その……ねぇ。やっぱり、恥ずかしいじゃない。断る為とはいえ、惚気を書いて相手の戦意喪失なんてさ……」

実は今回の件、ファラには伝えていない。自室に閉じ籠もる理由は、懇親会で発生した事務作業だと伝えている。彼女は手伝うと言ってくれたけど、別の仕事をお願いして誤魔化したのだ。

「リッド様、よろしいでしょうか。ライナー様が『例の件』でお呼びです」

ふいに扉が叩かれ、聞こえてきた可愛らしいファラの声に「え……!?」と固まった。

「わ、わかった。すぐに行くから少し待って」

「……？　はい、承知しました」

慌てて返信作業の後片付けを簡単に行うと、カルロに後を任せて退室する。廊下には、ファラとアスナがきょとんとしていた。

「あはは。ごめんね。ちょっと、作業で散らかってたからさ」

「そうなんですか」

「う、うん。さぁ、父上のところに急ごう」

「は、はい」

小首を傾げるファラにそう言うと、急いでこの場を立ち去ろうと皆の前に出て足を進めていく。だけどその時、「あら……？　リッド様、上着から何か落ちましたよ」とファラの声が後から響いた。瞬間、脳裏に作業中の光景が浮かんでハッとする。

そ、そうだ。惚気の内容がカペラと被って没にした手紙が一枚あって、それを上着のポケットに雑に入れたんだった。

急いで振り向くが、時すでに遅し。彼女は僕の上着から落ちたであろう手紙を拾い、文面を見つめて目を瞬きさせている。彼女の顔がみるみる耳まで赤くなり、かつ耳が上下にパタパタと激しく動き出した。

「な、ななな……なんですか⁉　なんなんですか、これ⁉　これって、手紙ですよね⁉　なんで、こんな……こんな嬉し恥ずかしい手紙を外部の人に出すのですかぁ⁉」

「い、いや。それにはちゃんとわけがあってね……」

詰め寄ってくるファラの剣幕に思わずたじろぐが、彼女は僕の鼻先まで身を乗り出した。

「どんな『わけ』があると言うのですか⁉　今すぐ説明してください。そもそも、こんな内容を外部の人に出すなんて……リッド様には羞恥心というものが無いんですかぁ⁉」

これでもかというほど混乱するファラ。彼女を宥《なだ》めるのに僕は時間を用して四苦八苦するのであった。

◇

ファラと執務室を訪れると、話をしやすいように皆で机を囲んだ。だけど、頬を膨らませてそっぽを向いているファラの姿を見た父上が怪訝な表情を浮かべる。誤解を解くように、経緯を説明すると父上は笑い出した。

「ははは。そうか、そんなことがあったのか。私はてっきり、ファラにも相談して進めているものだと思っていたのだがな。ちゃんと話さなかったリッドが悪いだろう」

「面目次第もございません」

指摘にぐうの音も出ず頭を下げると、僕の隣に座るファラがこちらを見据えた。

「そうです。リッド様は、もっと反省してください。今後、私達は様々な貴族の方々と会食する機会も増えるのですよ。そうなれば、この話は必ずされるはずです。その際、事の次第を知っていれば対策を講じられますが、何も知らなければ対策すらままなりません。理由は承知しましたが、するにしてもやり方はもう少しあったかと存じます」

歯切れ良くそう告げると、彼女の声が小さくなる。

「……まぁ、内容は嬉しかったですけど」

「えっと……ごめん。最後だけうまく聞き取れなかったんだけど……」

「知りません！」

ファラはまたツンとしてそっぽを向いてしまった。

「ふふ。ファラの言う通りだな。リッド、お前はこの機会に自身の言動を見直すんだな」

「……承知しました」

がっくりと項垂《うなだ》れると、父上が「それで……だ」と口火を切った。

「お前を呼んだ理由は他でもない。調べてほしいと言われた『例の件』。『マローネ・ジャンポール』のことだ」

「本当ですか」

懇親会後、ファラが入手した情報を元にマローネ・ジャンポールの事を調べてほしいと、父上にお願いしていたのである。

「うむ、お前達が得た手がかりもあったからな。それに、ベルルッティ侯爵が養女をとった件は、貴族界隈で一時話題になったこともある。少し調べれば、大体のことはわかったぞ」

「そうだったんですね。早速ですが、マローネはどういう経緯でジャンポール侯爵家の養女となったのでしょうか」

改めて尋ねると、父上はゆっくりと話し始めた。

彼女は元々、『アシェン・ロードピス男爵』が運営する孤児院で保護された平民の少女だったそうだ。

孤児院を開いたアシェン男爵という人物は、数年前に爵位が授与された新興貴族らしく、元は帝国内を渡り歩く商売人だったらしい。そうした経験からか、彼が運営する孤児院では、幼い子供達に文字や計算を教えているそうだ。

「へぇ。バルディア領で獣人族の子達にしていることに通じる部分がありますね」

「そうですね。リッド様以外にもそのようなことをしている方が居たなんて、少し驚きです」

ファラと感嘆するが、父上は首を軽く横に振った。

「この話だけを聞くと、そう考える。だが、アシェン男爵が行っていることはお前の『教育』というより、『選別』に近いがな」

「……？　どういう意味でしょうか」

聞き返すと、父上は眉間に皺を寄せる。

「アシェン男爵はな。最初こそ優しく子供達を孤児院に受け入れるが、文字や計算の覚えが悪い子供には見切りをつけて肉体労働をさせ、別の孤児院に転院させているのだ。そして、手元に残った優秀な子供達を帝国内の貴族や商会の奉公に出してて斡旋料《あっせん》も取っているようだな」

「……それは、ある種の人身売買になるのではありませんか」

ファラの表情が少し曇っている。出生率の低いダークエルフの考えからすれば、子供を商品のように扱う事がにわかに信じられないようだ。

「見方によってはそうなるかもしれん。だが、身寄りのない子供が器量を認められ、貴族や商会に仕える機会を与えられているのも事実だ。才能のある子が奉公先から高い斡旋料をもらえれば、孤児院の運営が楽になる仕組みなのだろう。管理もしっかりしているようだしな。アシェン男爵は中々のやり手のようだ」

「確かにその話だと、『教育』ではなく『選別』という方がしっくりきますね……」

執務室に何とも言えない空気が漂うと、場の雰囲気を変えるように父上が話頭を転じた。

「さて、本題のマローネについてだがな。彼女は孤児院では、特に成績優秀の器量良しだったそうだ。ベルルッティ侯爵が孤児院を訪れた際、彼女に目を付けジャンポール家で引き取ったらしい。

まぁ、わかったのはこれぐらいだな」

「そういう経緯だったんですね。あと、孤児院にマローネと同じ名前の女の子はいませんでしたか」

「いや、そのような報告は受けておらん。だが、アシェン男爵もマローネのことを高く評価していたそうでな。ベルルッティ侯爵が引き取らなければ、自分の手元に残したかった……そう周囲に漏らしていた時期があったそうだ」

「そうですか……」

やっぱり『マローネ・ジャンポール』は、『ときレラ！』のメインヒロインである『マローネ・ロードピス』と同一人物の可能性が非常に高いと考えるべきだろう。

彼女がベルルッティ侯爵に引き取られなければ、アシェン男爵が手元に残していた……その時、彼女の名は『マローネ・ロードピス』となるわけだ。

「ところで、彼女の事をわざわざ私に調べるよう頼んだ理由はなんだ。私も気になる事があった故に調査したが、懇親会の時に何かあったのか」

父上の問い掛けで我に返ると、誤魔化すように首を軽く横に振った。

「あ、いえ。ベルルッティ侯爵には、ベルガモット卿という息子に加えてベルゼリアという孫もいます。それなのに、マローネをわざわざ養女にした理由が気になったんです。今後、手紙のやり取りをする約束もしているので、情報は多い事に越したことはないかなと……」

「ふむ、その点は私も気になっていた所だ。だが、残念ながらベルルッティ侯爵がマローネを養女にした理由はわからん。まぁ、おおよその見当は付くがな」

「……？　と申しますと」

首を捻って尋ねると、父上は呆れ顔で肩を竦《すく》めた。

「決まっているだろう……有力貴族と政略結婚による派閥強化だ。皇太子にも、デイビッド様とキール様がいるからな。お二人と同年代の娘を持つ貴族の親達は、誰もがその妻の座を狙っているわけだ。しかし、ジャンポール侯爵家には同年代の娘はおらん。マローネは、その為に用意した『駒』だろう」

「あ、そういうことですか」

僕が相槌を打つと、父上は机の上にある紅茶に手を伸ばして口に運んだ。

懇親会でのマローネは、周りの雰囲気を察するのがとても上手だったし、会話も相手に応じてうまく合わせていた。僕も様々な帝国貴族の御令嬢と会話をしたけど、中でもマローネが意思疎通能力に一番長けていた気がする。

「だから、マローネ様は何というか、底の見えない方だったんですね」

「ファラ、それはどういうこと」

彼女はマローネとのやり取りを思い出すように言った。

「懇親会で色々とお話をした時、表面上はとても明るく楽しそうに振る舞われていたんですけど……感情や言葉の意図がとても読みづらい方だったんです。それに時折、まるで虚空を見つめているような印象を受ける時がありましたから……」

「ふむ。ベルルッティ侯爵が気に入って養女にする程の娘だ。自身の感情を相手に悟らせないよう振る舞っているのだろう。お前達は彼女と文通をすると聞いたが、油断するなよ」

「承知しました」

僕達が揃って返事をすると、父上の表情が少し綻んだ。

「よし。話は以上だが、皇帝陛下への挨拶も終わり、懇親会の反響も大分落ち着いた。数日後には、ここを出立してバルディア領に戻ることになるだろう。帝都見物をしたいなら、早めに終わらせておけよ」

「畏まりました。じゃあ、あとでメルと母上に渡すお土産を買ってこようと思います。ファラも一緒に行かない」

「はい。是非、ご一緒させてください。あ、でも、私は手紙の件をまだ怒っているんですからね。ちゃんと反省もしてくださいい」

「う……わかりました」

彼女のツンとした返事にたじろぐと、この場にいる皆の頬が緩んでいた。

ロードピス男爵家に引き取られるはずだったであろう、マローネ。僕の知る『ときレラ！』の流れから外れ、彼女が何故ジャンポール侯爵家に引き取られたのか。ベルルッティ侯爵の目的が何なのか。油断できないことばかりだけど、僕は改めて運命に立ち向かう決意を胸に抱いていた。

外伝　思惑と悪意

狐人族の部族長、グランドーク家の屋敷のとある来賓室。そこには、何時ぞやの如く、黒いローブで覆われた『ローブ』と名乗る男がいた。彼の前には、部族長であるガレスを筆頭にエルバ、マルバス、ラファという錚々《そうそう》たる顔ぶれが集まっている。

「……以上がバルディア領の現状でございます」

ローブが会釈すると、エルバが呆れ顔を浮かべた。

「ほう。子供の奴隷を買って何をするかと思えば、まさか莫大な投資をしてまで『教育』を施すとはな。酔狂《すいきょう》なことをするものだ」

「全く、理解に苦しみます。ですが、兄上。その男の言う通り、ここ最近のバルディアの発展速度は異常と言っていいほどです」

「うむ。部族長の集まりでも、バルディアのことは良く話題に上がっておるぞ。エルバ、そろそろ私は動くべきだと考えているが、お前はどうだ」

「そうだな……」

マルバスとガレスの問い掛けに、エルバは左手で頬杖を突いて目を瞑《つむ》る。

ローブがエルバ達に持ってきた情報は驚くべきものだった。狐人族の領地に隣接し、帝国に属するバルディア領は、『化粧水』に始まり『懐中時計』や『木炭車』など様々な新しい製品の開発に成功。

その製品の販売網は、クリスティ商会とサフロン商会の連携により、帝国全土に留まらず、大陸全域近くにまで及んでいるという。加えて、バルディア家の長男、『リッド・バルディア』とレナルーテ王国の第一王女が婚姻したことで、ダークエルフとの貿易や人の行き交いが非常に多くなっているそうだ。

人の出入りも多く、バルディアにしかない製品があるとなれば、商人達が集まり、商《あきな》いが活発になるのも道理《どうり》である。

さらに、エルバ達を驚愕させた事実があった。人と物の動きを後押しする要因になっているのが、ズベーラから奴隷として売り出された『子供達』だということである。

バルディア家は、奴隷として売り出された子供達を買い取った後、子供に何をどうやったのかはわからないが魔法、武術、教養を与えたのだ。

魔法を扱えるようになるには、それ相応の修練が必要となる。だが、バルディア家は短期間で百人を超える子供達が魔法を扱えるようにしたのである。

それだけではない。本当に驚くべき事は、実務で扱える水準の魔法を使えるようにしていることだ。これは驚異的なことと言って良いだろう。

エルバには、野心があった。獣人国ズベーラの『獣王』に君臨した後、各部族を率いて大陸に覇を唱えるという野望だ。獣人族の高い身体能力と魔法を活かせば、必ず可能であるとエルバは考えていた。

『獣王』となり、各部族に忠誠を誓わせることがまず必要だが、その次に考えていたことは、魔法と兵士教育の専門知識や様々な技術だ。

ローブの話を聞く限り、エルバが獣王になった後に必要となるものがバルディアに揃っている。大陸に覇を唱える為の立地条件、生産技術、魔法の専門知識。どれもが、エルバがいずれ必要だと考えていたものである。

狐人族がバルディアを飲み込めれば、獣人族の各部族長を束ねる為の良い実績にもなるだろう。

「餌の奴隷に随分と大物が釣れたものだ」

考えを巡らせたエルバは、目を開けると視線をローブに移す。

「機は熟した。『あの男』に伝えろ……我らは動き出すとな」

「承知しました、そのようにお伝えしましょう。ですが、お願いしていた『ナナリー』と『メルディ』の件はお忘れなきように」

あからさまにへりくだった態度をするローブだが、エルバは意にも介さず淡々と頷いた。

「わかっている。リッドとライナーの始末の件も含めてな」

「ありがとうございます。では、私はこれで失礼いたします」

ローブが退室すると、エルバはガレスを見据えた。

「親父殿。各部族に『行方不明になっていた子供達の所在がわかった』と伝え、この件は狐人族のグランドーク家が責任を持って対応する……そう根回しをしておいてくれ」

ガレスは一瞬首を捻るが、すぐにハッとして口元を歪めた。

「わかった。これから我らが行うのは『奴隷解放』……素晴らしい大義名分だ」

「さすが、親父殿は察しが良いな。まぁ、そういうことだ。マルバス、お前は国内における軍備の確認。それから、帝国やバルストの親しい有力者にも今後起きることは『手出し無用』と根回しをしておけ。こういった時の為に、奴隷を売り続けてきたのだからな」

「畏まりました。ふふ、胸が躍ります」

ガレスとマルバスは、さも楽しそうに揃って部屋を後にする。二人が出ていくと、ラファが妖しく微笑んだ。

「お父様もマルバスも随分と張り切っているわね。兄上、私は何をすればいいのかしら」

「ラファ。お前は部下と共に『化術』を使ってバルディアに潜入。ローブから得た情報の精査と足りない情報の収集をしつつ、可能であれば奴隷となった獣人を数名連れてこい。それから、今指示したことを伏せた上で、アモンとシトリーもいずれ連れていけ。少し考えがある」

「ふふ、スリルがあって面白そうね。でも、アモンとシトリーはすぐに連れて行くと邪魔になるから、兄上からの依頼が落ち着き次第でいいかしら」

「ああ、それで構わん」

「じゃあ、私も早速準備に取り掛かるわ。退屈しのぎには丁度いいわね」

ラファは、軽い足取りで部屋を後にする。部屋に残ったエルバは、椅子の背もたれにゆったりと背中を預けた。

「バルディアか。足掛かりには丁度良い」

彼はそう呟くと、不敵に笑い始めるのであった。

◇

マグノリア帝国の帝都中心地にある貴族街で、特に大きい『ジャンポール侯爵家』の屋敷は、質素だが気品ある造りになっている。

その屋敷のとある一室にて、ベルルッティ侯爵とベルガモットが椅子に深く腰掛け、マローネとベルゼリアから懇親会の報告に耳を傾けていた。

「ほう。リッド君と手紙でやり取りする約束か……実によろしい。その上、『雷の属性』を使った何かを研究しているという情報。よくやったぞ、マローネ。それに、ベルゼリアもな」

「お褒めいただきありがとうございます、父上」

「あ、ありがとうございます。祖父上」

マローネとベルゼリアは、ベルルッティ侯爵に一礼する。だが、ベルガモットは、不満げにベルゼリアを睨んだ。

「お前達のことは遠巻きに見ていたが、リッド達との会話を積極的に広げていたのはマローネであろう。ベルゼリア、お前は縮こまり、萎縮するばかりだったではないか」

「も、申し訳ありません……」

「貴族の長子ともあろうものが、会話の度に詰まっているようではこの先が思いやられる。それに比べ、バルディア家のリッド。奴は我らに臆《おく》することなく、毅然とした対応ができていた。お前と年齢も変わらない奴にできることが、何故できんのだ。ベルゼリア、お前はただの子供ではないのだぞ。ジャンポール侯爵家の跡取りだという、その自覚はあるのか」

ベルガモットは最初こそ冷静な言い方だったが、最後になると声を荒らげて怒りを露わにした。彼の姿に戦くベルゼリアは、目を伏せると悔しそうに「返す言葉もございません」と答え深々と頭を下げた。だが、ベルガモットの怒りは収まる様子はない。

「なんだ。普通に話せるではないか。言われないとできないとは、実に先が思いやられる。我が子ではあるが、非常に残念だ」

あまりに乱暴な言い方に、ベルゼリアの隣に並ぶマローネが眉を顰めた。

「ベルガモット様、どうかその辺でお止めください。兄様も、リッド様やファラ様と手紙のやり取りのお約束をしております故、今後は兄様だけに話すこともあるかと存じます。それに、『雷属性』の情報を得た時も、兄様がエレンさんや狐人族の子供達を褒めたのがきっかけでございました。どうかお怒りをお鎮めください」

ベルガモットは、「ふん」と鼻を鳴らしてマローネを睨む。

「たとえそうだとしても、その事をハッキリこの場で言えぬことが腹立たしいと言っているのだ。大体……」

「もうよさぬか」

ベルルッティ侯爵が割り込むように声を発した。

「ベルガモット。お前の気持ちもわからんではないが、もう良いだろう。何にせよ、情報を得ることはできたのだからな。だが、ベルゼリアよ。お前の父が言う事にも一理ある。悔しければ、リッドに勝てるよう精進するのだ。よいな」

「承知しました、祖父上。父上、どうか不甲斐ない息子をお許しください」

ベルゼリアは頭を下げると、父親に視線を向ける。だが、ベルガモットは冷徹な眼差しを返し、突き放すように言った。

「謝罪など不要だ。結果で見せろ」

「……畏まりました」

ベルゼリアは会釈するが、顔は上げずにそのまま俯いてしまった。だが、彼の拳は力強く握られて何かを堪えるように小刻みに震えている。

ベルゼリアを心配そうに見つめるマローネだが、その瞳の奥にはどこか面妖な光が灯っている。そうしたマローネの姿を見たベルルッティ侯爵は、口元を緩ませるのであった。

発展の序章

帝都で開催した懇親会の反響は、想像以上に凄かった。

僕達が帝都からバルディア領に帰ると、早々に帝国全土から帝国貴族や商人達が訪れてきたのだ。

懇親会で食べた料理の味が忘れられず、また食べたい。

木炭車や懐中時計を目の当たりにした結果、新たに取引をしたい。

バルディア領の現状を見てみたい。

等々、様々な目的で多くの人達がやってきた。中には技術を盗もうとか、工房で働く獣人族の子達やエレンやアレックスに近付き、好条件で引き抜こうという輩もいた。

尤もそんな輩は、第二騎士団内で設立した『辺境特務機関』に所属する子達が早々に動きを察知して、現場や証拠を押さえられ逮捕されている。逮捕された者達はバルディア領に出禁の処罰を与えるなど、父上と相談しながら厳罰を与えた。

輩の背後には、帝国貴族や大手の商会もいるだろうから一種の警告でもある。度が過ぎるようだと、新たな対処を考えるつもりだけどね。今のところ、数は減っているから様子見の段階だ。

懇親会で友人となった皆とは、あれから手紙のやり取りを定期的に続けている。頻度が一番多いのは、ヴァレリ。彼女と手紙のやり取りが多くなっている理由は、『マローネ・ジャンポール』の件があるからだ。

父上を通して得た情報を伝えたところ、ヴァレリはマローネと親交を深めつつ、内情を探ってみると言い出した。正直なところ不安はあったけど、ヴァレリにはラティガもいるし、多分大丈夫だろうと見守ることにしたのである。

けど、今のところマローネの有力な情報は得られてないんだよねぇ。

様々な対応に日々追われる中、アレックスから朗報が届いた。

雷の力を宿すという『雷光石《らいこう》』と言われる魔石の加工に成功。新たな製品は『蓄電魔石《ちくでん》』と名付けられた。

蓄電魔石は、宝石でいうブルーサファイアのロイヤルブルーみたいな色合いをした四角い石だ。なお、形は加工時の工夫で円形や楕円など幅広く対応可能らしい。

雷の力を蓄えている時の蓄電魔石は青白く淡い光を発しているが、雷の力を使い果たすと淡い光が無くなる。再び雷の力を入れると、元通りに淡く光始めて再使用可能だ。前世で言うところの『蓄電池』の誕生である。

アレックスを手伝った獣人族の子達は完成を喜んでいたけど、「蓄電することに何の意味があるんだろう」と首を傾げていた。

『蓄電池』だけなら、その価値はわかりにくいだろうけど、同時期にエレンから『電動機』が完成したという朗報も届いた。まぁ、完成したのは試作品で大人の親指ぐらいの小型な電動機だけどね。

でも、『蓄電魔石』と『小型電動機』が揃ったことで何が出来るのか。それを皆に見せる意味ではこれだけで十分だろう。

エレンとアレックスは、二つを組み合わせ『超小型電動四輪車』を開発して、走らせる為のコースを工房内に用意。父上を含めた皆の前で性能を披露した。

「いっけぇえええ！　ボクの小型四輪君壱《いち》号」

「姉さん。やっぱりその名前はどうかと思うよ……」

アレックスの指摘を意に介さず、エレンはコースに小型四輪を走らせた。目の前で起きた光景に、父上は感心した様子で唸り、獣人族の子供達は驚嘆の声を響かせる。おそらく、この世界で初めて『電気』の力を使って『物』が動いた瞬間だ。

エレンの小型四輪君壱号は、小さいながらも耳をつんざくような音を立てつつ、コースの中を風切り音と共に中々の速度で走っている。驚くなという方が無理かもしれない。

それにしても、少し速すぎない？　そう思った次の瞬間、『小型四輪』がコースから勢いよく飛び出して工房の壁に激突した。

「あぁあああ⁉　ボクの小型四輪君壱号がぁ⁉」

「姉さん……だからあれほど、調整するように言ったのに……」

絶叫するエレンと呆れ果てるアレックスに工房内は大爆笑に包まれるが、この一件で蓄電池の価値と可能性を皆は理解してくれた。

「これらの開発は素晴らしいことだ。しかしこの件は当分の間、機密扱いとする」

父上はそう言うと、工房内にいる皆の他、関係者全員に箝口令《かんこうれい》を敷いた。後日、『蓄電魔石』と

『電動機』の使用方法を屋敷の執務室で父上と打ち合わせる。

その場には、開発責任者となるエレンとアレックスに加えて魔法分野からサンドラ、『蓄電魔石』の原料である『雷光石』の仕入れを担当するクリスにも参加してもらった。

蓄電池と電動機の品質を向上させ、安定的な電力源を確保できる『発電所』も建設できれば、前世のような快適な生活が少しずつ可能になるだろう。

電動機（モーター）と言われても、何に使われているのか想像しにくいかもしれない。だけど、前世で馴染みのある掃除機、洗濯機、扇風機等々、家電製品の多くには、大小様々な電動機が使われていたのだ。もっと身近なところだと、『水道』も電動機を動力としたポンプによって成り立っている。そうした前世の利便性が高い世界を引き合いに、『蓄電魔石』と『電動機』の有効活用方法を皆に説明した。

打ち合わせの結果、エレン達に開発してもらった木炭を燃料とする『発電機』の試作機を基礎部分にした発電所を領内に建設することが決定。

魔法を利用した水力発電や風力発電も考えてはいるけど、まずは『加工作業』の負担を少しでも減らし、かつ効率的にできるように『電動工具』の開発と電力源の確保を優先するべきだろう。

エレンとアレックスは工具と聞くと、興奮した様子で身を乗り出した。

「蓄電魔石を小型化して、小型の電動機と組み合わせた『工具』を開発するわけですか。確かにそんな便利な工具があれば、現状よりもかなり作業効率があがりそうです。ね、アレックス」

「うん。それに、力の大きい電動機を使えば大型の加工機も造れるんじゃないかな」

「そうだね。僕の前世でも大型の電動機を使った加工機は沢山あったよ。木や鉄とか様々な資材を加工機で切断、圧縮、研磨して最後の細かい部分を職人の方々が仕上げていた感じかな」

そう答えると、エレン達の瞳が期待に満ちた。前世の件は、この場にいる皆には、以前説明しているから引き合いに出しても問題はない。むしろ、こうして円滑に話を進めるために伝えたからね。

「サンドラには、エレン達と協力して『通信魔法』をより有効活用できるよう、改善の研究をお願いしたいんだ。これも『蓄電魔石』を使って『通信』を補助する道具を作ればできると思う」

『通信魔法』は鼠人族のサルビア、シルビア、セルビアの三姉妹と鳥人族のアリア達から教わった魔法を組み合わせて創造した魔法だ。簡単に言えば、雷の属性魔法を用いて『無線通信による会話』を行えるようにしたものである。ただ、魔法使用時には、発信者と受信者が同時に発動する必要があり、まだまだ改善の余地がある魔法だ。

「畏まりました。私も『蓄電魔石』でどのような事ができるのか非常に興味があります。色々と試してみましょう」

「うん。お願いいね」

次に話題はバルディア領から帝都までの道路整備に移る。陛下から受注した道路整備は、第二騎士団によりすぐに施工が始まった。

今の進捗《しんちょく》状況であれば、施工完了までに一ヶ月とかからないだろう。道路整備が終われば、マチルダ陛下から受注した『甘酒』の納品も開始される。

クリスは、懇親会の場で普段は会えない貴族達に顔を売りつつ、特定の貴族に僕がお願いしたことを交渉してくれていたのである。彼女は、一枚の書類を僕と父上の前に差し出した。

「ライナー様、リッド様。『雷光石』の仕入れですが、帝国内で産出地を持っている貴族の方々との交渉は順調です。当分は滞《とどこお》りなく、数量を確保できるでしょう」

父上と書類に目を通すと、こちらが希望した金額で契約がまとまっているものがほとんどだった。

「ありがとう、クリス。それにしても、結構安い金額で提示したのによく先方が了承してくれたね」

「うむ。よくこれで首を縦に振ったものだ」

貴族達に提示した内容は、雷光石の相場を調べ、大量に買い付ける条件の下に算出した強気の金額である。僕も父上も交渉は難航することを予想していた。彼女は僕達の反応を見て、不適に口元を緩める。

「元々、雷光石は使い道がなく価値が無いと言われていましたからね。彼等からすれば、バルディア家との取引ができることの方が重要なようです。合わせて、先方の奥様向けにマチルダ陛下が愛用している化粧水やお気に召した甘酒を多少融通します……そうお伝えしたら、すぐに首を縦に振ってくれましたよ」

「な、なるほどね……」

クリスの表情が、一瞬だけマチルダ陛下と重なった気がした。でも、懇親会以降、当家との取引を希望する貴族は確かに増えている。

帝都では、マチルダ陛下が好評したクリスティ商会の化粧水や甘酒を欲する貴婦人の声が、日に日に強くなっているそうだ。クリスは、その点を理解した上で交渉に臨んだということだろう。それから暫く、皆との打ち合わせは続いた。

◇

打ち合わせが終わると、室内に父上と二人だけになった。

「ふぅ……」

机を挟んで正面のソファーに腰掛ける父上が深く息を吐くと、「さて……」と切り出した。

「次は領内の動きだが、バルディア騎士団に所属する騎士の子供達に教育課程を施す件はどうなっている」

「はい。今回は試験的に定員は三十名までとし、獣人族の子達と同じ教育課程の訓練と調整を行っております」

僕達が帝都に行っている間のバルディア領では、獣人族の子達と同様の教育課程を、試験的に施す人族の子供達を募集していたのだ。あくまで試験的だから、募集したのはバルディア騎士団に所属する騎士の子供達に絞った。

鉢巻戦や第二騎士団の活躍を目の当たりにしていた親と子供達は、その知らせを聞き、バルディア家が扱う知識、魔法、武術を学べると歓喜してくれたらしい。ただ、募集に対して応募が多すぎた為、筆記、武術、魔法の試験が行われたそうだ。

帝都から帰って来て早々、ガルンから報告を受けた時は驚いた。僕が最終判断を下して選別したけど、かなり心苦しいものがあった。

今回の選別から漏れた子供達には、『来年度も募集をかけるだろうから、その際に優先して受け入れたい。また、その時に備えて基礎的な部分を磨いておいてほしい』と伝えている。そうしたら、「子供に何を教えたらいいですか」と教育熱心なご両親の問い合わせも殺到したけどね……。

試験的な騎士団候補生として選別された三十名の中には、バルディア騎士団副団長クロスの娘にしてメルの友達、『ティス』の名前もある。彼女は以前に出会った時から日々の鍛錬を欠かさずにしていたらしく、ティスの試験結果はすべて満点だった。でも、彼女がよりメルの身近になったことである問題も発生している。

「……ただ、ですね」

歯切れが悪く呟くと、父上の眉間に皺が寄った。

「ただ……なんだ」

「メルも時折、その子供達に交じって訓練を受けているみたいです」

「な……!?」

父上は目を丸くするが、それもそうだろう。僕だって、子供達の訓練教官達から報告を受けた時は同様の反応だった。

メルは、騎士の子供達が宿舎に集められ訓練を受けることを知ると、「私も皆と一緒に受けたい」と言い出してダナエの制止を振り切り、教官達に直談判したそうだ。

当初は断っていた教官達だったが、メルに押し負けてやむを得ず「せめて、メルディ様にそれ相応の実力があれば……」と断り文句を言ったらしい。だけど、それは失言だった。

メルは僕やファラとの訓練に参加しており、『それ相応の実力』はすでに身に付けていたのである。その時のメルは、それはそれは可愛らしく微笑んだらしい。

試験で最優秀だったティスと手合わせし、メルは実力を示して教官達と子供達を黙らせたそうだ。とはいえ、ダナエを通じて母上の知るところとなり、僕が父上のお叱りを受けるが如く、メルは母上からお叱りを受けたと聞いている。

それでも、メルはめげずに子供達との訓練に参加しているそうだ。身分は違えど同年代の子達と触れ合えるのが楽しいらしい。母上も叱りはしたけど、メルの気持ちに理解も示して黙認しているようだ。

説明を聞いた父上は額に手を当て項垂れると、首を横に振った。

「メルがお前の影響で、武術や魔法に興味を持ってからというもの……嫌な予感はしていたが、いよいよという感じだな」

「あ、あはは。でも、メルの年齢ならお転婆《てんば》ぐらいが丁度良いのではないでしょうか」

「お転婆か……。まぁ、良い。メルの件はナナリーに任せよう」

父上は顔を上げていつも通りの厳格な表情に戻ると、鋭い眼光でこちらを見据えた。

「それよりお前には話がある」

「なんでしょうか」

「年齢的には少し早いが、お前に後継者として必要なことを学び始めてもらう」

「後継者として必要なこと……ですか。畏まりました。でも、それは誰から習うのでしょうか」

雰囲気から察するに、何か帝王学的なものだろうか。考えを巡らせていると、父上が身を乗り出して不敵に笑った。

「決まっている……私からだ」

発展と後継者教育

後継者教育を父上から学び始めて数ヶ月が過ぎると、僕とファラは八歳。妹のメルは六歳となった。過ぎればあっという間の短い期間だけど、バルディア領では様々なことが起きている。

まずサンドラとアレックス達の協力により、『蓄電魔石』を使用した携帯できる『通信魔法の受信機』の開発だ。

これにより、通信魔法の受信は術者でなくても可能になった他、受信の為に術者が常時通信魔法を発動しておく必要性も無くなった。緊急時を含め、情報伝達能力が飛躍的に向上している。前世で言うところの、『警察無線』みたいなものだ。

発信だけは、相変わらず『術者』がいないと難しいけどね。受信装置の開発で発信方法も研究が進んでいるから、本当に無線通信も可能になるかもしれない。

次いで、バルディア領から帝都に続く道路整備と、木炭車の補給所設置も施工が完了。クリスティ商会が『木炭車』で荷台を引き、帝都との取引と物流がどんどん増えつつある。

そうした取引で得た資金を元手に、レナルーテ王国から原料を仕入れ、バルディア領で加工し、再び帝都に出荷する。

レナルーテの国民であるダークエルフは、過去の出来事から『同胞の奴隷解放に貢献した帝国』に好印象を抱いており、以前から『帝国に訪問してみたい』という潜在的な需要があった。それに応えたのが、レナルーテとバルディア家が結んだ『特別辺境自由貿易協定』だ。

協定はレナルーテから仕入を円滑に行う為でもあったが、レナルーテの国民をバルディア領に誘引する目的もあったんだよね。結果、バルディア領には帝国民だけではなく、レナルーテの国民も多く来訪させることに成功している。

つまり、バルディア家が帝国内の取引で得た資金は、仕入によってレナルーテに一度流れ、レナルーテに集まった資金は、ダークエルフ達の来訪や取引によって帝国に属するバルディア家に再び辿り着く……という経済の流れを生むことに成功したわけだ。

この流れの中には、エルフのクリスが率いるクリスティ商会が大きく関わっているから、エルフ国のアストリアも間接的に関与していると言っていいかもしれない。実際、クリスの話では、アストリアもバルディア家を注視しているそうだ。

東に位置するバルディアと西に位置するアストリアでは、立地的に距離が離れ過ぎているから、さすがに直接取引は無理そうだけど。

お金が回り始めたことで、一番安堵していたのは何気に父上だった。今までの取引でも収入はあったけど、それ以上の投資を行っていたから当然だろう。僕を信じてくれた父上には、感謝感激雨あられ。足を向けては寝られないね……ごめんなさい、少し調子に乗りました。

まぁ、何にしてもだ。一度回り始めた経済の歯車は、余程のことが無い限り止まることはない。それこそ、空気で膨らみ続ける泡のように大きくなっていくはずだけど、『泡が弾ける危険性』もあるから油断はできない。そうならない為にも、経済を回す新たな起爆剤を今から考えておく必要もある。

何故ここまでするかというと、これも『断罪回避』に繋がっているからだ。

帝国の経済を回しつつ、莫大な資金を有するバルディア家。そうなれば、将来的にバルディア家の帝国内での影響力は相当なものになるはずだ。いざという時、断罪をはねのける力になるだろう。だからこそ、この世界で常に新しい何かを提供する必要があるわけだ。ちょっと、頭が痛くなる話だけど。

それから、ここ最近で開かれた催しで印象に残っているのは、エレンとカペラの結婚式だ。二人が結婚すると言い出した時は、本当に驚いたけどね。

式は僕とファラが住む新屋敷の中庭を使いつつ、関係者だけが参列する形で開かれた。とはいえ、第一、第二騎士団の面々。クリスティ商会からは、クリスとエマや幹部の方々。加えて、バルディア家に仕える皆が多く参列したから、最終的な規模は結構大きくなっていた。式の最後でエレンが投げた花束が、ディアナの手元に届いた時は黄色い歓声も上がり、楽しい雰囲気のまま式は終わったのである。

ここ数ヶ月の出来事を回想していたその時、「おい、リッド」と声を掛けられてハッとした。

「いつまで長考しているつもりだ。お前の番だろう」

「あ、すみません。じゃあ、ここに……」

将棋盤上の駒を動かすと、父上は腕を組みながら「ふむ」と唸った。でも、すぐに『角』の駒を動かして、父上は不敵に笑う。

「それにしても、お前が考案したこの『ショーギ』というのは実に面白い。相手から奪った駒を使用することで、戦術がより複雑になっている。それにある種、戦《いくさ》には裏切りもあることを暗示しているようだな」

「気に入ってもらえて良かったです。相手の打ちたいところに打て……というのがこの将棋の極意らしいですよ」

「ほう、なるほどな」

父上は相槌を打つも、盤面に目を落としたままである。

僕は今、『将棋』を父上と指しているけど、これも後継者教育の一つだそうだ。最初は『チェス』だったんだけどね。父上が強すぎていつも負けてしまう。悔しいから勝てる方法を考えた結果、似て非なる『将棋』を提案したわけだ。ちなみに、将棋盤と駒を製作してくれたのは、アレックス達だ。言うまでもないけど。

将棋を紹介した当初の父上は懐疑的だったけど、すぐに魅力に気付いてくれた。そして、『この世界で』初めて指す将棋で、僕は見事に勝利できたわけだ。

でも、父上は負けたことが余程悔しかったらしく、猛烈な勢いで上達してしまったのは予想外だった。

「父上。僕はここに打ちたいのですが……」

先程動かされた『角』を指差すが、父上は口元を緩めて首を横に振る。

「待ったが無しも、『ショーギ』の決まりだろう」

「むぅ……」

父上の将棋の腕前は、すでに僕を超えている。

最初の対局に負けた父上は、こっそり執事のガルンや第一騎士団のダイナス、クロス、ルーベンス、ネルス達と夜な夜な将棋を指して腕を磨いていたらしい。ちょっと大人気ないよね。

後継者教育は、チェスや将棋を『騎士団』と見なして戦略的な動きや兵法の他、バルディア領の強みや弱み、他国との関係性を学んでいく。

特に印象に残っているのは、『決断力と判断力』を鍛える目的で無理難題の選択を行い、理由を説明させられることだった。

例えば、「私、ナナリー、メルの三人が命の危機に立たされている。しかし、リッド。お前が助けられるのは一人だけだ。その中でお前は誰を助ける。選んだ理由も述べよ」という具合だ。なお、「勿論、全員です」と即答したら、「それでは訓練にならんだろうが」とめちゃくちゃ怒られてしまった。

将棋盤を目の前に考えを巡らせていると、執務室の扉が叩かれる。

「ライナー様、リッド様。メルディ様がお見えですが、よろしいでしょうか」

聞こえてきたのは、ディアナの声だ。

「うむ。構わんぞ」

父上が返事をするなり、扉が勢いよく開かれる。次いで、頬を膨らませたメルがクッキーとビスケットを肩に乗せてやってきた。

「兄様。今日は剣術と魔法の稽古をしてくれる約束だったでしょ。いつまで待たせるつもりなの」

メルは懐中時計を取り出して僕と父上に見せつけた。呆気に取られながら文字盤を凝視すると、確かに約束の時間を大きく過ぎていた。

「あ……あはは。ごめんね、メル」

「もう……」

メルが口を尖らせてそっぽを向いたその時、クッキーが彼女の肩から飛び降りる。そして、盤面上の僕の駒を一つ前脚でちょいと動かした。

「あ、駄目だよ。クッキー」

彼が首を傾げて「んにゃ？」と呟いたその時、動かされた駒の有効性に気付いた僕は、思わず目を見張った。

「そ、そうです。僕はそこに動かすつもりだったんですよ、父上」

「な……⁉」

目を丸くする父上だが、やり取りを間近で見聞きしていたメルが声を荒らげる。

「兄様、約束は⁉」

「あ、うん。すぐ行くよ。じゃあ、父上。続きは次の時にしましょう」

「お、おい」と父上が声を発するも、僕はメルに手を引かれて退室する。ごめんなさい、父上。続きはまた今度にしましょう。

外伝　動き出す狐人族

　その日、狐人族の部族長であるグランドーク家の屋敷の執務室にはエルバ、ガレス、マルバスが集まり机を囲んでいた。

「エルバ。今回の『奴隷解放の件』だが、各部族は我がグランドーク家に一任するそうだ。これで、バルディアと事を構えても邪魔をする者はおらんだろう」

「さすがは親父殿だ。マルバス、バルディアに潜入しているラファからの連絡はどうなっている」

　エルバは頬杖を突いたまま、視線を変える。

「姉上の報告によりますと、ここ数ヶ月で兄上から指示された情報収集。ローブから得た情報の裏取りは終わったとのことです」

「そうか。ラファにしては、時間がかかったようだな」

「ええ。姉上曰く、バルディア領内の警備が想像以上に厳しく、慎重にならざるを得なかったとか。それと、バルディア家の屋敷には厄介な『猫』がいるとかで潜入は出来なかったそうです。後は、手土産を持って帰国するとのこと」

「ほう、手土産か……」

　エルバは楽しそうに口元を緩めた。

ここ数ヶ月、エルバ達はバルディアに仕掛ける為、奴隷売買で得た繋がりを元に国外内の有力者達に根回しを行っていた。同時に、『化術』が使えるラファをバルディアに送り込み、現地における最新の情報収集も抜かりない。

「アモンとシトリーをバルディアに行かせている間に調べるよう指示した件はどうなっている」

「はい、こちらになります」

マルバスが差し出した資料に目を通すと、エルバは「ふむ……」と相槌を打った。

「ふふ、中々に良い人材がアモンの下に集まっているではないか」

「うむ。その資料は私も見たが、我らの政策に反対する者達がアモンの下に集まっているようだな」

ガレスが言ったように、資料の内容はアモンの掲げる理想に同調した者達の名が連なっているものだ。

「兄上。彼等とアモンを如何するつもりなのですか」

「まぁ、少し考えていることがあってな。なに、アモンとこいつらには間違いなく狐人族の役に立ってもらうさ。熱心に部族の行く末を案じる奴らだ。きっと協力してくれるだろう……」

エルバは、少しの間をおいて不敵に口元を歪める。

「金も時間も十分につぎ込んだ……ラファが戻り次第、仕掛けるぞ」

ガレスとマルバスは不敵に笑い頷くのであった。

◇

一方その頃、バルディア領にある工房を遠くから密かに見つめる集団があった。

彼等は狐人族の女性で主に構成されており、美しい白い髪を靡《なび》かせる妖艶《ようえん》な女性の姿もある。白い髪の彼女は、周囲を見渡すと楽しそうに口元を緩めた。

「さて、あの工房で奴隷として働いている同胞を解放。国に連れて帰れば、今回のお仕事はお終いよ。貴女達もわかっているわね」

「はい、ラファ様」

周囲の狐人族達は畏まり、頭を下げる。ラファは、エルバの指示で数ヶ月前からバルディア領に潜入しており、町の様子、工房の位置、バルディア家の屋敷など、様々な調査と情報収集を行っていた。

通常であれば難しい任務だが、ラファが指揮する狐人族達は、他人の姿に化ける『化術』を使用できる者達の集まりである。それ故、警備が厳しいバルディア領内でも、任務をやり遂げられた。しかし、それでも時間は掛かってしまったと言えるだろう。

「そういえば、アモンとシトリーは間違いなくバルディアの町にいるのよね」

ラファが、ふと思い出したように呟いた。

「はい。お二人共、今頃は『ラファ様』と御一緒に観光を楽しんでいると存じます」

「そう。ふふ、バルディアは楽しかったけど、面白い出会いはなかったわねぇ」

返事を聞いた彼女は、怪しく目を細めると楽しそうに笑みを溢していた。

危機と出会い

「はわぁ、リッド様。バルディアの街はとても賑やかですね。それに、街の造りもレナルーテと違っていて面白いです」

「そう？　はは、何にしても喜んでもらえて良かったよ。でも、ちょっと前まではここも小さい町に過ぎなくて、人の行き交いはこんなに多くなかったんだ」

「え、そうなんですか」

小首を傾げるファラに、僕はここ数年の出来事について街中を歩きながら改めて説明する。

今日は、ファラ達と一緒に領内の街に出向いていた。護衛のディアナとアスナも、後ろに控えている。ちなみに僕達の服装は、正体がわかりにくいよう普段より質素だ。

最近はレナルーテからダークエルフの人達が多く観光に訪れているから、ファラとアスナの耳は隠していない。

街の様子を見に来た目的は、定期的な視察。そして最近、領内のあちこちで起きている問題を調べるためだ。

帝都で両陛下に献上した『化粧水』、『甘酒』、『懐中時計』以外にも、バルディアでは様々な日用品が製作されている。他にも、獣人族の子達や僕の氷の属性魔法を用いた簡易冷蔵倉庫もあるから食材も豊富だ。

でも、そうした製品や食材を狙った輩が、商人達を襲撃。略奪品をバルストやズベーラに持ち込む事件が最近多発している。

第一騎士団や第二騎士団の活躍もあって、犯罪者のほとんどはすぐに摘発されているけど、組織的に動いて摘発を逃れている者達も一部存在しているみたいなんだよね。

少しでも何か新しい情報を得られればと、僕は定期的に領内にある街をあちこち視察するようにしたわけだ。

ファラと来たのは、以前から領内の街並みに彼女が興味を持っていたこと。そして、いつも第二騎士団に関する事務仕事を手伝ってくれているお礼と気晴らしを兼ね、一緒に出掛けようと誘ったのだ。

声を掛けた時、彼女はとても喜んでくれた。どこからか話を聞きつけたメルも、街に一緒に行きたいと言い出した時は大変だったけどね。

さすがに連れては来られず、メルはお留守番している。でも、かなり膨れていたからなぁ。ティスや第二騎士団の子達との訓練で、暴れているかもしれない。

「……というわけで、御父様が結んでくれた協定。それと、クリスティ商会の力が大きいという感じだね」

説明が終わると、ファラは感嘆した様子で頷いた。

「そうなんですね。でも、その発想や着想を想像だけで終わらせず、ここまで形にしたのはリッド様です。ですから、やっぱりすごいのはリッド様ですよ」

「そ、そうかな」

照れ隠しで頬を掻いたその時、携帯していた『通信魔法の受信機』からサルビアの声が聞こえて来た。

「リッド様、リッド様。緊急事態です。聞こえましたら応答願います」

『緊急事態』……その言葉が周囲に聞こえると、皆の表情が強張った。僕は深呼吸をすると、通信魔法を発動する。

「こちらリッド。サルビア、緊急事態というのはどういうこと」

「第二騎士団が管理する工房の一つが、何者かに襲撃されました。また、怪我人の他、狐人族の数名が行方不明となっており、拉致《らち》された可能性が高いと思われます」

「……!?　それで、襲撃犯の足取りはどうなっているの。アリア達、航空隊はなんて」

「それが……襲撃犯は航空隊の動きを理解していたらしく煙幕《えんまく》を張り、一斉に五組に分かれて違う方向に逃走。その内、二組だけは航空隊が追尾している状態です」

「な……!?」

報告から察するに、航空隊の監視を欺く対策を行った上での計画的な犯行だ。

これは、ただの野盗が行うような動きじゃない。何かしら組織的な……それこそ、訓練された軍事的行動だ。

「わかった。領内にいる第二騎士団の全員に緊急事態が発生したことを通知。それぞれの位置確認と、怪しい動きをする者がいたらすぐに報告するように。それから、アリア達航空隊をバルストやズベーラの国境付近に急ぎ向かうように指示をお願い。父上には僕から連絡する」

「畏まりました。では、一旦通信を終了します」

通信が終わると、ファラが心配そうにこちらを見つめていた。

「リッド様、大丈夫ですか」

「うん。でも、残念だけど視察は終わりだね。ファラ、悪いけど君には宿舎に戻ってサルビア達と合流してほしい。彼女達だけだと判断が難しい場合があるだろうけど、僕の代理として君が居れば問題ないとおもう」

「わかりました。リッド様のお役に立てるよう努めます」

「ありがとう」

決意に満ちたファラに微笑み掛けると、視線を変える。

「アスナ、相手は正体不明だけど、おそらく何かの組織に所属した訓練を受けた輩の可能性が高い。ファラが狙われる可能性もあると思う。気を付けてほしい」

「畏まりました。では、姫様。急ぎ参りましょう」

「えぇ」

彼女達を見送ると、通信魔法を使用して父上に状況を報告した。

父上は、雷の属性素質を持っていないから直接的な会話はできない。でも、通信魔法が使える鼠人族の子が傍にいるから情報伝達は問題なく可能だ。

「ライナー様から、『状況は把握した。こちらも緊急事態としてすぐに対応する。それと一時的に、リッドには自分と同等の権限を与える』とのこと。以上です」

「わかった。新たな情報が確認でき次第、すぐに報告しますと父上に伝えてほしい。以上で通信を終わるよ」

「畏まりました。そのように申し伝えます」

通信魔法を終了すると、「ふぅ……」と息を吐いた。

「リッド様、大丈夫ですか？」

「え、うん。ありがとう。でも、どこの誰だろうと、バルディアに手を出したこと……絶対に後悔させてやらないと」

怒りを抑えつつ答えると、ディアナが僕の顔を見ながら息を呑んだ。その時、遠目に狐人族の耳と尻尾が目に入る。僕は、ハッとして駆け出した。

「すみません。ちょっと、良いですか」

声を掛けると、数人いた狐人族の中で、僕と同じくらいの男の子がこちらに振り向いた。

「なんでしょうか」

彼は綺麗な黄色い髪と整った顔立ちをしており、頭には狐耳も生えている。間違いなく狐人族の少年だ。だけど、僕の知る第二騎士団の子ではない。

「あ……申し訳ない。ちょっと人違いだったみたいです」

「人違い……ですか。ここで狐人族の僕を誰かに間違えるなんて、ひょっとして第二騎士団かバルディア家と所縁《ゆかり》の方ですか」

鋭い指摘に、目を見張ると彼は笑みを溢した。

「はは、不躾《ぶしつけ》にすみません。僕はズベーラの狐人族の領地で商会をしている……『アーモンド』という者です。もし、お困りなら何かお力になれるかもしれません。良ければ、事情を聞かせてくれませんか」

アーモンドと名乗った少年はそう言うと、とても澄んだ瞳でこちらをジッと見つめている。

何か知っているのだろうか。人違いだった……そう言っただけで、こちらの素性に彼は当たりを付けてきた。それはつまり、バルディア家の内情をある程度把握しているということだろう。

バルディア家が獣人族の子供達を第二騎士団で採用していることは、ある程度認知されている。でも、狐人族の子達は、工房で働いている子がほとんどだ。それなのに、狐人族であることを引き合いに出してきた。

つまり、狐人族がバルディア家の重要な位置にいることを知っている可能性が高い。逆に考えれば、何か情報を持っている可能性もある。

時は一刻を争う。どうするべきか。考えを巡らせていた時、アーモンドの横に居たメルと変わらないぐらいの女の子が小首を傾げた。

「兄様。こちらの方はお知り合いなの」

狐人族の少女は、短めの黒い髪と瞳をしている。彼女の問い掛けに、アーモンドが優しげに目を細めた。

「いや、お会いするのは初めての方だよ。でも、何か困っているようだから、力になれればと思ってね」

「ふーん。そうなんだ」

少女が興味なさげに頷くと、少し離れた場所から狐人族の女性がやってきた。だけど、彼女がこちらに近付いて来ると、目のやり場に困ってしまう。というのも、やってきた彼女は、スタイルが凄いうえ肌の露出が極端に多いのである。

まじまじと見るわけにもいかず、視線をそれとなく外していると、周囲の男性陣が鼻を伸ばして彼女を見つめていることに気付いた。

「リッド様。お気を確かに」

背後から冷たいディアナの声が聞こえて、背筋が一瞬ゾッとする。

「貴方達、早くしないと置いていくわよ……って、あら。ふふ、可愛い男の子ね」

アーモンド達に声を掛けた彼女は、僕達に気付くなり妖しい笑みを溢した。彼女は、雪のような白い瞳、肌と髪に加え、白い狐耳と尻尾が生えている。雰囲気から察するに、アーモンド達と彼女は姉弟か何かのようだ。

「初めまして、自己紹介が遅くなりすみません。僕の名はリッド……姓はありません」

含みを込めると、アーモンドと女性の表情が一瞬だけハッとする。だけど、彼等はすぐに目を細めた。

「なるほど。わかった、君はただのリッドだね。改めて紹介するよ。こっちは妹の……リドリー。

そして……」

アーモンドがそう言うと、女性が微笑んだ。

「私は……そうねぇ。今は、リーファとでも呼んでちょうだい。それと、さっきから怖い顔でこちらを見ているメイドさん。貴女は、なんてお名前なのかしら」

リーファと名乗った彼女は、僕の背後で控えるディアナに視線を向けた。

「……護衛のディアナと申します」

「ふふ、よろしくね。ディアナ……さん」

リーファは、妖しく目を細めた。彼女の仕草に、ディアナは眉をピクリとさせるが、何も言わずに頷いた。皆の自己紹介が終わると、本題に進めるために話頭を転じる。

「わかりました。アーモンド、リドリー、リーファさんですね。それで、早速本題なんですが……」

話を続けようとしたその時、無線機から再び声が響く。

「リッド様。情報本部のサルビアです。聞こえましたら至急応答願います。繰り返します、至急応答願います」

無線機の電源を切っていなかったことにハッとしていると、アーモンドが怪訝な眼差しを向けてくる。

「……誰かの声が聞こえるけど、それが何か聞いても大丈夫かな」

「えっと、これが何かは、今は説明できないんだ、ごめんね。それと、ちょっと待ってほしい」

「わかった」

アーモンドが頷くと、僕は無線機の電源を切って通信魔法を発動した。これにより、無線機からは声が漏れずに僕だけが確認できる。

（ごめん、サルビア。ちょっと人と話していたものだから反応が遅くなった）

通信魔法を発動すると、すぐに彼女の声が脳裏に聞こえてきた。

（あ、中し訳ありませんでした。今は大丈夫でしょうか）

（うん。それより、何か進展があったのかい）

（はい。所属不明の襲撃犯らが五組に分かれた件です。航空隊が追尾していた二組ですが、どちらも途中で荷を投げ出して逃走。そのまま、森に逃げ込み航空隊では追尾不能となりました。また、第二騎士団のミア率いる第五分隊、オヴェリアが率いる第八分隊が現場に駆け付け、投げ捨てられた荷を確認したところ、拉致された狐人族数名と盗まれたと思われる物資を確認したとのことです）

（そうか。ひとまず、航空隊と第五分隊、第八分隊の皆にはお礼を伝えてほしい。でも、数名ということは、拉致された面々の全員がいたわけではないんだね）

少しの安堵と共に、込み上げる怒りを抑えて聞き返すと、サルビアの声が少し震えた。

（……はい。残念ながら、所属不明の部隊は拉致した者達を五組それぞれで運んでいるようです。それと、保護された数名が言うには襲撃犯たちはディアナ様やダナエ様など、バルディア家で働く者達と瓜二つの姿だったそうです。それ故、油断と混乱が工房で生まれたとのこと）

「な……!?」

「リッド様。大丈夫ですか」

ディアナが心配そうにこちらをのぞき込む。どうやら、驚きのあまり声が出てしまったらしい。

「あ、うん。ところで、ディアナは双子とかそっくりの姉妹がいるとかないよね」

「……？　はい。私は一人っ子ですが、それが何か」

彼女が首を傾げたことで、確信する。

襲撃の動きから鑑みるに、狸人族や狐人族で『化術』を高度に扱える者達が絡んでいる可能性が高い。

（わかった、重要な情報をありがとう。所属不明で行方がわからない三組の捜索は、このまま最優先で続行。でも、相手は手練れだ。もし、見つけてもすぐには手を出さず、こちらの指示を仰ぐことを皆に伝えて。それから、至急木炭車を一台回してほしい）

（畏まりました。すぐ手配いたします。では、一旦通信を終わります）

「ふぅ……」

息を吐くと、アーモンドを見据えた。

「改めて色々と君達に相談したいことができたよ」

「何だか、大変なことが起きているみたいだね。さっきも言った通り、僕で良ければ力になるよ」

アーモンドは、ニコリと笑った。彼が敵なのか味方なのか。それはまだわからない。だけど、有力な情報を得るために悩む時間はない。

「とはいえ、人の往来が多い街中であまり詳細を話す訳にはいかないね。どこか、話せる場所に移動しようか」

「わかった。それなら僕達が宿泊している場所にいこう。すぐそこだよ」

アーモンドの提案により場所を宿に移すが、到着して僕は内心驚いた。彼等が宿泊しているという宿は、この街で一番と言ってもいい高級宿である。ズベーラで商会を営んでいると言っていたけど、彼には何か裏がありそうだ。

部屋に入ると、一人の青年が出迎えてくれた。

「皆様、お帰りなさいませ」

「ただいま、リック」

被せるように答えたアーモンドは、彼に何か目配せを行った気がする。リックが僕達に視線を向けると、アーモンドが目を細めた。

「彼等は街で会ったんだ。どうも困っているみたいだから、力になりたいと思ってね」

リックは黄色い髪で、優し気な茶色い瞳をしている。アーモンドとは、耳の形が少し違っていてピンと立っていた。彼の服装は、カペラやガルンが着ているような感じだ。

「初めまして、リッドと言います。それと、彼女はディアナ。僕の護衛です」

皆を代表するように、僕は一歩前に出た。

「……よろしくお願いします」

リックの眉がピクリと動くが、彼はすぐに畏まる。

「お二人共、ご丁寧にありがとうございます。しかし、これは一体……」

彼は顔を上げると、戸惑った様子でアーモンドに目をやった。

「まぁ、色々とね。それより、僕達が持っている地図をそこの机に広げよう」

「……畏まりました」

二人が部屋の奥に入っていくと、リーファやリドリーは部屋に用意されている飲み物を手に取って備え付けの椅子に座った。

アーモンドとリックが地図を持ってくると、部屋の中にある一番大きい机の上に広げた。

地図を見た僕とディアナは、「これは……」と眉間に皺を寄せる。何故なら、バルディア家が管理している領地の地図と遜色《そんしょく》なかったからだ。いや、国境の細かい部分は、この地図の方が少し精密かもしれない。

前世で地図と言えば、当たり前にネットで見れるし、本屋で簡単に購入することもできる。でも、地図は本来とても重要な情報だ。

軍事で考えれば、攻守のどちらにしても、地理の詳細な情報があれば、それだけ効率的かつ優位に動ける。国にとって、自国の詳細な地図が他国にあるのは、それだけで相当な脅威だ。僕やディアナの動揺を知ってか知らずか、アーモンドは笑みを浮かべる。

「僕は君の力になる……そう、約束しただろう。お互い、今は言えないこともあるかもしれない。でも、これだけは改めて言っておくよ。僕は君の味方さ」

目の前に広げられた地図と含みのある物言いで、ディアナの目の色が変わる。彼女は一瞬で臨戦態勢とも言うべき雰囲気を纏った。

だがそれは、彼の傍に控えるリックも同様である。部屋の空気が張り詰めて重苦しい雰囲気となった。

今、重要なのはアーモンドの言葉を信じるか、否かだ。でも、彼が本当に僕と敵対するつもりなら、わざわざ泊まっている宿に案内する必要はない。

無視をすれば済むことだし、地図も僕達に見せる必要はなかった。アーモンドが本当に敵の一味であれば、彼の言動は不可解だ。

「わかった、アーモンド。君のことを信じる。だけど、もしも僕を騙して拉致された子達に何かあれば、僕は……君を絶対に許さない」

襲撃犯に対する感情に魔力が呼応したのか、部屋の空気がより重くなり、部屋の壁が軋《きし》む音がかすかに響いた。彼は、僕から発せられる魔力に当てられたのか、冷や汗を額に浮かべてごくりと息を呑んだ。

「……それは怖いな。肝に銘《めい》じておくよ」

僕は深呼吸をしてから、拉致事件の詳細を彼等に説明する。

「今回の件は、おそらくズベーラに属する者の犯行の可能性が一番高いと思うんだ」

「どうしてそう思うんだい」

アーモンドが首を傾げた。

「消去法さ。まず、帝国貴族が黒幕の場合、露見する危険性が高すぎるんだ。獣人族の子供は、帝国では目立ちすぎるからね。それに、バルディアで造れていたものが同国内の別領地から出てくればすぐにわかってしまう。あと、バルストとバルディアの関係性を考えれば、こんな危険な手段に出る必要性が無い。レナルーテも同様だね。他の国はバルディアと距離が離れすぎているから、必然的にズベーラの可能性が高いという感じかな」

「なるほどね。でも、そこまでわかっているなら、ズベーラに続く国境を封鎖すれば良いんじゃないかい」

彼の提案に、僕は首を横に振った。

「国境全体は広すぎて無理だよ。それに、必ずしも襲撃犯が直接ズベーラを目指すとは限らない。バルスト経由でズベーラに入る可能性もある。襲撃犯は五組に分かれたんだ。きっとバルディア領内で一度集まるはずさ。問題はその場所がどこか……だね」

「ふむ……」

相槌を打ったアーモンドは、嫌がるリドリーを抱きしめて遊んでいるリーファに視線を向けた。

「姉上、貴女ならどう思いますか？」

「あら？　どうして私に聞くのかしら」

「仮に『姉上』が襲撃犯なら、どんな計画を考えるのかと思ってね。参考までに貴女に教えていただきたいのです」

二人の会話に何か違和感を覚えるが、リーファは抱きしめていたリドリーを解放すると椅子から立ち上がった。彼女は地図を一瞥すると、目を細めてアーモンドを見据える。

「私……いえ、『貴方の姉上』ならきっとこんな計画を立てるんじゃないかしらねぇ」

リーファは呟くと、妖しく目を細めて口元を緩める。

「まず、バルディアにいる狐人族を拉致する為にバルディア領内、工房の位置、出入りする人々。それらを予め念入りに下調べをするわ。行動を起こすのは、それからね」

自信満々に語る彼女は、まるで全てを知っているかのような印象を受ける。リーファを訝しんで見据えるが、彼女は意に介さない。むしろ、楽しそうだ。

「工房を襲撃した後は、確実に情報を持って帰るために部隊を分けるわ。でも、拉致した子達を散り散りになった部隊……少人数でそれぞれ運ぶなんてことはしたくないわね。時間と手間がかかるから効率良く移動する為、貴方の言う通り国境を越える前にバルディア領内で落ち合うでしょうねぇ」

リーファは、こちらを横目に微笑んだ。

彼女の言動に嫌な印象を受けつつも、僕は平静を装う。

「リーファさんもそう考えるんですね。問題は彼等が落ち合う場所がどこかということです。貴女なら、何処にしますか」

「そうねぇ……」

リーファは口元に手を当てつつ、ゆっくりと右手の人差し指で地図のとある場所を指し示した。

そこは狐人族、バルスト、バルディアの国境がそれぞれ重なり合う場所から少し南の何もない位置である。

「私ならここにするわ。地図には載っていないけど、この場所の近くには商人達が休憩を取ったり、取引したりするのに使う秘密裏に建てられた小屋が何か所かあるの。そこで、拉致した子達を商会に偽装した馬車へ乗せれば、怪しまれずにズベーラとバルスト……どちらの国境を越えることもできるわ」

「な……!?」

商人達が秘密裏に使う小屋が建っているなんて、僕はそんな情報は聞いたことない。確認するように目をやると、ディアナは決まりが悪そうに頷いた。

「確かに、その辺りは商人達が集う事が多い場所です。リーファ殿の仰る通り、数年前に騎士団の巡回でも小屋が建てられているのを見つけたことはございます」

「その時、父上はなんて」

「当時のライナー様は、あまり規制をかけても商人達の反発と不満を買うから注意と警告を行い、度を過ぎない限りはある程度黙認せよと仰せでした」

「なるほど……ね」

騎士団が数年前に発見した時は、まだバルディアはここまで発展していなかった。領地を発展させる為、黙認した父上の考えは理解できる。

問題は、怪しい笑みを浮かべているリーファが出したこの意見をどう考えるかだ。思案していたその時、無線機から「リッド様、至急応答願います」とサルビアの声が響く。

「ごめん。少し席を外すね」

僕は部屋の外に一旦出ると通信魔法を発動した。

（サルビア。何か新しい情報が入ったのかな）

（はい。航空隊、第一飛行小隊のアリアが襲撃犯らしき相手を発見。現在、気取られないよう出来

る限り高高度で追尾中とのことです）

（……!?　そうか、ありがとう。襲撃犯が目指す方角はバルディア、ズベーラ、バルストの国境が重なっている地点より少し南に位置しているかな）

（えっと、ちょっと待ってください……）

少しの間をおいて、サルビアの声が再び脳裏に響く。

（あ、その通りです。でも、どうしてわかったんですか）

（こっちでも少し進展があってね。アリア達には、追尾と報告を継続するようにお願い。それと、襲撃犯に近いのはどの分隊になるかな）

（ええっと……第六分隊です）

第六分隊は狐人族のラガードが隊長、副隊長をノワールが受け持っている分隊だ。

（わかった。ラガードには僕達が到着するまで、絶対に手を出さないように伝えてほしい。こっちも木炭車が着き次第、すぐに向かうから）

（畏まりました。では、そのように申し伝えます）

サルビアとの通信が終わり、一息つくとまた無線機から音声が発する。

「こちら、セルビアです。リッド様、応答願います」

（どうしたの、セルビア）

彼女は、先程まで話していたサルビアの妹で三姉妹の末っ子だ。すぐに通信魔法を発動して応答すると、再び彼女の声が無線機から発せられる。

「私も搭乗している木炭車が、もうすぐリッド様に指定された宿に到着いたします」

（そっか……ってあれ、セルビアも搭乗しているの）

「はい。通信魔法は私達姉妹が一番上手だからと、今回の任務に抜擢《ばってき》されました。よろしくお願いします」

（わかった。じゃあ、僕達も宿の外で待機するよ）

「畏まりました」

通信が終わって部屋の中に戻ると、アーモンド達に告げた。

「いま、こっちでも新しい情報がきてね。おそらく、さっきリーファさんが言ったことが当たりだと思う」

リーファは怪し気に目を細めた。

「そう、お役に立てて良かったわ」

彼女は、何を考えているのかよくわからないな。電界を密かに発動しているけど、彼女から伝わってくる感情は『明るく楽しんでいる』ようなものであり敵意はないようだ。

「それで、リッド。君はこれからどうするんだい」

「勿論、現地に向かうつもりだよ。その為に、手配している乗り物もあるからね」

「そうか……」

アーモンドは小声で呟くと、意を決した顔つきを浮かべる。

「リッド、お願いがある。僕も一緒に行かせてくれないか。こうして、君と出会えたのも何かの縁だ。最後まで手伝わせてほしい」

「アーモンド……」

電界を通じて伝わってくる感情は、強く温かいもので敵意はない。彼と出会わなければ、襲撃犯達の動向はここまで掴めなかっただろう。リーファのことは気になるけど、彼のことは信じてもいいのかもしれない。それに、まだ色々と聞いてみたいこともある。

「わかった。こちらからもお願いするよ」

「……！　ありがとう」

彼が嬉しそうに頷くと、彼の傍に控えていたリックが頭を下げた。

「恐れながらアーモンド様の護衛として、私も同行させていただきたく存じますがよろしいでしょうか」

「わかりました。いいですよ」

そう答えると、視線を変える。

「リーファさん。貴女はどうされますか」

「私は……そうねぇ。面白そうだけど、リドリーと宿にいるわ。バルディアの町が楽しくて、少しはしゃぎすぎたみたいね」

彼女が奥の椅子で縮こまっていたリドリーに妖しく笑いかけると、リドリーの耳と尻尾がゾワっと逆立った。

「リッド様、少しよろしいですか」

「うん。どうしたの」

ディアナから耳打ちされ、二人だけで一旦退室する。

「リッド様、安易に信用するのは危険と存じます。彼等が襲撃犯の一味であり、我らを罠にかけようとしている可能性だってございます」

彼女の忠告に、「勿論、わかっているよ」と白い歯を見せる。

「でも、リーファはともかく、アーモンドのことは少し信じてみても良いと思うんだ。それに、助言や地図のことを考えれば、彼等とこのまま別れる方がむしろ危険だと思う。かと言って、拘束するわけにもいかない。なら、傍で監視した方が良いと思うんだ」

「しかし……」

ディアナは何か言おうとするが、僕の目を見つめた後、ため息を吐いてやれやれと首を横に振る。

「畏まりました。ですが、この件。すべて包み隠さずライナー様にご報告するようお願いします」

「う、うん。それは当然だね……」

直接報告した時の父上の表情を想像すると少し怖いけど、覚悟を決めるしかない。そう思った時、無線から「リッド様、セルビアです。もうすぐ到着します」と音声が流れる。僕は通信魔法を発動して、（わかった。すぐ宿を出るよ）と返事をすると、部屋に戻った。

室内では、リーファが先程まで座っていた場所に戻っており、再びリドリーを抱きしめてもみくしゃにしている。僕は、アーモンドとリックに視線を向けた。

「いま連絡があって、迎えがすぐに来るから宿を出よう」

「わかった」

アーモンドは頷くと、リーファに頭を撫でられて人形のようになっているリドリーに向けて優しく微笑んだ。

「じゃあ、リドリー。姉上とお留守番していてね」

「うぅぅ……わかったぁ……」

リドリーは半べそをかいているが、リーファは手を止めずに目を細めた。

「あらあら。そんなに嫌がらなくてもいいじゃない。貴女、とっても可愛いんだもの。うふふ」

アーモンドが二人の様子に苦笑して、僕達と一緒に部屋を出ようとしたその時、「あ、そうそう」とリーファが後ろ髪を引くように呟いた。

「そういえば、さっき言った偽装する馬車のことだけど、私ならバルディアで一番信用されている商会の馬車に偽装するわ」

「バルディアで一番信用されている商会……」

僕は彼女の言葉に首を捻るが、すぐにハッとした。リーファは、リドリーをもみくしゃにしながらこちらを見据えて不敵に口元を緩める。

「そう……クリスティ商会よ」

◇

アーモンドとリックを連れて宿の外に出ると、土煙を上げてこちらに向かって来る何かが見えた。

「丁度良かったみたいだね」

「……あれは何だい」

不思議そうに土煙を見つめる二人に、僕は目を細めた。

「あれが、『木炭車』だよ」

程なく、目の前に荷台を引いている『木炭車』がやってきて停止する。でも、どうも僕が知っている木炭車と形状が少し違う。

なんというか、通常よりも大きい上、色々と改造されているようなそんな感じだ。

「なるほど。これが噂に聞く木炭車か。こうして見るのは初めてだよ」

「このような鉄の塊が動くとは。いやはや、バルディアの技術は素晴らしいですね」

アーモンドとリックは感嘆しているけど、通常の木炭車を知っている僕からすれば、この車両は何か嫌な気配を感じる。

「はは。ありがとう」

苦笑していると、木炭車の助手席の扉が開かれて「リッド様、お待たせしました」と予想外の人物が降車してきた。

「あれ……？　アレックス、君も来たのかい」

「はい、拉致された子達には俺の下で働く子もいましたからね。工房は姉さんがいるから大丈夫です。でも、姉さんの代わりに俺達が改良中だった『木炭車・改』を用意してきました。これなら、すぐに現場に行けるはずです」

「そっか。助かるよ、ありがとう」

後部座席のドアが開かれてセルビアが降車する。

「リッド様、お待たせしました。それと、サルビア姉さんから連絡があり、リッド様の指示通りに動ける航空隊はすべて現場に向かわせたとのこと。また、ラガードが率いる第六分隊も現場に大分近づいているようです」

「わかった。じゃあ、僕達もすぐに現場に向かおう」

僕が頷くと、アレックスがアーモンドとリックに気付いて首を傾げた。

「リッド様。ちなみにそちらの方は」

「大丈夫、彼等は協力者でね。詳細は道中で説明するよ」

そう答えて、僕達は車に乗り込んだ。

アーモンドとリックは木炭車の造りに興味津々で、車内をキョロキョロと見回している。だけど、運転席に座っている人物の顔を見て僕は目を瞬いた。

「なんでカペラが運転してるの」

「ご安心ください。襲撃後の混乱に関する処理は済まして参りました。それと、私が来たのは、エレンの願いとファラ様の指示によるものです。詳細は、運転しながらお伝えします故、今は急ぎましょう」

「そ、そうだね。じゃあ、出発してもらえるかな」

「畏まりました」

カペラは全員が搭乗してシートベルトをしたことを確認すると、右手でハンドルを持ちながら、左足でクラッチペダルを踏み込む。そして、左手で慣れた様子で変速機を動かした。

「では、参ります。急発進します故、舌を噛んだり、頭をぶつけたりしないようご注意ください」

「え……？」

木炭車がそんな急発進できたかな。首を傾げた直後、木炭車からけたたましい音が鳴り響く。同時に、木炭車とは思えない程の急加速、急発進で動き出す。

「えぇ⁉」

驚きの声を上げると、アーモンドが「これは凄い」と興奮した様子で叫んだ。

「こんな乗り物を開発するなんて、ドワーフはやっぱり……いえ、アレックスさんは実に素晴らしい方です」

彼の言葉に応えるように、アレックスが得意げに咳払いをした。

「説明しましょう。この『木炭車・改』は、俺と姉さんで木炭車の性能アップを目的とした試験機なんです。扱いがかなり難しいですが、そこは普段から実験に協力してくれているカペラさんが運転しているので問題ありません。さらに、実験的機能として『木炭』に魔石の『火焔石《かえん》』と『水明石《すいめい》』などを調合した特殊燃料を用いることで、今までの木炭車より遥かにパワーアップしているのです」

「な、なな……⁉　そんな報告は聞いてないよ」

「はい。リッド様お得意の事後報告というやつですね」

黒い笑みを浮かべるアレックスに唖然とするが、彼は意に介さず説明を続ける。

「しかし、まだ他にも機能があるんです。カペラさん、街中を出たのでお願いします」

ハッとして窓の外を見ると、既に街の外に出ている。一体、どんな改造を施したのか。木炭車とは思えない速度だ。

「わかりました。では、皆様。再び、舌を噛んだり、頭をぶつけたりしないよう注意してください」

「は……？」

カペラの言葉に、呆気に取られてしまう。何故、そんな注意喚起が必要なの？　そう思っていると、彼はハンドルの左下にあるレバーを手前に引いた。次の瞬間、木炭車の背後から『ドン』という音と衝撃が走り、木炭車の速度がさらに上がる。

「こ、今度は何⁉」

驚きの声を上げると、悪い顔のアレックスが不敵に笑う。

「これはですね。俺と姉さんの二人で色々と工夫して造った加速補助装置です。さぁ、カペラさん。俺達の助けを待っている皆の元に、全速力で行きましょう」

カペラが後部座席に座る僕に視線を向けて呟いた。

「ということですが、リッド様。『全速力』を出してよろしいでしょうか」

「え⁉　う、うん。まぁ、今はともかく現場にいち早く駆けつけることを最優先で大丈夫だよ」

「畏まりました。では、改めて参ります」

「あ、でも、安全運転で……」

言い掛けたその時、木炭車の後ろからけたたましい音が鳴り響き、僕の声はかき消されてしまう。

『木炭車・改』は、さらに速度を上げて襲撃犯が集うと僕達が予測した場所に駆け走るのであった。

◇

「なるほど。そういうことでしたか」

アーモンド達の助言と集まった情報を元に、工房で拉致された狐人族の子達のいる場所に当たりを付けたことをカペラに伝えた。

「それにしても、カペラが木炭車を運転して来るとは思わなかったよ」

「驚かせて申し訳ありません。実は……」

カペラは、運転しながら経緯を教えてくれた。

工房が襲撃された時、工房を預かる身として現場に居合わせてエレンとアレックスは、戦闘員ではないため襲撃犯に太刀打ちできなかった。為す術なく、目の前で子供達を拉致された二人の悔しさは、想像に難くない。

失意の中で『木炭車』の手配の件を聞いたエレンは、「ボクも絶対に行く」と言ってきかなかったらしい。アレックスが宥めても聞かない様子だったらしく、カペラがエレンを説得することになったそうだ。丁度その時、ファラが宿舎に戻ってきてカペラに告げたという。

「残っている宿舎の業務は私が引き受けます。カペラさん、貴方はリッド様が手配を依頼した木炭車を運転して、現場へ向かってください。リッド様は、拉致された子達を救う為、襲撃犯を必ず追うでしょう。その時、貴方の力はきっと頼りになるはずです」

彼女の指示に従い、カペラは業務を引き継ぐと木炭車がある場所に移動。そこに居たエレンを説得したそうだ。

「わかった。でも、絶対にあの子達を連れ戻してきてね」

「はい、必ず」

彼女と約束を交わすと、木炭車を運転して皆と一緒に此処にやってきたらしい。

「なるほどね」

「それにしても、私に指示を出された時に見せたファラ様の気高く、凛とした表情。エルティア様に良く似ておられました」

「お母様に？　ふふ、わかった。きっと喜ぶと思うから、帰ったらファラに伝えておくよ」

「お話し中に申し訳ありません」

険しい表情のセルビアが声を発すると、車内の耳目が彼女に向いた。

「今し方、サルビア姉さんより連絡がありました。第一飛行小隊のアリアが追尾していた襲撃犯と見られる相手が、リッド様が予想していた地点に到達。そこには仰せの通り、地図に記載のない小屋とクリスティ商会所属らしき馬車と荷台があったとのこと。地上部隊はラガード率いる第六分隊が近くにいるようで、指示を待っているようです。如何しましょう」

僕は口元に手を当てて俯いた。

襲撃犯達は、五組に分かれて移動している状況だ。アリアが追尾している相手は、その一組に過ぎない。五組のうち、二組は追尾を振り切る為、拉致した子を放置して逃走している。つまり、分かれた襲撃犯のうち二組の行方がまだわからない。

この状況下で動いた場合、考えられる最悪の可能性は、行方不明の二組がまだ合流していなかった場合だ。集合地点が抑えられたと把握した二組は、別の場所に逃走するはず。そうなれば、拉致された子達を全員救い出すのが難しくなってしまう。

さて、どうしたものか。

「リッド。少し良いだろうか」

アーモンドが小声を発した。

「どうしたんだい?」

「いや、襲撃犯は五組に分かれたのだろう? 君達が確認できたのは三組だ。残りの二組はまだ行方が分からない。それなら、彼等が馬車を動かすまでは動かないほうが良いと思うんだ」

車内にいる皆の注目を浴びる彼は、淡々と続けていく。

「馬車が動き出した時は、襲撃犯が全員集まったことになる。それに、バルディア領の工房を襲うということは、襲撃犯の目的は工房の情報と技術の可能性が高いはずだよ。それなら、拉致された子達に危害を加える可能性は低い。ここは、気持ちを抑えて機会を窺うべきだと思うんだけど……どうだろう」

「奇遇だね。僕も同じことを考えていたところだよ」

僕は頷くと、視線をセルビアに向けた。

「襲撃犯が動き出したら、この木炭車で彼等の行先に先回りをしよう。ラガード達には、いまの理由から絶対に動かないように伝えて。もし、馬車が動き始めたら気取られないように後を追うこと。そうすれば、僕達とラガード達で挟み撃ちにできるからね」

「畏まりました。では、そのようにサルビア姉さんに申し伝えます」

彼女が通信魔法を発動しようとしたその時、「あ、ちょっと待って」と彼女の耳元に顔を寄せる。

「現地に集まっている飛行小隊の皆には、襲撃犯の馬車が進む方向をこちらに連絡すること。その情報を元に襲撃犯の行先を割り出して、先回りをするからね。ただ、アリア達は余程のことが無い限り、高高度で監視態勢を維持して待機。もし、襲撃犯と僕達の間で戦闘が行われても、姿を見せたり、手を出したりしないように伝えてほしい」

「え……でも、それは」

セルビアは怪訝な面持ちを浮かべた。

「襲撃犯達の一番の目的はね。おそらく、『バルディアの情報』なんだよ。今なら、アリア達の存在は、『鳥人族による監視体制』ぐらいにしか思っていないはずだからね。僕達で対応できるなら、飛行小隊の『真価』を見せる必要はない、というわけさ」

「……！　畏まりました」

意図を理解してくれたらしく、彼女は通信魔法を発動すると小声で通信を始めた。その様子に、アーモンドが不思議そうにこちらを見つめる。

「彼女は何か特別な魔法でも発動しているのかい」

「残念だけど、その質問には何も答えられないかな」

「……そうか」

少し残念そうなアーモンドだが、すぐに表情を切り替えて「それはそうと……」と切り出した。

「最近のバルディア領では、獣人族の子供達がバルディア家直属の第二騎士団で働いているそうだね。彼女のように」

セルビアを一瞥した彼は、意味深にこちらを見つめてきた。

「……みたいだね」

意図を測りかねていると、彼はふっと笑って話を続けた。

「その上、彼等は元々バルストで売買される予定の奴隷だったとか。でも、バルディア家の嫡子が獣人族とはいえ、同年代の子供が奴隷として売買されることに怒りを覚えたそうだよ。そこで、クリスティ商会を通して彼等を購入。このバルディアで保護して第二騎士団という公務に就かせている。通常では考えられないことだよ」

バルディア家がクリスティ商会を通して奴隷を購入した。そうした噂が広がっているというのは、聞いたことがない。多分、彼が独自に得た情報だろう。

「確かに……少し変わった話かもしれないね。それが事実なら……だけど」

はぐらかすように相槌を打つと、アーモンドはどこか嬉しそうに微笑んだ。

「ふふ、あくまで噂だからね。本当のところはわからない。でも、ここからの続きは事実と仮定して話すけどね。僕は獣人族の一員として、もっとすごいと思うことがあるんだ」

「なんだい」

淡々と聞き返すと、彼は瞳に希望のような強い光を宿す。

「奴隷として売られた子はね。獣人族の弱肉強食の考えに従って『強者としての才能が無い』と見捨てられた子達ばっかりだったはずなんだよ。それなのに、バルディアにいる獣人族の子達は伝え聞く限り、ズベーラ国内にいる同年代の子達より、おそらく強い。その上、礼節も身に付けているんだ。一体、バルディア家は何を考えて、何を成すつもりなんだろうね」

いつの間にか、彼は真剣な眼差しをこちらに向けてきた。まるで、僕を見定めようとでもいうように。曖昧に返事をしてもいいけど、ここは真剣に答えるべきかもしれない。

「バルディア家がどう考えているかは知らないけど、少なからず『強者としての才能が無い』なんて誰が決めるんだろうね。人が人の才能や運命を決めるなんて、神にでもなったつもりなのか。おこがましいと思うけど、君はどうかな。アーモンド」

「それは……僕もそう思うよ」

「そもそも、弱肉強食の考えもおかしなものさ。人族、獣人族、ダークエルフ、ドワーフ、エルフ……種族の違いはあれど、人は一人では生きていけないんだ。自分は強者で他人を弱者だといくら罵《ののし》ったところで、沢山の人が用意してくれる農作物、衣服、水……様々なものが無ければ生きていけない。それを忘れて……いや、気付かずに強者だなんて愚の骨頂さ」

「じゃあ、リッド。君の考える『強者』とはなんだい」

「そうだね」

考えを巡らせた時、父上の後継者教育で行った問答がふと脳裏に蘇《よみがえ》る。そういえば、あの時も似たような問いかけがあったんだよね。

「僕の場合は『己の責務を果たす者』かな」

「己の責務を果たす者……」

復唱しながら難しい顔を浮かべるアーモンドに、僕は自分で言っておきながら少し恥ずかしくなり頬を掻いた。

「あはは。まぁ、ある人の受け売りだけどね。でも、その人も言っていたけど、何を以って『強者』とするかは、人の立場によって異なると思うよ。政治家であれば政治力、商人であれば経営力、武芸者であれば武力みたいな感じでね。ともかく、獣人国の『弱肉強食』は極端過ぎるかな」

ちなみに、『その人』とは父上のことだ。

「そうか……。リッド、とても良い話を聞けたよ。おかげで僕も覚悟が決まった。ありがとう」

「そ、そう。何だかよくわからないけど、力になれたなら良かったよ」

どうして、そんな顔を浮かべるんだろう？　何故か、清々しい表情を浮かべるアーモンドにお礼を言われて首を傾げていると、セルビアが「リッド様、よろしいでしょうか？」と呟いた。

「うん。どうしたの？」

「襲撃犯に動きがあり、馬車が動き始めたようです」

その一言で車内にいる皆の表情が引き締まり、空気が張り詰めた。

「わかった。じゃあ、すぐにアリア達に連絡して襲撃犯の向かった方角を確認して。次はこちらから仕掛けるよ」

「はい。畏まりました」

僕達の乗る木炭車・改は、飛行小隊と情報本部から送られてくる情報を頼りに、襲撃犯が向かう場所に先回りするべく動き出した。

◇

「リッド様。もう間もなく、襲撃犯が乗っているはずの馬車が見えてくるはずです」

木炭車・改で移動する中、一番奥の後部座席に座っているセルビアの顔が強張った。

「わかった。じゃあ、ディアナとカペラは段取り通りによろしくね」

声を掛けると、二人はコクリと頷いた。

「はい。バルディアに手を出したこと、後悔させてご覧に入れます」

「私の妻を泣かせたこと。断じて許すつもりはありません」

「あはは……まぁ、気持ちはわかるけれど、冷静にね」

宥めるように答えると、アーモンドとリックに視線を向ける。

「じゃあ、二人は木炭車・改とアレックス、セルビアの護衛をお願いね」

「畏まりました」

リックは頷くが、アーモンドは考える素振りをすると、すぐに意を決したようにこちらを見た。

「リッド、リックは強い。彼が居れば、木炭車と二人の護衛は問題ないはずだ。僕は、やっぱり君達と一緒に襲撃犯を相手にするよ。襲撃犯が狐人族の可能性が高い以上、同族である僕が近くに居た方が不測の事態に対応しやすいと思うんだ」

「アーモンド……」

彼の表情は真剣そのものだ。これは、言っても聞かないな。

「わかった。じゃあ、アーモンドには僕の傍にいてほしい」

「ありがとう、リッド」

返事を聞くと、僕は助手席に座るアレックスにも声を掛けた。

「それからアレックスは、木炭車・改がいつでもすぐ動かせるように運転席で待機していてね」

「はい。わかりました」

アレックスが答えたその時、カペラが車内に声を轟かせる。

「襲撃犯の馬車が見えました。このまま、前に割り込みます。皆様、何かにしっかり掴まってください」

カペラが再びハンドルの左下にあるレバーを引くと、『ドン』と衝撃と音が車体の背後から響き渡る。そして、木炭車は襲撃犯が乗っている馬車に追いつき、追い越した。

「行きますよ」

カペラの声が車内に響くと車が勢いよく横滑り……ドリフトをしながら馬車の行く手を塞ぐように止まる。

「ちょ、ちょっと運転が荒いよ」

あまりに激しい動きに、さすがに呆れると彼は頭を下げた。

「申し訳ありません。速度最優先でしたので」

「リッド様。恐れながら、今回だけはカペラさんに同意します。さぁ、それよりも降りましょう」

「はぁ……そうだね。じゃあ皆、段取り通りよろしくね」

木炭車から降りると、馬車を引いていた馬が木炭車に驚いたらしく、前脚を上げて嘶《いなな》いている。それを、馭者《ぎょしゃ》の人が必死に抑えているようだ。まぁ、馬でなくてもあんな割り込みされたら誰でも驚くよ。

「こちらは、バルディア家所縁の者だ。そちらはクリスティ商会の馬車とお見受けする。訳あって、貴殿達の馬車と荷を改めたい。代表者はおられるか」

カペラが威圧的な声を張り上げると、馬車の扉がゆっくり開く。そして、フードを深く被った顔の見えない女性が、小柄な少女と青年を引き連れて降りてくる。

彼女はこちらにゆっくりやってくると、フードを脱いで不敵に口元を緩める。だけど、その素顔に僕は目を瞬いた。

「お待たせしました。私がこの馬車の代表ですよ」

妖しく笑う彼女の顔は、クリスと瓜二つだったのだ。でも、彼女と顔はそっくりでも明らかに雰囲気が違う。

服装もクリスと良く似ているけど、雑にあちこち開けている上、何と言ってもこれ見よがしに大きい胸部。あれは、本人にない身体的特徴の一つと言えるだろう。とにもかくにも、クリスと顔は同じでも、本人とは似ても似つかないほどに妖艶で蠱惑《こわく》的だ。

「クリス様と同じ顔であの姿。品がありませんね」

右隣に控えるディアナは嫌悪感を露わにしている。いつも以上にちょっと怖い。

彼等をよく見れば、クリスと似た彼女の両隣にいる青年と少女以外、クリスティ商会で見たことのあるような顔ばかりだ。

「……こんな感じでバルディア家の人員にも成りすまして、工房を襲撃したわけか」

「そのようですね……」

カペラが一歩前に出る。

「貴殿達の馬車。そして、服装からクリスティ商会の一団とお見受けするが、それを証明できる物は何かお持ちか？　それから、貴女の名前を伺いたい」

「私の名前？　ふふ、そうねぇ。クレアと呼んで頂戴。それと、証明できる物なんて持っていないわ。理由は、ここに駆け付けてきた貴方達が一番わかるわよね」

襲撃犯であることは確定的になり、この場にいる皆の顔つきが険しくなる。

「聞きたい事は山のようにあるけど……まずは、僕の大事な仲間を返してもらうよ」

怒気を込めて威圧するように答えると、クレアが僕を見て意外そうに目を細めた。

「あら、貴方は……」

彼女はそう呟くと、「えぇ、良いわよ」と頷いた。

眉を顰めると、彼女は楽し気に話を続ける。

「追いつかれた場合、あの子達のことは初めから諦めるつもりだったもの。でも、そうねぇ。その代わりと言ってはなんだけど、私達のことは見逃してくれないかしら」

「そんなこと許すわけないだろ。あの子達は取り戻す。そして、君達を捕まえる。手向かうなら容赦はしない」

淡々と告げるが、クレアは動じない。

「やっぱり、そうよねぇ。じゃあ、坊やと少しだけ遊んであげるわ。ローゼン、リーリエ。貴方達はあっちのメイドとダークエルフをお願いね」

「主様。なら、僕はあのメイドとやりたいです。ああいう、気の強いお姉さんが僕の好みですから」

青年が答えるように、クレアに尋ねた。

「あら、ローゼン。貴方はやっぱりいい趣味ね」

二人が怪しく笑うと、残っていた少女が不満顔でカペラを指差した。

「えぇ⁉ じゃあ、あたしはあっちの仏頂面ですか。嫌ですよ。あいつ、私達と同じ匂いがしますもん」

「そう言わないの、リーリエ。今日は貴女が『妹』なんでしょ。なら、お兄ちゃんの言う事を聞きなさい」

「う……わかりましたよ。はぁ、今日はなんでコインの表にしたんだろ。裏なら、あたしが『姉』だったのになぁ」

リーリエと呼ばれた少女は諭されてしゅんとするが、肩を竦めたローゼンが笑い始めた。

「あは。生まれて来る時と一緒で『運』だからね。しょうがないさ」

「ちぇ……しょうがない。じゃあ、あたしが仏頂面の相手をするわ」

「ありがとう、リーリエ。じゃあ、僕はメイドのお姉さんの相手をするよ」

「ふふ、いい子達ね」

ラファ、ローゼン、リーリエ達は楽しそうにしているが、彼等の動きや気配は異常な威圧感があり、隙もなく下手に手を出せない。様子を窺っていると、ローゼンはディアナの前に、リーリエはカペラの前に出た。

「よろしくね、お姉さん」

「言っておきますが、私は貴方のようなお子様に興味はありません」

「うーん。いいね。そういうところも僕の好みだよ。是非とも、みっともなく泣いて許しを請う姿を見せてほしいところだねぇ」

ディアナはローゼンを睨むが、彼はそれすらも楽しんでいるらしい。

「はぁ……仏頂面が相手か。あんた、恋人とか恋愛経験ないでしょ」

「初対面の相手に随分と失礼ですね。残念ながら、私は既婚者です」

「……!? あっは。それは面白いわね。いいわ。少しあんたに興味が湧いたから、遊んであげる。その仏頂面が、泣いてくしゃくしゃになった時、思いっきり笑ってあげるわ」

リーリエのやる気のなかった瞳の色が興味に染まっていく。彼等のやり取りを楽しそうに見ていたクレアは、妖しく瞳を光らせてこちらに振り向いた。

「貴方達の相手は私がするわ。特に『坊や』のことはずっと気になっていたの。こうして直接会えるなんて、運命にでも導かれたのかしらねぇ」

彼女は僕のことを指差して嬉しそうに目を細めている。

「残念だけど、運命があるとすれば……それは君が捕らえられることじゃないかな」

「あら、つれない事を言うのね」

不敵に笑うクレアだけど、目の前にすると得体のしれない言動からは想像もつかないほどの威圧感がある。息を呑むと、傍にいたアーモンドが「リッド」と呟いた。

「君は狐人族で『獣化』できる者と対峙したことはあるかい？」

「いや……残念ながらないね」

「ディアナとカペラもかい」

騎士団に彼女は所属していたし、彼も元暗部だ。まったくの未経験ということはないだろう。でも、帝国やレナルーテで獣人族の強者が暴れることなんて、ほとんどないはずだ。

「正確にはわからないけど、多分あまりないと思う」

「そうか。なら……」

アーモンドは声を張り上げた。

「聞いてほしい。狐人族が獣化する際、魔力総量。言ってしまえば『当人の強さ』に応じて、尻尾の数が増える。当然、多ければ多い程、強い相手だ。油断しないでほしい」

彼の声が辺りに響き渡ると、クレア達が一様に微笑んだ。

「私達のことを説明してくれて、ありがとう。それじゃあ、そろそろ始めようかしらね」

クレアが先程まで乗っていた馬車の周りで構えている者達に振り向いた。

「貴方達は、ここにいても邪魔よ。坊や達の相手は私達がするわ。馬車と荷を捨て、先に行きなさい」

「御意」

その言葉が合図となり、クレア、ローゼン、リーリエを除いた輩達が一斉に走り出す。

「……!?　逃がさないよ」

咄嗟に魔法を発動しようとするが、一瞬でクレアに間合いを詰められた。

「な……!?」

「坊やの相手はこっちでしょう。私だけを見てなきゃダメよ」

どこから取り出したのか。彼女は如意棒《にょいぼう》のような武器を振り、魔法を使わせまいと棒術で猛攻を繰り出してきた。訓練とは全く違う。正真正銘の殺気に加え、彼女の繰り出す棒術は変則的であり、初めて見る動きだ。それ故、対処がどうしても遅れてしまい魔法を発動できない。

「リッド！」

アーモンドが助太刀に入ってくれたことで、何とかクレアとの間合いを取れた。

「ふふ。坊や達、仲が良いのね」

僕達のやり取りに、彼女は目を細めて微笑む。辺りを見渡せば、輩達はすでに僕達の後方に走り去っていた。その上、ローゼンとリーリエもかなりの手練れらしく、ディアナとカペラも手一杯になっているようだ。

「……やられたな」

もう少し、強硬に動いた方がよかったか？　いや、下手に動けば、相手に情報だけ与えてしまいかねない。現状の僕の力だと、領外への拉致を防ぐだけで精一杯ということか……情けないな。

「リッド、大丈夫かい」

「うん、ありがとう助かったよ。アーモンド」

「ふふ、安心なさい。あの馬車の中には、間違いなく坊やが取り返そうとした子達が全員乗っているわ。だから今は、私と遊んでどうか楽しませて頂戴」

クレアの挑発的な言動に苛立ちつつも、僕は現状に違和感を覚えた。

「君達の目的はなんだ？　バルディアの工房を襲撃して技術者を拉致した。それ程の危険を冒《おか》しておきながら、いざとなると荷と拉致した技術者を放棄する。やっていることに一貫性がない。滅茶苦茶だ」

「ふふ、すべての行いに何でも意味があると思っちゃダメ。私は自分が面白そうと思ったことに忠実なだけなの」

「つまり、工房の襲撃も面白そうだからやってみた、とでも言うつもりかい」

怒気を込めて凄むが、彼女は肩を竦めておどけている。

「さぁ、どうかしらね。でも、工房の襲撃を計画している時は楽しかったわ。細工は流々仕上げを御覧じろ……って言うじゃない？　まぁ、最後にこうして追いつかれたのは少し意外だったけど、それまでは良い動きだったでしょう」

「そうか。じゃあ、立案に至った経緯について教えてもらえるかな」

「あら、何でも質問したら答えてくれると思ったらダメ。男の子には、強引さも時には必要なのよ」

蠱惑的な笑みを浮かべたクレアは、誘うように武器を構えた。

「わかった。じゃあ、続きは君を縄に掛けてからにしよう」

「怖い目ね。いいわ。そんな顔もできるなんて素敵よ。すっごくそそられるわ」

会話にならないな。僕が身体強化を発動して徒手空拳《としゅくうけん》で構えると、彼女は「あは」と楽しそうに口元を緩めた。

「ローゼン、リーリエ。今から少しだけ、本気を出すわ。貴方達も力を見せてあげなさい」

「承知しました」

二人の返事が聞こえると、クレアは再びこちらを見つめた。

「さぁ、楽しませてちょうだい。がっかりさせないでね」

彼女の容姿が武器を構えたまままみるみる変わっていく。獣化したクレアは、全身が白い毛に覆われ、尻尾が五本ある神秘的な白狐の姿となった。

「リッド。彼女を相手にするのは、少し骨が折れそうだよ」

アーモンドの表情が険しくなる。

「どうしてだい」

クレアから感じる魔力量や威圧感で何となく察しはつくけどね。あえて尋ねると彼は苦笑した。

「ズベーラで数年に一度だけ、『獣王』を決める試合があるのは知っているかい」

「うん。詳細は知らないけど」

「狐人族が試合に出す代表を選出する時、最低条件が獣化時に尻尾の数が五本。『白狐』と呼ばれる状態になれることなんだ」

狐人族が獣化した際、増える尻尾の数ごとに呼び名があることに少し驚く。

「つまり、クレアはかなり強い狐人族。そういうことだね」

「そうなるね」

「ちなみに、アーモンドはどうなの」

ふと気になって問い掛けると、彼は首を横に振った。

「僕はまだ三本。『仙狐』と言われる状態さ。残念ながらね」

「そっか。さて、どうしたものかな」

獣化が扱える狐人族の強者と手合わせをするのは初めてだ。その上、僕達はそれぞれの実力や魔力量も未知数なんだよね。今の状態で共闘すれば、お互いの足を引っ張ってしまう可能性も高い。

獣化は身体能力を大きく向上させるけど、その分発動中は魔力を継続的に消費する。従って、術者の魔力量次第だけど獣化は一般的に長期戦に不向きだ。

僕はというと、魔力量には結構自信がある。加えて、もうしばらくすれば第二騎士団の応援も到着するはずだ。

最善は、クレアを倒して捕縛すること。次善は、クレアを逃がさないよう持久戦で耐え忍んで、味方の応援を待つ。

「……という方法でいこう」

「それだと君の負担が大きくないかい」

「かもしれないね。でも、こう見えても僕は結構怒っているのさ。だから、やらせてほしい」

アーモンドは僕の顔をみると、ごくりと息を呑んだ。

「わかった。君の指示に従うよ」

「ありがとう、アーモンド」

お礼を告げると、僕はクレアの前に踏み出した。

「作戦会議は終わったのかしら？」

「まぁね。クレアだっけ。先に言っておくよ。僕は……」

「なにかしら」

彼女が首を傾げたその時、僕は魔力を一気に解放。瞬時にクレアの懐に飛び込むと、魔力を込めた手刀をクレアの腹部に抉り込む。

虚を衝いた形になり、「ぐ……!? こ、これは!?」と彼女の表情が苦悶に染まる。

でも、まだ終わらない。

「僕は、本気で怒っているんだ。弾けて爆ぜろ」

抉《えぐ》り込んだ手刀の先で魔力が爆発して彼女を吹き飛ばす。だけど、クレアは宙に舞ったまま体勢を立て直して、何事も無かったかのようにその場にしゃがみ込むように着地する。ゆっくりと立ち上がった彼女は、舌なめずりしながら目を細めた。

「良いわね。そうこなくっちゃ、面白くないわ」

「絶対に許さないからね。その減らず口、二度と叩けないようにしてあげるよ」

「あは。素晴らしいわ。坊や、最高よ。じゃあ、次はこちらからいくわね」

クレアは言うが否や、こちら目掛けて突っ込んで来る。対して、僕は全十魔槍大車輪を暗唱して最大火力で発動すると、周りに全属性の魔槍が大量に生成され、彼女目掛けて次々に飛んでいく。

「あははは！　こんなすごい魔法は見たことがないわ。でも、私に当てられるかしらねぇ」

クレアは楽しそうに叫ぶと、魔槍の弾幕に真っすぐ突っ込んでくる。彼女は数々の魔槍を躱しつつ、時に魔法で相殺。またある時は、棒で打ち払い、どんどん近づいていくる。

「もうすぐ坊やの元に辿り着いちゃうわよ。次はどうするのかしら」

「次はこれさ」

そう答えると、土の属性魔法を発動して彼女が進む正面に土壁を生成する。

「こ、これは土の属性魔法⁉」

クレアは、正面に突然現れた土壁に目が奪われ動きが止まる。

「驚くのはまだ早いさ。これで君を捕縛するんだよ」

僕の言葉に反応して土壁がうねり、クレアの周りを取り囲んでドーム状に固まった。中は空洞だから、一応は彼女を捕まえたことになる。

「これで、少しは大人しくなってくれるかな」

でも、すぐにドーム状の土壁が鈍い衝撃音と共に壊され、彼女が猛スピードで間合いを詰めてきた。

「やっぱり、この程度じゃ足止めにもならないか」

この間合いじゃ、魔法はもう間に合わない。

咄嗟に腰に差していた魔刀に手を伸ばした次の瞬間、金属がぶつかり合う金切り音が鳴り響いた。

「やっと、近くで顔が見れたわね。坊や」

「それは、お互い様でしょ」

クレアと鍔迫《つばぜ》り合いを行いつつ睨みあった後、互いに離れて間合いを取る。最初よりは近いけど仕切り直しか。

横目でディアナとカペラの様子を窺うと、ローゼンとリーリエという兄妹も獣化しており、尻尾の数が四本ある。その姿は真っ黒で『黒狐』という感じだ。

「ふふ。あのダークエルフとメイド。ローゼンとリーリエと対等に戦うなんて中々やるわね」

僕の視線に気付いたのか、クレアも彼等の様子を見て不敵に笑う。

「でも、貴方は私をしっかり見つめてないと駄目よ」

「ますますわからないな。これだけの実力があれば、僕達から逃げることもできたはずだ。一体何を企んでる」

少しでも情報を引き出そうと再び問い掛けるが、彼女は首を横に振った。

「あら、さっきも言ったでしょ。何でも聞けば答えてもらえると思わないことね。まぁ、でも、襲撃は最後のお遊びだったってことは教えてあげる」

「最後の……お遊び？」

『最後のお遊び』ということは、その前に行っていたことが本懐。やっぱり、バルディアの情報を集めてどこかに持ち帰ることが本当の目的だったということか。

「そう、これは私にとってはただのお遊びよ。それより、もし運命というものがあるなら、きっと貴方は此処に来ると思っていたの。ふふ、私達は『運命の赤い糸』で結ばれているかもしれないわねぇ」

「残念だけど僕は既婚者だ。運命の相手とやらを探しているのなら、他を当たってほしいね」

「ふふ。まだ幼いのに既婚者だなんて、随としがいがありそうで面白いわ。でも、大丈夫。私は結婚してるとか、してないとか気にしないの。人はもっと刹那《せつな》的で欲望に忠実で良いのよ。これは、今後のために忠告しておくわ」

「そうかい。君とは考え方が合わないということだけはわかったよ」

「それは残念ね」

クレアは肩を竦めて吐き捨てると、勢いよくこちらに踏み込んでくる。そして、彼女と僕は魔法と武術を激しくぶつけ合うのであった。

◇

「はぁ……はぁ……想像以上だな。これが、強者の獣化か」

クレアとの闘いは、今まで経験したことがないほど苛烈だった。一人ではやっぱり勝てそうにないかも。

「あらあら。とうとう息が切れ始めてしまったわね。でも、貴方のような子供がここまでできるだけでもすごいことよ。本当に、将来が楽しみだわ」

彼女は悠然と構えを解いた。どうやら、まだまだ余裕らしい。

「そうかい。でも、僕はまだ諦めたわけじゃない」

魔刀を構えて真っ直ぐにクレアを見つめる。そう、まだ諦めるわけにはいかない。

「その光が消えない眼差し。とっても良いわ。じゃあ、これは受けられるかしら」

クレアは間合いに入ると、棒術を使い変則的かつ鋭い猛攻を繰り出してくる。

「く……!?」

防戦一方になっていると、彼女は口元を緩めた。

「貴方は武力、魔力、身体能力、胆力、想像力、発想力、洞察力、思考力、分析力、判断力、決断力。その他、どの『力』をとっても素晴らしい才能に満ち溢れているわ。でも、それだけじゃ足りないのよ。貴方には命を削るような『実戦経験』が全く足りてないわ」

吐き捨てたクレアは、鋭い一撃で僕の魔刀を弾き飛ばした。

「ぐ……!?」

「一度、死線を潜ってみなさい。燐火・焔」

咄嗟に魔障壁を展開するが、クレアの魔法の威力は凄まじく爆音と共に吹き飛ばされた。

「ぐぁあああ!?」

だけどその時、獣化した狐人族の少年が両腕で抱きかかえるように僕を受け止めた。

「リッド、大丈夫かい。少し無茶しすぎだよ」

「はは、ありがとう。その姿が君の獣化なんだね、アーモンド」

見れば、彼は全身が濃い黄色の毛で覆われており、三本の鮮やかな尻尾が波打っている。

「ああ、驚かせてすまない。さすがに、これ以上は見ていられなくてね。それより、まだ戦えるかい」

彼はそう言うと、両腕に抱えていた僕を心配そうに立たせた。

「勿論。むしろ、これからが本番さ」

口元を緩めると、クレアの魔法で焼け焦げてボロボロになった上着を放り捨てた。アーモンドはきょとんとした後、肩を竦める。

「やれやれ。今の魔法を受けて、怖じ気づくこともない。君の胆力は中々まともじゃないね」

「そうかな。確かに、クレアは強いよ。だけど、彼女より強くて怖い人を知っているせいかな。怖いけど、足は震えない。まだまだ、やれるさ」

「ちなみに、それは誰だか聞いてもいいかい」

「え、うん。僕の……パパさ」

「そ、そうか。それはさぞかし怖い『パパ』なんだろうね」

一応、彼には身分とか素性を明かしていないからね。父上とは言わず誤魔化した。

「貴方達、いつの間にそんなに仲良くなったのかしらねぇ。だけど、一人でも二人でも結果は変わらないわよ」

クレアが僕達を見据え、悠然と歩いてくる。

「それはどうかな。こっちもようやく体が温まってきたところだからね」

挑発するように首を回しながら吐き捨てると、クレアは妖しく目を細めた。

「へぇ、言うじゃない。じゃあ、次はどうするのかしら？」

「決まっている。これから、第二ラウンドさ。行くよ、アーモンド」

「わかった」

僕が前に出ると、アーモンドが後を追ってくる。

「馬鹿ねぇ。そんな付け焼き刃の連携なんて、足を引っ張り合うだけよ」

「さて、それはどうかな」

「リッドと貴女が手合わせをしていた時、僕がただ見ていただけとは思わない事だね」

間合いに入るとまず僕が先手を打っていく。その動きに、アーモンドが的確な援護をしてくれる。

「本当に二人は仲が良いのね。ちょっと妬けちゃうわ」

クレアは僕達の連携を『偶然うまくいった』ように感じたようだが、すぐに彼女の表情は険しくなっていく。僕が彼女と一対一で戦っていた時、アーモンドには僕達の動きを注意深く見てもらうようにお願いしていた。

クレアと僕。両者の動きを、彼が把握する時間を稼いだ。

『付け焼き刃』には変わらないけど、互いの動き方が全くわからない状況の中で行うぶっつけ本番よりは断然良い。

激しい攻防を繰り広げる中、段々とこちらが優勢になっていく。

「アーモンド、いまだ」

「わかってる」

僕が防御をこじ開け、彼が一撃を入れようとしたその時、クレアが不敵に笑い魔力を解放。衝撃波で僕達を吹き飛ばした。

「あは。思ったより、やるじゃない」

吹き飛ばされた先で受け身を取ると、すぐに半身で身構える。

「ぐ……!? あと一歩だったんだけどな」

「そうだね。だけど、近づいてもさっきのようにまた吹き飛ばされるかもね。何か良い手はないかな」

「それなら考えがある」

ある提案をアーモンドの耳元で囁いた。

「……!? わかった。じゃあ、それでいこう」

「ありがとう、じゃあ、お願いね」

僕が改めてクレアを見据えると、今度はアーモンドが先に駆けだした。

「あら、次は何をして楽しませてくれるのかしら」

「さあね」

二人は互いに獣化していることもあり、動きは凄まじい。僕は援護しながら、魔力を溜めていく。

クレアを一撃で倒すためのとっておきだ。

発動するまでの時間は、そんなに掛からない。だけど、今はその時間がとても長く感じる。激しい魔法と武術の攻防が続く中、ようやく僕の魔力が溜まった。

目配せで伝えるとアーモンドは頷き、力を振り絞るように攻勢を増していく。

「とっても激しくて素敵ね。でも、そんなに飛ばしたら後が持たなくなるわよ」

クレアは余裕の笑みを浮かべ、アーモンドの攻勢を受け流していく。そして、彼が大ぶりで攻撃を繰り出そうとしたその時、隙を突くように彼女が攻勢に転じた。

「ほらね、飛ばし過ぎて攻撃が雑になってるわ」

アーモンドは「しまった」と言わんばかりに顔を強張らせるが、すぐにふっと表情を緩めてほくそ笑んだ。

「今だ、リッド」

アーモンドは、身を翻して僕と入れ替わる。

「な……!?」

突然の挙動に、クレアが呆気に取られて動きが止まった。

「十全《じゅうぜん》魔《ま》槍集約《そうしゅうやく》・螺旋槍《らせんそう》」

絶対に決める。全属性の魔槍が発生と同時に混ざり合い、螺旋を描く巨大な魔槍となってクレアの腹部に放たれた。

『螺旋槍』は、鉢巻戦で偶然にも『十全魔槍大車輪』が一本の槍となった現象を密かに研究して編み出したものだ。その威力は僕の扱う魔法では最大と言って良い。

彼女は咄嗟に魔障壁を展開するが、すぐにハッとした。

「こ、これは、魔障壁が耐え切れない……⁉」

辺りに魔障壁が砕け散った透明で高い音が鳴り響くと、螺旋槍に巻き込まれ、押し飛ばされるクレアの絶叫が轟いた。

「あぁあああああああああああ⁉」

「全開だぁあああああ」

さらに魔力を込めて、僕は螺旋槍の出力を上げていく。

やがて、螺旋槍はクレアを押し飛ばしたまま岩にぶつかり爆発。辺りに爆音が轟き、土煙が舞った。一連の出来事を間近で目の当たりにしていたアーモンドは、「す……すごい……」と唖然としている。

「はぁ……はぁ……どうだ……少しは思い知ったかい。僕の怒りをさ……」

クレアが吹き飛んだ先を見つめて吐き捨てるが、魔力を一気に使った反動により全身の力が抜けてしまい、思わず片膝を突いた。

「リッド、大丈夫かい⁉」

「え……？　あぁ、うん。魔力を一気に使った反動だね。大丈夫だよ」

駆け寄ってくるアーモンドに笑って答えると、僕はズボンのポケットに手を入れて小さな袋を取り出した。そして、袋の中にある錠剤を何個か掌の上に載せて口の中に放り込む。

「それは」

「ちょっとした栄養剤さ。水で飲み込まないと激マズだけどね」

「エイヨウザイ？」

きょとんとするアーモンドだけど、詳細はさすがに言えない。

錠剤の正体は、『魔力回復薬』だ。念のために携帯していたものだけど、まさか襲撃犯がここまでの手練れとは予想外だった。

でも、これで終わり……そう思った時、凄まじい魔力と気配にハッとして身構える。そして、舞い上がっている土煙の中にいるであろう『彼女』を睨んだ。

「あはは。あんな隠し玉を持っていたとはね。今のは少し痛かったわ。お遊びのつもりだったのに……本気にさせられちゃったわねぇ」

土煙の中から出て来たクレアの姿を見て、僕は目を瞬いた。彼女の尻尾の数が六本となり、容姿も白狐から銀色に輝く銀狐となっていたからだ。

「今までは言葉通り、お遊びだったというわけか」

「みたいだね。銀狐相手となると、さすがに僕達だけでは厳しいよ。どうする、リッド」

さっきの魔法が通じていない……となれば、今は応援が到着するまで待つしかない。

「時間を稼ぐ。今はそれしかない」

「わかった。やれるところまでやってみよう」

二人で一気にクレアとの距離を詰め、再び連携で攻勢をかけた。でも、銀狐となったクレアは、難なくその攻勢を躱して受け流していく。

「あはは。面白かったけど、そろそろ、お終いかしらねぇ」

僕達の攻撃を躱した彼女は、アーモンドの懐に入り込むと口元を妖しく歪める。

「貴方は少し邪魔ね。あっちに行ってなさい」

「な……ぐぁあああ⁉」

「アーモンド」

至近距離でクレアに魔法を発動されて、彼は吹き飛ばされてしまう。

「よそ見している暇はないわよ。坊や」

「……⁉　まだだ……まだ、負けるものか」

自身を奮い立たせるように声を張り上げ、残っている力を振り絞って立ち向かうがまるで歯が立たない。やがて、隙を突かれてしまい彼女は左手で僕の喉元を掴んで持ち上げた。

「ぐ……は、離せ⁉」

「ふふ、良いわね。ここまで楽しませてくれた相手は久しぶりよ。まだこんなに小さいのにねぇ。やっぱり、私は貴方のこと気に入ったわ」

「な、何をす……んん⁉」

あまりに突然かつ予想外の出来事に、目を瞬いた。クレアは自身の唇を重ねてきたのだ。

「んんん⁉」

必死に抵抗するが、どうにもならない。やがて、気が済んだのか、クレアは舌なめずりをしながら唇を離した。

「ふふ、そんなに嫌がらなくても良いじゃない」

「ふ……ふざける な……⁉」

怒りを露わにしたその時、彼女が遠くを見つめてフッと笑った。

「残念だけど、お遊びの時間はここまでね。じゃあね、リッド」

彼女は、僕を投げ飛ばした。

「うぁあああ」

「リッド」

アーモンドが僕を両腕で受け止めると、妖しく目を細めたクレアは声を張り上げた。

「ローゼン、リーリエ。遊びはここまで、引き上げるわよ」

「畏まりました」

返事をした二人が集うと、クレアは僕を見据えた。

「じゃあ、今日はこれで失礼するわ。あと、リッドには一つ良いことを教えてあげる。いずれ近いうち、貴方は私より強い相手にきっと出会うわ。その人は、私のように優しくはないの。だから、死なないように頑張ってね」

「な……⁉　どういうことだ」

クレア達を中心に辺りが白い霧に包まれていく。

おそらくこれも、クレア達の魔法だ。霧の中から馬の走る音がこちらに近付いてくる。

「じゃあ、リッド。僕も君とはここでお別れだ」

「そうはいかないよ。君にはまだ聞きたいことが沢山あるんだ」

彼の手を掴もうとした時、馬が間に割って入って来た。

「アーモンド様。お手を」

「ぐ……その声はリックか!?　アーモンド」

「すまない、リッド。君とまた会う機会があれば、その時こそ色々と話そう」

彼はそう言い残すと、馬の足音と共に霧の中に去っていった。

◇

クレアやアーモンド達の気配が無くなると、だんだんと辺りの霧が薄くなっていく。

やっぱり、この霧の正体はクレア達が発動した魔法か。

「リッド様」

「ご無事ですか」

男女の声が響き、人影が揺らめいた。

「うん、僕は大丈夫。カペラとディアナは」

近くで二人の姿を見れば、服がボロボロになっていた。ローゼンとリーリエ、あの狐人族の兄妹も相当の手練れだったのだろう。

「私達は大丈夫です。それより護衛の立場でありながら、肝心な時に傍にいられず申し訳ございませんでした」

二人は片膝を突いて頭を下げた。

「二人共、そんなに畏まらないで頭を上げてよ」

慌てて二人に顔を上げてもらう。

「二人がいたから、ローゼンとリーリエを足止めできたんじゃないか。もし、クレアとあの二人が組んだらかなり厳しかったよ。正直、あそこまでの相手とは思っていなかった。これは完全に僕の油断だよ」

アーモンドが居なければ、クレアを相手にここまで立ち回ることはできなかっただろう。いや、そもそも彼女はいつでも僕達を倒せたはずだし、逃げることもできたはずだ。

それなのに、『遊び』と称して闘いや襲撃を楽しんでいた。悔しいけど、完敗と言わざるを得ない。

「リッド様……」

「あ、いけない。あいつらが乗っていた馬車の荷台を確認しなくちゃ。カペラは一緒に来て。ディアナは、木炭車にいるアレックスとセルビアの護衛をお願い」

「畏まりました」

クレア達が乗っていた馬車の荷台をカペラと一緒に検《あらた》めると、見知った顔の子達が倒れていた。工房から拉致された子達で間違いないだろう。ふと一人の子が目に入り、ハッとする。

「……!?　トナージ」

慌てて荷台に乗り、抱き上げると「う……ううん」と彼は呻き声を漏らした。よかった、気を失っているだけみたいだ。

「リッド様、ご安心ください。彼を含め、皆気を失っているだけのようです」

「わかった。ありがとう」

その時、荷台の外から「見つけたぞ」という声が響く。荷台から顔を覗くと、ラガードが率いる第六分隊の面々に加え、第一騎士団の副団長クロスが率いた部隊がやってきていた。

もう、ここに襲撃犯が居ないことを伝えたほうがいいかな。荷台から僕が手を振ると、クロスが勢いよく飛び出して駆け寄ってきた。

「リッド様、遅くなり申し訳ありませんでした。お怪我などはしておりませんか」

「う、うん。大丈夫だよ。だけど、襲撃犯を捕らえることはできなかったんだ……」

俯くと、クロスは僕の体に怪我がないことを確認する。

「それは残念なことですが、リッド様がご無事なら何よりでした。拉致された子達はこの荷台の中ですか」

「うん。見た感じ、全員いると思う」

「そうでしたか。では、早速彼等を連れて屋敷に戻りましょう」

クロスは、白い歯を見せて笑った。

現場検証を救援の騎士団員に引き継ぐと、彼等の手を借りて襲撃犯達が使っていた荷台を木炭車・改に連結する。そして、クロスとラガードの部隊に護送してもらう形で、僕達は屋敷の帰途に就く。

幸いなことに、荷台には拉致された面々が全員いることも確認できた。でも、僕はクレアの言った言葉が心に残っている。

『いずれ近いうち、貴方は私よりもっと強い相手ときっと出会う』

それはつまり、何かしらの悪意がバルディア領に向けられているということだろう。

「……何であれ、バルディアに手を出したこと。絶対に許さない」

屋敷に向けて走る木炭車の中、僕は内で燃える激情を押し殺した。

襲撃犯の正体

第二騎士団の宿舎に木炭車が到着。拉致された子供達は、ファラが手配していたメイド達に温かく迎えられる。安堵して緊張の糸が切れたのか、中には今になって泣き出す子もいた。

確認したところ、今回の事件に巻き込まれた子供達に怪我はなく、行方不明者もいない。ひとまず安心はしたけど、事はそう単純な話ではないだろう。

荷台から拉致された子達を下ろし終えた時、「リッド様」と声を掛けられる。振り向くと、ファラが微笑んでいた。アスナも彼女の傍に控えている。

「ご無事で何よりでした」

「ありがとう、ファラ。でも、襲撃犯は只者じゃなかったよ。それに、少し嫌な感じもするんだ」

「どういうことでしょうか」

彼女は心配そうに首を傾げる。

「ここじゃ何だから、続きは執務室で話そうか」

自分自身で確認するようにファラとアスナに事の経緯を説明する。また、彼女達からも宿舎での動きについて報告を受けた。

「そっか。色々頑張ってくれたんだね。本当にありがとう、ファラ」

「とんでもないことです。私にできることをしたまでのことですから。それにしても、襲撃犯の一団がそれ程の強者だったとは驚きました」

「うん。バルディアに手を出すぐらいだから、ある程度は予想していたんだけどね。想像以上だったよ」

襲撃犯を統率していたのが、狐人族の女性であるクレア。彼女の前に僕は手も足もでなかった。あの場に、アーモンドがいなければどうなっていたかわからない。

今のままじゃ、自分自身もバルディアも守ることはできないだろう。目を伏せて手を震わせていると、ファラが僕の手をぎゅっと力強く掴んだ。

「大丈夫ですよ。リッド様は、どんな困難でも必ず乗り越えられます。今までもそうだったではありませんか。今回もきっと打ち勝てるはずです。私もお力になれるよう何でもお手伝い致します」

「ファラ……」

彼女の手は小さく柔らかいけど、とても温かい。漠然とあった焦燥《しょうそう》が不思議と収まり、心が安らいでいくのを感じる。気付けば、ぽうっと彼女を見つめていた。

「それとも、私ではお力になれませんか？」

ファラの耳が下がり、シュンと俯いてしまう。

「い、いや、そんなことはないよ。すごく心強くて……その、見惚れていたというかなんというか」

「え……」

ファラの頬が赤く染まり、耳が少しパタパタと上下し始める。だが、彼女はすぐにハッとして、その耳を押さえて俯いてしまう。

「もう、リッド様はいつも不意打ちです」

「あはは……」

重苦しい雰囲気が急に明るくなった気がする。

ファラの言う通り、することは今までと変わらない。大切なものを守る為、困難に立ち向かう力が必要なら己を磨くしかないんだ。どんな悪意にも負けない強さを得るために。

「ありがとう、ファラ。君のおかげで気持ちが落ち着いたよ」

「は、はい」

きょとんとする彼女に微笑み掛けた後、ディアナとカペラに目をやった。

「ねぇ、二人が相手をしたリーリエとローゼンはどんな感じだった。もし何か気になることがあれば、何でも言ってほしい」

「そうですね。私が相手をした『ローゼン』というのは……」

ディアナは思い返すように呟いた後、眉間に皺を寄せて嫌悪感を露わにした。ちょっと怖い。

「一言で言い表すなら『ませたクソガキ』ですね」

「えっと、どういうこと」

彼女らしからぬ突然の暴言に、この場にいる皆は呆気に取られてしまう。でも、カペラだけはうんうんと頷いている。ディアナは僕達が浮かべた顔を見て、ハッとすると咳払いした。

「失礼しました。目上と異性に対する礼儀が微塵もなく、口も悪くて無礼極まりない。言動全てが人の神経を逆なでし、実に癪《しゃく》に障る狐人族でございました。あの者に比べれば、ここに来た当初のオヴェリアやミアがまだ礼儀正しいと思えるほどでございます」

「あ、うん。大体、わかったよ」

それは最早《もはや》、『ませたクソガキ』をより具体的な言葉にしただけでは？　と思ったけど、あえて突っ込みはしなかった。

「リッド様。私からもよろしいでしょうか」

カペラは淡々とした無表情で頷いた。

「私が相手をしたリーリエという少女ですが、言動の評価はディアナさんと概ね変わりません。しかし、彼女が私を見て『私達と同じ匂いがする』と言ったことが気になります」

クレア、リーリエ、ローゼン。彼等が僕達と最初に向かい合った時、確かに『リーリエ』という少女がそんなことを口走った気がする。

カペラとリーリエ達が同じ匂いか。カペラとあの二人じゃ、性格も言動も全然違うのに……そう考えた時、脳裏に電流が走った。

「そうか、そういう意味か」

カペラに確認するように聞き返すと、彼は頷いた。

「リッド様がお察しの通り、今回の襲撃犯の正体は盗賊団や傭兵団ではありません」

「狐人族に所属する諜報機関。もしくは同等の組織の可能性が高い、ということだね」

「リッド様。恐れながら、カペラ殿と雰囲気が似ていることが何故、諜報機関と繫がるのでしょうか」

尋ねてきたのは怪訝な表情を浮かべるアスナだ。ファラも同様のことを思ったらしく、首を傾げている。

「二人はまだ知らなかったんだね。カペラは、レナルーテの諜報機関に属していたんだよ。今は色々あって、僕の忠臣になってくれているけどね」

「え……!? そうだったんですか」

「なんと……」

彼女達は、目を丸くして彼に視線を向ける。

「今、リッド様が申されたことはすべて事実でございます」

「しかし、まだ得心がいきません。今回の襲撃が狐人族に所属する諜報機関だったと仮定した場合、これはただの事件では済みません。下手をすれば国家間の争いにも繫がる危険な行為です。恐れながら申し上げますと、考察とはいえ狐人族の諜報機関と断定するのは、些か早計ではないでしょうか」

アスナの発言は、尤もだ。狐人族とバルディアは、領地と国境が隣接した隣国同士である。何かいざこざが起きれば緊張状態になりやすい。

それを理解してこんな行いをしたとすれば、『緊張状態になっても構わない』という意思表示に他ならないからだ。早計な判断は、相手の思惑と術中にはまる恐れもある。だからこそ、慎重に考えて動くべきだと、アスナは進言してくれているのだろう。

「うん、言ってくれていることはわかるよ。でも、襲撃犯の計画的かつ組織的な動きは、そこらの『傭兵団』や『盗賊団』のものじゃない。それに、僕が対峙したクレアという狐人族が言っていたことが気になるんだよね」

「どういうことでしょうか」

ファラが首を傾げる。

「彼女は、『工房襲撃と拉致は最後のお遊びだった』と言っていたんだ。つまり、クレア達には別の目的、本懐は襲撃の時点で達成されていたことになる」

ディアナが「なるほど……」と相槌を打った。

「工房を襲撃できるほどにバルディアの情報を集めること。それが彼等の本懐だった、ということですね」

「そうだね。そう考えるのが妥当だと思うんだ」

僕が頷くと、アスナとファラの表情がますます曇る。

「でも、情報を集めることが本懐だったと言うのであれば、工房襲撃は目立ち過ぎませんか。それに、下手をすればアスナの言う通り領地同士が緊張状態になりかね……」

ファラがそう言い掛けた時、彼女とアスナは何かを察したらしくハッとする。

「襲撃犯は本懐をすでに遂げていた。ということは、情報はすでに彼等の上に伝わっている可能性が高い。その中で、襲撃を行ったということは、彼等の目的は次の段階に移っていたと考えるべきだと思う」

「今回の襲撃と拉致の目的は、バルディアと狐人族が緊張状態になること……だったということですか」

アスナの問い掛けに、僕はゆっくりと頷いた。

「まぁ、まだ想像の域は出ないけどね。クレア達は襲撃のこと『遊び』と称していたから、拉致は成功してもしなくても良かったんじゃないかな。今回の件は楽観視するより、『最悪の可能性』を考えておくべきだと思う」

「私もリッド様のお考えには賛成です」

カペラは会釈すると、「ですが……」と続けた。

「そうなると一つ気になることがあります」

「ん？　なんだい」

「リッド様に協力を申し出た、アーモンドという狐人族の少年。そして、今回の事件解決に向けて助言をしたという『リーファ』という狐人族の女性です。彼等は、どうお考えなのでしょうか」

彼がそう言うと、僕はこの場の注目を浴びる。どうやら、皆も気になっていたらしい。

「そうだね。まだ何とも言えないけど、父上の言葉を借りるなら『どんな国でも一枚岩とは限らない』ということじゃないかな」

「つまり、リッド様は狐人族の中にバルディアと緊張状態を望む派閥と望まない派閥がある。そして、アーモンドとリーファと名乗ったあの二人は、望まない派閥に属している。そうお考えということでしょうか」

「断定はできないけどね。まぁ、当たらずといえども遠からずって感じぐらいだと思うよ」

「畏まりました。お答えいただきありがとうございます」

僕の考えをこの場にいる皆で共有するため、彼はあえて質問してくれたのだろう。周りを見ると、ファラ、アスナ、ディアナも難しい顔で頷いていた。

「それと、多分そろそろ連絡が来ると思うんだよね」

壁に掛けてある時計の時間を横目で確認する。

「連絡、ですか」

ファラの問い掛けに頷くと、僕は腰に付けていた通信魔法の受信機を机の上に置いた。皆がきょとんとする中、「こちら、通信本部のサルビアです。リッド様。応答願います」と声が発せられる。皆が驚く中、僕は通信魔法を発動した。

通信魔法の発動時には僕も大なり小なり声を出す必要があるから、サルビアとの会話は皆にも伝わる仕組みだ。

「こちら、リッドです。サルビア、この連絡は例の件かな」

実は、アーモンドとリックと一緒に宿を出発してリーファ達と別れた時、僕は密かにセルビアを通してある指示を出していた。それが『例の件』である。

「はい。リッド様のご指示通り、指定された街の宿に第一騎士団の騎士数名と、第二騎士団のオヴエリアとミアの分隊を派遣しました。ですが、彼等が駆け付けた時には狐人族の、リーファなる者を始め、部屋はもぬけの殻だったということです」

「そっか。他に何か、手掛かりになるようなものはあったかい」

ある程度予想していたことだけど、やっぱり駄目だったか。

「あ、えっと、それなんですが……」

「どうしたの。何かあったなら、気にせずに伝えて」

「は、はい。それが、その、置き手紙が一通あったそうです。内容は『リッド、機会があればまた会いましょう。それと、貴方のことは気に入ったわ』と書かれており、文面の最後には『キスマーク』が添えてあったそうです」

「な、なるほど。じゃあ、その手紙はおそらく『リーファ』が残した手紙だろうね」

ふと刺すような視線を感じて振り向くと、ファラがこちらをジトっと見つめていた。ちょっと怖い。

「リッド様。『リーファ』という方が残したという手紙。私の元に必ず持ってくるようにお伝えしてください」

「えっと、それは別に良いけど……ど、どうして？」

普段と違うファラの様子に気圧《けお》されつつ聞き返すと、彼女は怪しく目を細めた。

「筆跡にはその人の性格が出ると申します故、リーファという方が書いた手紙で何かわかることがあるかも知れません。それとも、私に見られると困るのでしょうか」

「い、いや、そんなことは全くないよ」

何故か慌てて首を横に振ってしまう。

「では、お願いします」

「う、うん」

顔を引きつらせて頷くと、通信魔法を再開する。

「えっと、サルビア。その置き手紙は、宿舎の執務室に届けるようにお願い。こっちでも確認すれば、何かわかるかもしれないからね」

「承知しました。そのように手配します。それと、ライナー様から事が落ち着き次第、すぐに本屋敷の執務室に報告に来るようにと、リッド様宛に伝言を頂いております」

「わかった。父上にはできる限り急いで報告に行くと伝えておいてほしい」

「畏まりました。では、これで通信を終わります」

声が聞こえなくなると、机の上にある受信機を手に取って腰に付け戻した。

「よし。じゃあ、拉致された子達の様子と襲撃された工房を確認したら、父上のところに皆で行こう」

「はい」

皆が頷いた後、ファラが「コホン」と咳払いをする。

「それはそれとして。狐人族のリーファという女性と、リッド様がどんなことをお話になったのか。僭越《せんえつ》ながら、とても興味がございます。手紙の筆跡を分析して情報を少しでも得る為にも、お話になった内容から先方の容姿、すべて話してくださいますね？」

いつもと違う黒いオーラを纏った彼女の雰囲気に、たじたじと頷いた。

「え……えっと、それは全然構わないけど。ファラ、ひょっとしてなんか怒っている」

「いいえ、怒ってはおりません」

笑顔で答えてくれたけど、彼女の目は笑っていなかった。

リーファについてだけど、ファラに誤解を与えないよう丁寧に説明するのに僕が神経をすり減らしたのは言うまでもない。リーファと再会する機会があれば、今後は絶対に誤解を招くような置き手紙は止めるように強く伝えようと、僕は心に誓った。


宿舎の執務室での話し合いが終わり、救出されたトナージ達から聞き取りを行ったが、新たな情報は得られなかった。

次に襲撃事件の現場である工房に立ち寄り、エレンとアレックスにも当時の状況を確認する。特にエレンは、全員無事に救出されたことにとても感激していた。

「リッド様。皆を救ってくださり、本当にありがとうございます」

「いやいや。僕にとっても、彼等はかけがえのない存在だからね。当然の事をしたまでさ。それに、木炭車・改は凄く助かったよ。ありがとう、エレン」

「はい。少しでもお役に立てて良かったです」

嬉しそうにするエレンとアレックスだけど、一つだけ言っておかなければならない。

「でもね。木炭車を改造する時は、次からはちゃんと報告してほしいかな。必要な予算も計上するからさ」

「あ、あはは。そうですね。申し訳ありません」

アレックスが答えると、二人は頭を下げた。それから襲撃のことを改めて確認するが、やはり新しい情報は見当たらない。でも、二人は少し気になることがあると首を捻った。

「工房が無傷で破壊活動がなかった」

聞き返すと、アレックスは頷いた。

「はい。尤も、襲撃犯が破壊目的ではありませんでした。技術者を拉致するという目的で忍び込んだ以上、当然と言えば当然なんですが……」

「ボクもそれが気になっているんですよね。今回のような襲撃を起こせば、警備は厳しくなります。それなのに、破壊工作は一切しなかった、というのは何か別の目的に繋がっているような気がしないでもないんですよねぇ。まぁ、何か確証があるわけではないんですけど……」

「わかった。それも何かの手掛かりになるかも知れないから、また何か気付いたらどんなことでも教えてね」

「はい。畏まりました」

元気よく答える二人と別れると、僕達は父上が待つ本屋敷に移動するのであった。

◇

本屋敷に到着すると、ファラ達と共に皆で執務室を訪れた。部屋では父上が難しい顔で書類を見つめていたけど、僕達が入室すると視線をこちらに向ける。

「来たか。まぁ、座れ」

「はい。失礼します」

促されるまま、僕達はソファーに腰かけた。ディアナ、カペラ、アスナも居るけど、彼等は座らずに壁を背にして控えている。

父上は書類をまとめて執務机の上に置くと席を立ち、机を挟んだ正面にあるソファーにゆっくり腰を下ろす。それと合わせて、僕は口火を切った。

「お待たせして申し訳ありませんでした」

「気にするな。それより、色々と大変だったようだが、拉致された者達は全員無事だったと聞いているぞ。良くやったな」

「ありがとうございます。しかし、私一人の力ではありません。ここにいる皆、そして、関係者各位のおかげです」

「うむ。その謙虚な気持ち、忘れてはならんぞ。皆もご苦労であった」

父上がこの場にいる皆を見渡すと、代表するようにファラが会釈する。ディアナ達も頭を下げて敬礼した。

「とんでもないことです。御父様。私達もそれぞれにできることをしたまででございます」

「うむ」

感心した様子で相槌を打った父上は、こちらに視線を戻すと表情が険しくなった。

「さてと、それはそれとしてだ。お前達の口から直接色々と話を聞かせてもらうぞ」

「畏まりました」

今回の襲撃事件について丁寧に説明していく。

襲撃犯達が事前にバルディア領内で緻密な情報収集を行っており、その情報を元に今回の襲撃を計画。さらに情報収集と犯行時において、狸人族や狐人族が扱える種族魔法の『化術』を使用した可能性が非常に高く、襲撃は奇襲的なものだった。

客観的に見て、バルディアの対応は後れを取ってしまったと言わざるを得ない。でも、襲撃を受けた工房の対応は冷静だった。

怪我人や行方不明者の確認を迅速に行い、第二騎士団の情報局に連絡。その情報は間もなく第一、第二騎士団に共有され追跡隊を編成。街に視察中であった僕にも連絡が入ったことで、迅速な対応と連携ができた。

同時期に、僕が視察中の街で偶然出会った狐人族のアーモンド、リーファ、リドリー、リックの四名から得た情報と助力により、襲撃犯の動向を予測するに至る。

その後は、情報局のサルビアを通じて手配していた木炭車により追跡を開始。程なく、襲撃犯と思われる狐人族の一団に追いつき、これと戦闘。襲撃犯の頭目と思われる相手に苦戦するも、こちらの応援が駆け付け襲撃犯達は逃走。

敵戦力を考慮して深追いはせず、アリア率いる第一飛行小隊にて空より動向を監視したところ、襲撃犯は狐人族の領地内に入ったと思われる。

助力してくれたアーモンド達にはもっと詳細を聞きたかったけど、襲撃犯の逃走に伴う混乱に乗じて去ってしまう。彼等の宿にも騎士団を派遣したがすでにもぬけの殻であったこと。その上で、宿舎の執務室でファラ達と話していたことも伝えた。

「……以上が、今回の襲撃における主な内容と私達の考察になります」

「ふむ。襲撃犯の所属は、狐人族の諜報員かそれにあたる何かしらの組織。その目的はバルディアの情報収集であり、今回の襲撃はあくまで『ついで』だったということだな」

「はい。もしくは、何か別の目的があったのではないかと。推測の域は出ませんが……」

歯切れが悪く答えると、室内に重々しい沈黙がおとずれる。少しの間を置いて、父上は難しい顔のままゆっくりと口を開いた。

「実はな。襲撃の情報が挙がって間もなく、屋敷で不審人物が発見され、第一騎士団のネルス達が捕縛したのだ」

「な……!?」

僕達が驚きの表情を浮かべる中、父上は淡々と続けた。

工房襲撃を耳にした父上は、第二騎士団の情報局を通じて即座に領内で警戒態勢を取るように通達。本屋敷、新屋敷、宿舎など、バルディアで重要となる場所も当然含まれた。

狐人族が『化術』を用いて潜伏している可能性も共有された中、屋敷近くにて『クッキー』の咆《ほう》哮《こう》が響き渡ったそうだ。

巡回中のネルス達が駆け付けたところ、バルディア家のメイドが武器を取り出し、対峙していたらしい。そうした状況から、何者かがメイドに化けていると判断したネルス達は、クッキーと協力してメイドを捕縛したという。

「そんなことがあったんですね。それで、その捕縛したメイドは今どこにいるんですか」

聞き返すと、父上の眉間に皺が寄る。

「……死んだ」

「え……」と皆が息を呑んだ。

「ネルス達が捕らえたそのメイド。いきなり発火して焼身自殺をしたそうだ。その燃え方も激しく、遺体は種族の特定すら困難だった。ここまで徹底していることに加え、お前達が対峙した襲撃犯とのやり取りを考えれば、ズベーラもしくは狐人族が絡んでいると見るべきだろう」

父上がそう言うと、室内の空気が張り詰めたものに変わる。工房の襲撃だけではなく、本屋敷でも何か別の目的を企んでいた。驚くばかりだけど、それ以上に相手方の諜報員が捕縛されると、秘密保持の為とはいえ焼身自殺を行ったというのは只事ではない。

襲撃事件の黒幕の組織力は、想像以上かもしれない。苦々しく思っていると、父上がふっと表情を崩した。

「まぁ、そう難しい顔をするな。こういう時の焦り、悩みは疑心暗鬼を生む。そうなれば、客観的かつ冷静な判断はできん。それこそ、相手の思うつぼだ。今、すべきことは今回の襲撃事件における反省。そして、今後どう動くべきかを考える事のはずだ」

確かにここで狼狽《うろた》え、疑心暗鬼となれば悪意を持つ相手に主導権を渡すことになりかねない。襲撃犯に後れを取った事実。現状の力不足を認めた上で、備えることを考え実行することが今すべきことだろう。

「……そうですね。どんな相手にしろ、バルディアに手を出したことは必ず後悔させてみせます」

「うむ、その意気だ」

父上が頷くと、ファラが僕の手をスッと握る。そして、僕と父上の瞳を交互に見据えた。

「御父様、リッド様。私達も及ばずながらお力になれるよう尽力します」

カペラ、ディアナ、アスナは彼女の言葉に合わせるよう一歩前に出ると頭を下げた。

「うん。ありがとう、ファラ。それに、皆も。とても心強いよ」

報告が粗方終わると、議題は今後どうすべきか？　という内容に移っていく。

今回の襲撃事件は、バルディアとの関係性を悪化させる内容である為、ズベーラと狐人族に襲撃犯特定に向けた捜査に協力するよう親書を送付することがまず決まった。親書の返事次第で、襲撃の黒幕やアーモンド達の意図が少しずつ見えてくるはずだ。

他にも、工房の警備体制の見直し、化術に対する対策。第一、第二騎士団共に組織力強化を行う必要があるという話題になった時、ある問題点が浮上した。

「第二騎士団の組織力強化となると、指揮官として実戦経験がある者が必要だろう。しかし、ダイナスやクロスを含め、第一騎士団から第二騎士団に異動できるほど人的余裕はないぞ」

「難しい問題ですね。第二騎士団は実務を積みつつ、段々と組織力強化を行っていくつもりでしたから」

父上と僕は、二人して口元に手を当てた。

組織力を強化するなら、第二騎士団を総括する指揮官が必要になる。

カペラとディアナはあくまで僕の従者であり、指揮官ではない。二人には第二騎士団の管理を手伝ってもらってはいるけど、組織力強化となれば別途に有能な指揮官を用意するべきだ。

「リッド様、御父様。少しよろしいでしょうか」

「うん。どうしたの」

「ふふ。第二騎士団に必要となる有能な指揮官の件。私に心当たりがございます」

「え？」

僕が首を傾げると、ファラは視線をアスナに向けた。

「ね、アスナ。貴女の祖父、カーティス様にお声掛けしてみたらどうでしょう」

「は……？　そ、祖父上にですか⁉」

珍しくアスナが狼狽《ろうばい》した。

カーティスって名前は聞き覚えがあるな。何処で聞いたっけ？　思い出そうと頭を巡らせた時、豪快な笑い声を響かせたダークエルフの姿が脳裏に蘇った。

「あ、確かレナルーテの披露宴の時に挨拶した方だよね」

「はい、さようでございます。姫様が仰ったのは我が祖父、カーティス・ランマークのことで相違ございません」

アスナが畏まって答えると、ファラが満面の笑みで補足する。

「カーティス様は、家督をご子息であるオルトロス様にお譲りしており、ご本人は隠居しております。従いまして、私とアスナの頼みであれば聞き届けてくれるはずです」

「ふむ。カーティス殿の話なら私も耳にしたことがある。レナルーテでも有数の武人であり、過去には帝国やバルストが侵攻した際、軍を率いて対峙したことがあるそうだな」

「確かに祖父上は、大分昔に侵攻してきた帝国やバルストと対峙したことが何度かあると聞いております。しかし……」

アスナはバツの悪そうな表情を浮かべる。

「しかし……どうしたの」

「その、性格と言動が少し豪快過ぎると言うか、自由奔放なところがあります為、合う合わないがはっきりしている方です。それ故、皆様が不快な思いをされ、祖父上が失礼な真似をしないかと心配でなりません」

「あぁー……」

心当たりがあり、つい唸ってしまった。

ファラとの披露宴でのこと。カーティスは突然、殺気を僕だけに向けてきたことがある。無論、彼は本気で向けてきたわけではなく、試す意図を持ってやったみたいだけど。

アスナの心配するカーティスの言動とは、そういったことだろう。父上も心当たりでもあるのか、苦笑しながら頷いた。

「なるほどな。リッド、この件はお前の直属である第二騎士団の今後に関わる話だ。お前自身の判断に任せよう。どうしたい」

「そう……ですね」

実戦経験豊富なダークエルフの指揮官。第二騎士団に足りない部分を補う人材として、まさに適材と言える。

今回の襲撃はおそらく始まりに過ぎず、今後どんな動きがあるかもわからない。そんな状況で四の五の言ってられないだろう。

「会ってみなければ、合うも合わないもありません。まずは、カーティス殿に連絡を取り、話をしてみるべきかと存じます」

「よかろう。では、そのように手配しよう。ファラ、アスナ。悪いが急ぎカーティス殿に連絡を取ってくれ。貴殿の力を借りたい故、急ぎバルディアに来てほしいとな」

父上がそう言うと、ファラは嬉しそうに頷いた。

「はい、御父様。ふふ、カーティス様はきっとお喜びになると存じます。ね、アスナ」

「そうですね。いえ、だからこそ心配なのですが……」

アスナは心配顔で先行き不安気だ。その様子に室内の空気が緩む中、話頭を転じた。

「父上。第二騎士団の指揮官の件はカーティス殿の返答を待つとして、今後の戦闘力強化は如何しましょう？」

戦闘力強化は、僕が襲撃犯と感じた実力差を考えれば急務だ。今のままでは、彼等と再戦しても結果は変わらない。

「案ずるな、その件は私に考えがある。日を改めてお前に教えるつもりだ」

「考えですか。畏まりました。よろしくお願いします」

不敵な笑みを浮かべる父上に、不穏な気配を感じつつ頭を下げる。そしてこの日は、その後もしばらく打ち合わせが続くのであった。

ライナーから教わる魔法

「母上、私ね。武術と魔法が上手くなってきたんだよ」

「そうなの。それは、良い事だわ。ですが、メル。それだけじゃなくて、ちゃんと礼儀作法も学ばないと駄目よ」

「はーい」

メルは母上のベッド横で嬉しそうに語っているけど、母上の表情はどこか不安げだ。

二人のやり取りを見つめていると、僕の隣にいたファラが心配顔を浮かべ母上に尋ねた。

「お母様、体の調子は如何ですか」

「えぇ、以前より大分いいわ。最近は、サンドラに見てもらいながら軽い運動も始めたのよ」

「じゃあ、いずれ皆でお出かけもしたいですね」

提案すると、母上は笑って頷いた。

「そうね。あ、その時は木炭車に乗ってみたいわ。乗り心地が馬車とは全然違うんでしょ」

「はい。道次第ではありますが、馬車よりは揺れないと思います」

そう答えると、メルが横目で僕を見ながら身を乗り出した。

「あ、でもね。それでも、兄様はすぐに酔っちゃうんだよ」

「あら、そうなの。ふふ、それは大変ね」

「あはは。そうなんですよ。どうしてでしょうね」

母上の視線に苦笑しながら頬を掻くと、周りの皆から忍び笑う声が聞こえてくる。

「あ、ねぇねぇ、母上。他にもね……」

メルが話頭を転じて、母上達は談笑を再開した。その様子を微笑ましく見つめながら、母上が少しずつ快復していることを実感する。

ここ最近、母上の体調はとても良く、本人も言っていたように軽い運動。リハビリも開始された。サンドラからも、完治もそう遠くないだろうと診断されている。僕達とバルディア家に仕える皆が、下された診断に喜んだことは言うまでもない。

襲撃事件や本屋敷周辺で起きた件は、母上やメルには秘密にしておくことになった。余計な心配をかけないための配慮だ。

ちなみにこの後、僕は父上から特訓を受ける予定になっている。

先日、襲撃事件後に行われた会議が終わると、父上はすぐに獣王国ズベーラ、狐人族の部族長ガレス・グランドークに今回の襲撃に関する抗議の親書を送付。帝都の皇帝陛下にも、今回の襲撃事件について親書を送付済みだ。父上も、近いうちに帝都に出向き説明すると言っていた。

同時期に、ファラとアスナの連名を入れた親書も、レナルーテの『カーティス・ランマーク』宛に送られた。

まだどこからも返事は来ていないけど、現状でもやれることは動き始めている。

工房の警備体制の見直しに始まり、ダン達の協力の下に『化術』の対策、国境警備におけるズベーラやバルストの入国審査の強化等々だ。現状は新たな問題は出ていないけど、油断はできない。

その時、部屋の扉が丁寧に叩かれる。

「リッド様。ライナー様が木刀を持って訓練場に来るようにとお呼びでございます」

「わかった。すぐに行くよ」

扉越しに聞こえたガルンの声に返事をすると、母上に畏まり会釈する。

「では、今日はこれにて失礼します」

「はい。リッドも怪我をしないようにしてくださいね」

「勿論です。その言葉、父上にもお伝えしておきます」

母上に答えると、ファラとメルがニコリと笑った。

「リッド様、お気をつけて」

「兄様、頑張ってね」

「二人共、ありがとう。じゃあ、行って来るよ」

皆に微笑み掛けると、僕はディアナ、カペラと一緒に退室する。そして、父上の待つ訓練場に向かった。

◇

「お待たせして申し訳ありません」

声を掛けると、木剣を片手に持った父上はゆっくりと振り向いた。

「思ったより早かったな。ナナリーの所に居たのだろう？」

「はい。母上から、僕も父上も怪我をしないようにと言われてきました」

「そうだな。『大怪我』だけには気を付けねばならん」

「え、えっと、父上」

不穏な気配を感じて後ずさると、父上は不敵に笑い木剣を構えて切先をこちらに向ける。

「よろしい。中々、勘が鋭いようだな。お前が現状どれだけの実力を持っているのか。まずは、私に見せてみろ。話はそれからだ」

父上が発した気配には、いつも以上の殺気がある。一瞬で背筋がゾッとし、全身から嫌な汗が流れて息を呑んだ。

「問答無用。ということですね」

「うむ。私を例の狐人族として、魔法、身体強化。すべてを使い、挑んで来い。ディアナ、カペラ。お前達は手出しするなよ」

「畏まりました」

二人が少し離れた場所に控えると、父上は再び鋭い眼差しで、僕を射貫くように見据える。

「さぁ、いつでも来い」

「承知しました。では、参ります」

僕は、ゆっくり深呼吸すると身体強化を発動する。そして、クレアと立ち合った時のように、魔法を駆使しつつ父上に全力で挑んでいく。

だけど、父上との実力差は如何ともし難い。近接戦は完全に読み切られ、喉元や目先に鼻先に何度も木剣の切先を向けられる。

距離を取って魔法を試せば、父上は木剣に魔力付加を行い、冷静に切り払って無効化してしまう。通常、何度も魔力付加をした場合、木剣の耐久度が足りずに折れてしまう。でも、父上は必要最低限の魔弾のみを切り払い、かつ木剣に無駄な負担が掛からないように工夫しているみたい。ちょっと、大人気ない気がする。

「どうした。お得意の全属性を放つ魔法は使わんのか？　遠慮はいらんぞ」

それなりに激しい立ち合いをしているはずなのに、父上は息が切れる様子もない。むしろ、悠然と木剣の切先をこちらに向けている。

「はぁ……はぁ……言いましたね。後悔しないでくださいよ」

僕は射線上が父上だけとなる場所にバク宙で位置取る。

「行きます。全十魔槍大車輪」

詠唱と共に全属性の魔槍が次々と生成され、父上目掛けて飛んでいく。だけど、「ふむ」と父上は観察するように頷いた。

「なるほど。確かに申し分ない。素晴らしい魔法だな。しかし……」

父上は襲い来る魔槍を切り払うと、こちらに向かって駆け抜ける。

「全属性を同時発動とは良い考えだが、所詮はこけおどしに過ぎん。見切れば、どうということはない」

「な!?」

驚愕した刹那、父上が間近に迫り口元を緩めた。

「懐に入ったぞ」

「く……!?」

咄嗟に木刀で対応しようとするが時すでに遅く、僕は一瞬のうちに組み伏せられ鼻先には木剣の切先。そして、汗一つ掻いていない父上の涼しい顔があった。

「……参りました」

「うむ。まだまだ、だな。だが、お前の歳でここまで動ければ上出来だ」

父上は、僕を解放して立ち上がると手を差し出した。僕はその手を握り、体を起こす。

「ありがとうございます。ですが、今の実力では襲撃犯の頭目には全く敵いませんでした。僕は、もっと強くならなければなりません」

悔し気に言うと、父上はふっと表情を崩した。

「その心意気やよし。少し早いが、お前に私から新しい魔法を教えてやろう」

「魔法ですか？」

「あぁ、そうだ。しかし、魔法といっても『身体強化』に使用する魔力量を術者自身で任意に増やし、出力を上げる『身体強化・弐式《にしき》』と呼ばれるものだがな」

「身体強化……弐式⁉」

聞いた事もない新たな魔法に、僕の胸が高まり躍った。

「そうだ。お前が扱っている身体強化は、一番初歩的なものに過ぎん」

「身体強化が初歩的ですか」

「良い機会だ。身体強化とその先にある『身体強化・弐式』について教えてやろう」

「はい。是非ともお願いします」

魔法は色々研究していたけど、身体強化にその先があるなんて考えもしなかった。目から鱗《うろこ》が落ちた感じだ。鼻息を荒くして身を乗り出すと、父上は「やれやれ」と肩を竦めた。

おさらいしておくと、身体強化を扱える最低条件は次の通りだ。

①魔力変換が扱えること。

②一定以上の武術を扱えること。

①と②が揃った後は、体の動きに魔力が連動していく感覚を掴まなくてはならない。

最初に身体強化を教えてくれたルーベンス曰く、『身体強化は魔力を考えるより感じろ』ということだった。実際、身体強化を使っている時は全身に魔力が行き渡り巡っているのを感じるから、その通りだろう。

感覚さえ掴めば、身体強化はさほど難しくはないけど、発動中は魔力を常時消費するので注意が必要だ。僕の場合は魔力量が多いおかげか、身体強化による魔力切れを起こすことはほとんどないけどね。

「身体強化は、魔力を体に巡らせ身体能力を向上させる魔法だ。しかし、その際に常時消費される魔力量は個人差はあれど、ある程度は一定だと言われている。これは、お前も感覚的に理解できるだろう」

「そう、ですね。言われてみれば、身体強化を発動している時に消費している魔力量が急激に増えたり、減ったような感覚はありません。あ、でも、強い感情に魔力が呼応したようなことはあります」

そう答えると、父上は感心したように「ほう……」と頷いた。

「それを感じたことがあるのなら話が早い」

「え？」

「魔力の源は術者の生命力だ。術者の感情が高ぶり、本来以上に生命力が引き出され、身体強化に使用される魔力が一時的に増加することがある。そして、術者の強い想いに応えるように、身体がさらに強化されるのだ」

「なるほど。過去に感じたことのある『強い感情に魔力が呼応した感覚』は、まさにそれだったということですね」

「そうだ。しかし、身体強化に慣れた術者は、任意で消費する魔力を操ることも可能となる。こんな風にな」

その時、何かが弾ける音と共に父上を中心に軽い魔力波が巻き起こった。

「うわ⁉」

突然の魔力波に思わずその場で尻もちをついてしまうが、目の前に立つ父上の姿に目を丸くした。父上の全身からまるで熱が揺らめくような、知覚できるほどの魔力が漂っているのだ。加えて、普段は後ろで纏められている父上の髪が解けていた。

「これが身体強化・弐式だ」

「す、すごい……」

魔力波と一緒に聞こえた音は、父上の後ろ髪をまとめていた紐が身体強化・弐式の発動で弾けてしまったのだろう。

「ふむ。見かけだけではわかりにくいだろう。リッド、木刀を構えろ」

「え⁉　は、はい」

慌てて言われた通りに木刀を構えると、身体強化を発動して間合いを取る。勝てる気は全然しないけど、身体強化・弐式を扱った父上の実力を見れることに胸が躍っていた。

「よし。最初から全力で好きなように挑んで来い」

「承知しました。その胸、お借りします」

そう言うが早いか、即座に全十魔槍大車輪を無詠唱で発動して不意を突くと、父上は瞬時に回避行動を取った。でも、それこそが狙いだ。

「父上、見えてますよ。火槍・弐式十六槍」

火槍・弐式は視認している相手を追尾する小さめの魔槍を放つ魔法であり、十六槍はその数である。先に放った大技であえて回避行動を取らせ、そこに追尾系の魔法を放つ。次いで、距離を詰めていけばさすがに父上の手数が足りなくなるはずだ。

でも、父上の動きが案外鈍い。これなら火槍が当たりそうだ。僕が放った十六槍が父上を捉えたと思った瞬間、魔槍すべてが父上を貫通。いや、素通りしてしまった。

「あ、あれ……?」

困惑した次の瞬間、首筋に木剣が添えられ背筋がゾッとする。

「リッド。そんなにはしゃいでどうしたのだ。私の残像でも見えたか?」

「あ、あはは。そうみたいですね」

いつもより凄んだ父上の声と身体強化・弐式で纏っている魔力の圧力。魔圧とでも言えばいいだろうか。恐ろしい気配に、全身から冷や汗が出ている。

身体強化での手合わせは、まだ食いついていける感じがあった。だけど、身体強化と身体強化・弐式でここまでの差が出るなんて思いもしない。圧倒的な実力差を前にして、最早笑うしかなかった。

でも、簡単に諦めてたまるものか。

首筋に当てられた木剣を木刀で払いながら振り向いた。

「ほう、さすが我が息子だ。そうでなくては面白くない」

「まだ、始まったばかりですからね」

悠然と構える父上に、僕は近接戦を挑む。だが、結果は推して知るべし。

父上はその場を全く動かず、こちらの太刀筋を読み切り、捌いていく。時折、僕の鼻先、首、胸と急所に木剣が何度も添えられた。

身体強化・弐式を発動した父上に勝てる気がせず、再び木剣が首筋に添えられた時、肩で息をしながら両手を上げた。

「はぁ……はぁ……父上、参りました。完敗です」

「そうか。だが、これだけの実力差を前にしても、奮い立つその心意気は天晴《あっぱ》れだった。その気持ちを忘れるなよ」

父上は身体強化・弐式を解除したらしく、漂っていた魔圧の気配が消えていた。すると、遠巻きに見ていたディアナがこちらに歩み寄ってくる。

「ライナー様、こちらを」

彼女は、父上が後ろ髪をまとめていた紐を差し出した。僕達が立ち合っている間に拾ってくれていたのだろう。

「うむ。すまんな」

父上はその紐を受けとると、手早く後ろ髪をまとめていつもの髪型に戻した。

「さて、『身体強化・弐式』による身体能力向上はどう感じた」

「圧倒的と言わざるを得ませんでした」

普段以上に手も足も出ず悔し気に答えると、父上は満足そうに頷いた。

「よし。それが実感できたのであれば、次はお前が『身体強化・弐式』を発動できるよう訓練を始めるぞ」

「本当ですか⁉」

「最初に言ったであろうが、私から新しい魔法を授けるとな」

「はい。よろしくお願いします」

父上はやれやれと肩を竦めると、身体強化・弐式の仕組みについて説明してくれた。

通常の身体強化は、『魔力を全身に巡らせて体の動きと無意識に連動させている』ものだ。

『無意識に連動させる』と言えば難しく感じるけど、魔力と武術をある程度使えるようになり、訓練すればその感覚は誰でも掴めるだろう。その上で、父上の話は非常に興味深かった。

「無意識下で身体強化に使用されていた魔力量を自覚。そして、身体強化に使う魔力量を強制的に増やし、身体強化の出力を上昇させる……ということですか」

「そうだ。身体強化を使い慣れていない者は、どの程度の魔力量が使われているかまで自覚する余裕はない。従って、まずは体の動きと魔力を連動させることを優先する。身体強化・弐式はその先にあるものだからな」

「興味深いですね」

言われてみれば、身体強化の魔力消費量を明確に自覚したことがない。使用している感覚が全くないわけじゃないけど、そんなに気にした事はなかった。

「まぁ、言うは易く行うは難しだがな。身体強化を使えるだけで満足して、その先にある『弐式』の存在を知らない者も多い。だが、お前は違う。弐式を使いこなせるようになってみせろ」

「わかりました。では、早速ご教授願います」

「焦るな。まだ話は終わっておらん」

「あ、中し訳ありません」

父上は、身体強化・弐式の短所について教えてくれた。

身体強化・弐式は使用する魔力量を任意に増やして効果を上げるものであり、当然ながら通常の身体強化より魔力消費量が大幅に増加する。つまり、弐式は身体能力が大幅に向上するけど、魔力燃費は悪いということだ。

「それにだ。身体強化に使われる魔力に、お前の小さな体でどこまで耐えられるかという問題もある」

「えっと、それはどういう事でしょうか」

「やはり、気付いておらんか。身体強化は魔力を体に巡らせる分、術者の体にかかる負担は相当なものだ。身体強化の発動に武術を学ぶ必要があるのは、体と魔力の連動を行う前準備でもあるが、魔力に耐えきる体づくりの意図もある」

「なるほど……」

思い当たる節があった。

初めて身体強化を使えるようになった時と比べると、今の方が使用後はかなり楽になっている。武術や魔法の扱いが当時より上手くなった事に加えて、僕自身の体の成長も関係しているのだろう。

「弐式は大人でも相当の負担を感じるのだ。お前の年齢かつ体で扱うとなれば、負担はそれ以上となるだろう。その点を理解して訓練に臨め。いいな」

「はい、畏まりました」

僕の返事を聞いた父上は、嬉しそうに口元を緩めた。

説明が終わると、いよいよ身体強化・弐式の訓練が開始される。どんな厳しい訓練かと緊張していたけど、内容は意外と地味だった。

「身体強化を発動しながら瞑想《めいそう》……ですか」

「うむ。身体強化を発動している時は、体を激しく動かしていることがほとんどだからな。どうしても術者自身や相手に意識が集中してしまい、魔力消費量を自覚する機会がない。故に、自覚する為の時間を別途に作る必要があるわけだ」

「な、なるほど。ひたすらに父上やディアナ達と訓練するわけではないんですね」

「当たり前だ。それだと、魔力の消費量を自覚する暇がない。いつまでも弐式が使えんぞ」

こうして、身体強化を発動した僕は、坐禅《ざぜん》を組み瞑想を行いつつ、自身の中にある魔力の流れを探っていく。でも、すぐに「あれ……」と首を傾げた。

「どうした？」

「い、いえ。身体強化が途切れてしまって……」

「そうだろうな。今まで無自覚に行っていた事を、自覚して任意に行えるようにするのだ。事はそう簡単ではないぞ」

「あ、そういうことですね」

やっている事は地味だけど、父上やディアナ達とする訓練の方が楽かもしれないな。

半日以上の時間が経過した頃、ようやく身体強化を発動しながら魔力消費を感知できるようになってきた。

「く……」

「よし。感知できたようだな。身体強化の魔力消費の流れに、意図的に魔力を流し込め」

「はい……承知しました」

額に汗を流しつつ、さらに集中する。

父上に言われた通りに魔力を流し込むが、すぐに身体強化の感覚が途切れそうになる。

「焦るな、集中だ」

父上が僕の額に指先を優しく当てたその時、不思議と切れそうになった身体強化の感覚を取り戻せた。深呼吸を行い、「はい」と頷き再び魔力を流し込む。次の瞬間、今までとは段違いの魔力が体を巡り始めた。同時に、僕を中心に魔力波が吹き荒れる。

「うむ。どうやら発動は出来たようだな」

父上は、僕の額に添えていた指を下ろした。

「はい。何とかできたみたい……です」

組んでいた坐禅を解いて、ゆっくりその場に立ち上がる。だけど、今までとは段違いの魔力消費量に息が上がり始める。

「今のお前は、魔力の器から大量に止めどなく魔力が流れ消費している。通常はそうならないよう、術者は無意識に制限を掛けているのだ。故に、通常の身体強化における魔力消費量は少ない。しかしその分、出力も限られているわけだ」

「そういう……ことですね……ぐっ」

身体強化・弐式を維持するのがやっとで、返事をすると感覚が崩れて思わず片膝を突いた。父上は僕の額に、もう一度指先を優しく当てる。

「初めての身体強化・弐式でここまで出来るだけでも上等だ。次は、止めどなく流れる魔力を調整しろ。焦るな、これも集中だ」

「は、はい……」

片膝を突いたまま目を瞑り、再び自分の体を巡る魔力に集中する。そして、魔力の流れを遡《さかのぼ》り出所を見つけ出した。

「これを調整すれば……」

（やぁ、リッド。苦労しているみたいだね）

頭の中に突然と声が響く。

（メモリー⁉　急にどうしたんだい？　でも、今は取り込み中なんだけど）

（わかってる、だからこうして声を掛けたのさ。君の魔力量は人並み外れて多いんだよ。多分ね）

（そう言ってくれるのは嬉しいけど……それがどうしたんだい）

（つまりね。君の魔力量が多すぎるが故に、父上の教えてくれた『身体強化・弐式』を君一人の力だけで調整するのが難しいって話さ）

（言ってくれるね。でも、やってみなくちゃわからないだろ）

（ふふ、君ならそう言うと思ったよ。でもね、君の中には幸い『僕』がいるのさ。僕は君の記憶の

化身だけど、君の中に流れる魔力でもあるんだよ。だから、君は僕にお願いすればいい。魔力量を調整してほしいってね）

（……!?　本当にそんなことが可能なのかい）

（勿論さ。君が成長すれば、僕の制御する力も必要なくなるかもしれないけどね。だけど、今は『僕』に頼った方が良い。君の中に眠る魔力を下手に放出すると、以前のように『器』自体が崩壊しかねないからね）

器の崩壊。それはつまり、自身の魔力によって僕が壊れてしまうということだろう。襲い来る悪意に立ち向かう力は欲しいけど、自身の魔力に呑まれてしまっては本末転倒だ。

（わかった、メモリー。君にも手伝ってほしい）

（うん。改めてよろしくね、リッド）

（それで、この後はどうすればいい。そろそろ限界なんだけど……）

身体強化・弐式における魔力量の調整。それは、水が大量に入った巨大な貯水槽に自ら大穴をこじ開けておきながら、今度はその穴を小さくしようとするような感覚だ。当然、勢いよく溢れ出る水に押し負けてしまえば、身体強化・弐式は失敗してしまう。

メモリーと心の中で会話をしている間も、ずっとその感覚に耐えて穴を小さくしようとしていたけど、そろそろ厳しい。

（ふふ、そうだったね。身体強化・弐式を意図して発動する時、一緒に僕の名前を心の中で呼ぶんだ。そうすれば、魔力制御を僕が補助するよ）

（なるほど。じゃあ、改めてお願いするよ、メモリー）

（うん、任せて）

彼の名を呼ぶと、途端に自分の中に流れる魔力が落ち着き始めた。そして、今までとは、明らかに違う大きな力が体を巡る。

気付かないうちに息を止めていたらしく、我に返るなり空気を思いっきり吸い込んだ。

「はぁ……はぁ……」

「その様子、制御できたようだな」

「はい、メモリーが助けてくれました」

父上は眉をピクリとさせる。

「ん？　なんだって」

「あ、いえ、父上が額に添えてくれた指先のおかげで集中できました。ありがとうございます」

「む……そうか」

少し嬉しそうに頷くと、父上は咳払いをして話頭を転じる。

「さて、次は身体強化・弐式を維持したまま、手合わせを行い体に馴染ませていくことになるが……」

僕を見つめると、父上は「ふむ」と頷いた。

「今日はもう無理そうだな」

「申し訳ありません」

俯いて悔し気に答えるが、この配慮はとてもありがたい。正直、息も絶え絶えで立っているのがやっとだった。ここまで疲れたのは久しぶりかもしれない。

その場で座って休むように言われ、地面に腰を付けると、父上はディアナとカペラに視線を向けた。

「お前達は『身体強化・弐式』を使えたはずだが、それでも獣化した狐人族には苦戦したということだな」

「……申し訳ありません。仰る通りです」

「別に責めているわけではない。それに、獣化は獣人族特有の強化魔法だ。身体強化・弐式を用いたとしても、相手の力量次第では厳しいこともある。それより、その狐人族が獣化した時、尻尾の数は何本だった」

「私が対峙したローゼンと言う狐人族の青年は、最終的に四本でした」

「リーリエという少女も同様です」

ディアナとカペラの淡々とした答えに父上は「なるほど」と頷き、視線をこちらに向けた。

「お前が対峙した『クレア』という襲撃犯の頭目と思われる相手は、尻尾の数が六本といっていたな」

「はい。獣化すると尻尾の数が三本になるアーモンドという狐人族の子と共闘しましたが、彼女には手も足もでませんでした」

あの時の事を思い出すと、自然と手が拳になり震えてしまう。

「それだけ実力差のある相手に立ち向かった胆力。そして、生き残れたのは流石だ。その経験は必ずお前の今後の役に立つだろう」

僕の頭の上に父上がそっと手を置いた。

「……？」

ふと見ると、父上の瞳には心配と安堵の色が宿っていた。

考えてみれば、クレアはいつでも僕を殺せたのだ。だけど、正面から立ち向かったことで活路が生まれたのだろう。

彼女はまるで玩具を見つけたかのように、僕のことを何やら気に入ったと言って見逃している。

あの時、逃げ腰を見せれば本当に殺されていたのかもしれない。

そう考えると、父上の『生き残れた』という言葉にとても重みを感じた。改めて悔しさが込み上げて俯くと、父上は僕の頭をポンポンと優しく叩く。

「お前はまだ子供だ。しかし、才気溢れた子供だ。これから、どんどん強くなるだろう。それこそ、いずれ私よりもな」

「父上……」

「だが、焦りは禁物だ。そこで、お前には身体強化・弐式の先についても教えておこう」

「え……身体強化・弐式に先があるんですか」

「全く、魔法のことになるとすぐこれだ。いいか、リッド。身体強化・弐式の先は確かにあるが、体に掛かる負荷はさらに増加する。まずは弐式を使いこなせるようになってからだ」

「う、畏まりました。でも、その、目標にするために一度見てみたいです」

凄んでお説教の顔になった父上にたじろぎつつも、あえて上目遣いでお願いした。

メルも良く使う手だけど、父上は僕達の上目遣いに弱いのだ。母上にはあまり通じないけど。父上は深いため息を吐いた。

「まぁ、最初からそのつもりではあったからな」

「ありがとうございます」

「ふぅ、私も甘いな。少し離れていろ」

ディアナとカペラの元に僕が駆け寄ると、父上は深呼吸をして集中する。

「……よし、良い感じだ」

父上が呟くと、さっきより強くて熱を持った魔力波が吹き荒れる。砂埃も激しく舞い上がり、よく前が見えない。堪らず、顔を守るように両腕を前に出した。

吹き荒れていた魔力波が落ち着いてゆっくり腕を下ろすと、父上の姿が目に入って息を呑んだ。

身体強化・弐式同様、魔力が熱のように揺らめいているけど、魔力には赤い色が宿っている。まるで、炎を纏っているようにも見えた。

「す、すごい……」

圧倒され驚愕していると、父上は悠然と歩いて僕の前までやってきた。

「これは、身体強化・弐式と火の属性素質を組み合わせた、『身体強化・烈火』と言われるものだ」

「弐式と属性素質を組み合わせた……身体強化・烈火ですか」

想像を超えた話に興味が尽きず、探求と好奇心で胸が躍る。

身体強化・弐式という存在だけでも驚いたのに、魔法はどれだけ奥が深いんだろう。興奮のあまり先程までの疲れも忘れ、僕は父上の体に揺らめく赤い炎のような魔力に触れてみる。これといった熱さは感じなかった。

「うわぁ～」

感嘆しながら父上の体をあちこち触ってみるが、これといった変化はない。色々と観察していると、父上の咳払いが聞こえた。

「あ、す、すみません。つい興奮してしまって」

「お前は……本当に魔法の話になると見境が無くなるな」

父上は、ため息を吐くと説明を続けた。

「この身体強化・烈火を発動している間は術者の『火の属性魔法』の威力を上げ、弐式以上の身体強化を得られる。多少の攻撃は、纏っているこの魔力で防ぐことも可能だ。その分、魔力消費量と体にかかる負荷は更に大きい。故に、余程の相手でない限りこれを使うことはないがな」

「なるほど……」

身体強化と弐式は、魔力によって術者の身体能力を向上させているだけだ。身体強化・烈火は、身体強化と術者の持つ属性素質を組み合わせることで、身体能力を弐式以上に向上。その上、属性魔法の威力や防御力も上昇させるという。云わば、補助魔法のような効果も帯びているということだ。ふとある事を思い立ち、あえて上目遣いで父上を見つめる。

「父上。その、攻撃を防ぐというのを一度この目で見たいのですが、弱めの魔法を放ってよろしいでしょうか」

「まぁ、そんな事を言い出すとは思っていたがな。いいぞ、好きなようにやってみろ」

「あは！　ありがとうございます、父上。では、早速やってみますね」

少し離れると、威力を弱めた『水槍』を即座に放った。父上は右手を前に出すと、水槍を受け止める。その瞬間、水槍が蒸発するかのように消えてしまった。

「すごい……凄すぎです」

「うむ。お前が弐式を完全に使いこなせるようになった時、次に目指す先はここだ。良い目標になっただろう」

「はい」

弐式に続き、『烈火』まで知れて、僕の興奮とワクワクは頂点に達していた。無理だとしても、『烈火』に挑戦してみたい。

「よし……」

深呼吸して集中を開始する。

「だがな、リッド。この身体強化・烈火というのはさっきも言ったように……」

身体強化を解いた父上が何か言っているけど、集中している僕の耳には届いていなかった。身体強化・弐式の発動と父上のように『炎』を纏う姿を脳裏に明確に描き始める。

でも、これだけじゃ足りない……弐式と火槍を同時発動する感覚も混ぜ合わせ、身の内にある魔力を混ぜ合わせていく。

「うん？　リッド、ちゃんと話を聞いているのか」

その時、感覚的に『これならいける』と直感した。

「……身体強化・烈火」

次の瞬間、身の内から血が滾《たぎ》るような熱さが込み上げてくる。そして、父上が発動した時のように熱を持った魔力波が僕を中心に吹き荒れた。

「なんだと……⁉」

「リッド様⁉」

皆の声が聞こえたけど、反応する余裕がない。内から出て来る熱に、体が焼け焦げていくような感覚に襲われる。だけど、これを越えた先に『身体強化・烈火』があると確信した。

（メモリー）

心の中で呼ぶと、呆れ果てたような声が頭の中に響く。

（リッド。君はいつも無茶ばっかりするね。言ったでしょ？　器がもたないってさ）

（あはは、ごめんね。でも、君がいるからさ。これは絶対にできるって気がしたんだよ）

（はぁ……協力はするけどね。その後は知らないよ）

会話が終わると、内から出て来る熱が落ち着き安定していく。我に返って自身の手に目をやると、赤い魔力が揺らめいていることに気付いた。

「やった……父上、見てください。身体強化・烈火の発動に成功しましたよ」

「な……⁉」

父上とディアナ達は目を丸くして、呆然としている。間違いなく身体強化・烈火の発動は成功した。

「身体強化・弐式と烈火を会得できたぁあああ」

興奮と喜びのあまり、両手を空高く掲げた次の瞬間、身体強化・烈火が意図せず突然と解除されてしまい、強烈な気怠《けだる》さと眩暈《めまい》に襲われて視界が歪んだ。

「あ、あれ……？」

堪らず額に手を当てるが、立っていることもできずにふらつき倒れてしまう。

「リッド」

倒れる寸前、父上の腕の中に抱きしめられた。

「あはは。申し訳ありません」

「愚か者。烈火は弐式以上に大量の魔力を消費する上、体にかかる負荷も大きいといったはずだぞ」

烈火の如く怒っているけど、父上の瞳には心配の色が宿っている。

「念のために用意しておいた物だ。飲みなさい」

父上は、懐から『魔力回復薬』を取り出した。

「は、はい……」

意識が朦朧《もうろう》とする中、錠剤を口に運ぶと傍に控えていたディアナが水筒の水を注いだコップをくれる。

「リッド様。こちらを」

「ありがとう」

魔力回復薬を三錠、口の中に入れてもらった水で飲み込んだ。少しすると、朦朧としていた意識は回復したけど、体の気怠さは消えなかった。僕の顔色が少し良くなったのか、父上が少し安堵した様子で「ふぅ……」と息を吐く。

「少し良くなったようだな。身体強化・烈火の発動を成功させたのは、さすがだと言っておこう。しかし、下手をすれば命を落としていたかもしれんのだぞ」

「う……」

腕の中、間近に迫る父上の鬼のような形相にたじろいだ。ちょっと泣きそう。

「また勝手なことをすれば、お前の魔法研究を禁止とする。わかったな」

「はい。畏まりました」

完全に勇み足を踏んだ僕が悪い。素直に頷くと、父上は僕をそのまま両腕で抱えた。いわゆる、お姫様抱っこだ。

「ち、父上。こ、これは少し恥ずかしいです」

「何を言うか。体にどれだけ負荷をかけたと思っている。大事を取って、このまま屋敷のお前の部屋まで行くぞ。目を離すとまた何をやらかすかわからんからな」

「そ、そんな……」

お姫様抱っこされている姿を屋敷の皆に見られる……想像しただけで、恥ずかしくて顔が火照る。だけど、父上は頑として譲らない。諦めて俯いていると、父上はディアナに視線を向けた。

「悪いが、急いでサンドラに連絡を取って、リッドが魔法で無茶をしたと伝えてくれ。すぐに診てほしいとな」

「畏まりました」

彼女が会釈すると、父上はカペラに視線を移す。

「リッドが無茶をしたことをファラに伝えてくれ。そして、息子の妻としてお灸《きゅう》を据《す》えるようにとな」

「承知しました」

彼も会釈するが、その指示にギョッとして父上を見上げる。

「な、なんでそうなるんですか⁉」

「今まで、何回も同じ過ちを繰り返しているからな。今後、お前が無茶をしないよう、しっかりと外堀を埋めているだけだ。しっかり、己の行いを反省するんだな」

「うぅ……」

反論の余地もない。ガックリ項垂れると、父上が口元を緩めた。

「ふむ。どうやら、今回は『ぐう』の音も出ないようだな」

「……ぐう」

わざとらしく頬を膨らませると、父上は噴き出して笑い始める。そして僕は、本当にお姫様抱っこをされたまま屋敷に向かう。

なんてことだ。絶対、メルとか皆にからかわれる。

「経緯はどうあれ、身体強化・烈火を自力で発動したこと。これはそうそうできる事ではない。さすがバルディアの血を引く……私の息子だ」

「……⁉　えっと、その、ありがとうございます」

突然の褒め言葉に、どう反応したらいいのかわからず、照れくさくて顔を隠しながら答えた。でも、とても心が温かくなり、段々と嬉しさが増していく。気恥ずかしいから、バレないように「ふふ」と忍び笑った。

屋敷に帰る途中、もう一度さっきの言葉を言ってほしいです、とお願いしてみたら、「まぁ、そのうちな」と父上は苦笑するだけだった。

◇

屋敷に辿り着き、父上にお姫様抱っこされている僕の姿を見た皆は、案の定というか、とても目を丸くしていた。

羞恥心で顔が火照る。きっと、顔は真っ赤になっているだろう。挙句、メルにもお姫様抱っこの姿をしっかりと見られてしまった。

「わ〜。そうやって抱っこされてると、兄様って可愛いから男装しているお姫様みたいだね」

「ふふ。確かにメルの言う通り、そう見えるかもしれんな」

「男装も何もありません。僕はれっきとした男の子です」

悪ノリする父上を怨めしい目で睨むけど、父上は笑うだけだった。

自室に辿り着くと、父上はベッドの上に僕をゆっくりと寝かしてくれる。

「着替えは、ディアナかダナエに指示をしておこう」

「着替えぐらい、一人で出来ますよ」

体を起こそうとすると、全身に激痛が走って「うぐ……!?」と顔を顰めた。

「やはりな。かなり体に負担が掛かっていたのだろう。しばらくは動けんかもしれんな」

父上は心配そうにこちらを見つめている。

「申し訳ありませんでした」

体に走った激痛で、身体強化・烈火の発動がいかに軽率だったか、今更ながらに自覚する。本当に、一歩間違えれば大変なことになっていたのだろう。

「ようやく事の重大さが理解できたようだな」

父上は表情を崩して言葉を続けた。

「サンドラが来るまで、まだ少し時間がある。お前は少し寝ておけ」

「はい、そうします。父上はどうされるんですか?」

尋ねると、父上は僕の頭を優しく撫でる。

「お前の容態が気になるからな。私も暫く此処にいるつもりだ」

その言葉で緊張の糸でも切れたのか、途端に強烈な眠気に襲われた。

「ありがとう……ござい……ます、ちち……うえ」

負荷と目覚め

「う……ううん」

窓から差し込む日差しを感じ、僕はゆっくりと目を覚ました。ベッドから起きようと体に力を入れた瞬間、全身に筋肉痛のような痛み。いや、激痛が駆け巡る。

「うぐ⁉」

突然の痛みに顔を顰めると、ベッドの傍にいたダナエが目を見張った。

「リッド様、お目覚めになったのですね。すぐにサンドラ様と皆様を呼んで参ります」

「え……ちょ、ちょっと待っ……あぐ⁉」

状況が飲み込めず、部屋を飛び出るダナエを制止しようと腕を伸ばそうとするが、激痛に襲われて再び顔を顰めた。

腕を動かすこともままならないなんて、僕は一体どうなっているんだ？

（リッド。だから言っただろう、後の事は知らないってね）

（メ、メモリー？　あ、そうか。身体強化・弐式と烈火の反動か）

昨日の出来事。身体強化の訓練で無茶をしたことを鮮明に思い出した。

（その通り。父上の忠告を無視して先走るから、体が負荷に耐えきれなかったんだね。まぁ、皆に

しっかりとお灸を据えてもらうことさ）

（み、皆？）

（そうだよ。君を大切に思っている皆さ。それと、君は丸一日寝込んでいたからね。身体強化の訓練をした日から数えて、今日で二日目だよ）

（な……!?）

想像以上の状況に絶句した時、部屋の扉が勢いよく開かれてファラとアスナが入室する。

「リッド様」

僕の名前を叫んだファラは、すぐにベッドの傍に駆け寄って来た。彼女の瞳は涙で潤んでおり、どれだけ心配させてしまったのかと後悔の念に苛《さいな》まれる。激痛に耐えつつ、彼女の頬を手で優しく撫でた。

「ファラ、心配かけてごめんね」

「本当です。こんな無茶をしたら、皆がどれだけ心配すると思っているんですか」

見たことのない剣幕で怒号を発するファラの瞳を見つめ、「ごめん」と謝った。

「リッド様がご無事で本当に良かったです。無茶をしたこと、心配させたこと。怒ってますし、許せません。だけど、こうして目を覚ましたから許してあげます」

ファラは、僕の手を両手で優しく包んだ。

「うん。本当にごめんね」

それから、父上、ディアナ、ガルン、サンドラ、メルと皆が次々とやってきた。そして、皆に見守られながらサンドラの診察を受けていく。

体がまともに動かせないから、診察はベッドの上で寝たままだ。情けない事に、着ているシャツもめくれない。

サンドラの指示に従い、ディアナやダナエが診察を手伝ってくれている状況だ。やがて、サンドラが胸を撫で下ろして「ふぅ……」と息を吐いた。

「うん。意識もしっかりしていますから、もう安心です。丸一日眠っていたのは、身体強化の負荷が魔力と体力、それぞれの自然治癒力を超えてしまったことが原因と考えられます。通常より、回復に時間が掛かったのでしょう」

「じゃあ、この全身の痛みは負荷による損傷が完治していないってこと」

「そう考えられます。従いまして、リッド様は治療に専念。今日明日は経過観察ですね。あと、ニキークさんとビジーカさんの共同研究で開発中の『薬』を後でお持ちしますよ。きっと回復力が向上するはずです」

「あはは。あの二人が開発中の薬か。あまり良い予感はしないね」

サンドラ、ニキーク、ビジーカ。彼等は、研究と探求の好奇心が強すぎる気がするんだよね。体の痛みに耐えつつ苦笑すると、彼女は首を横に振った。

「何を仰ってるんですか。ちゃんと、狼人族のラスト君でじっ……じゃなくて試していますから、問題ありません」

「いま、実験って言おうとしたよね」

ジト目で見据えるが、彼女はそっぽを向いてしまった。

「リッド。なんにせよ、お前が無事に意識が戻ったことは、喜ばしいことだ。だがな、お前が永遠に目を覚まさないのではないかと、此処にいる者は気が気ではなかった。その事だけはしっかりと胸に刻んでおけ」

「う……承知しました。返す言葉もございません」

「はぁ。いつも返事だけは良いのだがな」

そう言うと、父上はサンドラの肩に手を置いた。

「私が許す。どんな方法でも構わん。早急にリッドの体力を回復させろ」

「畏まりました」

彼女が頷くと、父上は踵を返して部屋を後にした。次いで、メルがベッド横にやってくる。

「兄様。母上もすっごい心配していたんだからね。後で来ると思うけど、覚悟しておいた方が良いよ」

「そ、そうなんだ。というか、そうだよね」

自業自得だし、甘んじてお叱りを受けよう。

天井を見ながら先日の訓練を思い返すけど、弐式と烈火の負荷は『凄まじい』の一言に尽きる。でも、代償に見合う強化を得られることは間違いない。それに、慣れれば負荷が減る可能性もあるだろう。扱いは難しいけど、必ず使いこなせるようになってみせる。

「いたぁ⁉　な、なに」

頬に突然痛みが走って我に返ると。ファラがとんでもない黒いオーラを発して微笑んでいた。

「リッド様。また、魔法のことをお考えになっていましたね」

「え、あ、いや……」

決まりの悪い顔を浮かべた僕は、ファラを中心に皆からお説教を受けることになった。

◇

「さぁ、リッド様。お口を開けてください」

なみなみと薬が入っている急須のような容器を手に持ち、ファラはにこやかに微笑んでいる。そして、薬からほのかに感じる香りには覚えがあった。顔から血の気が引くのを自覚しながら、彼女の隣に控えるサンドラに目を向ける。

「これ、全部を飲まなきゃいけないのかな」

「はい、勿論です。それは、月光草を抽出蒸留して魔力回復効果がより見込めるものです。まぁ、錠剤にする前の『原液』ですけどね。ライナー様からは急ぎと言われていますから、こちらが手っ取り早いかと」

彼女は怪しく目を細めて頷いた。

自業自得とはいえ、ベッドの上で体を動かせず、薬を受け入れるしかない状況に項垂れる。そして、昨日のことを思い出す。

ファラを始め、心配した皆から次々とお叱りと苦言を呈される。数あるお叱りの中でも、父上と車椅子に乗った母上がベッドの横に並び、三人だけで行われたお説教は本当に身に染みた。

父上は憤りを表には出さず、あくまで冷静だったのが特に印象に残っている。逆にそれが恐ろしく、言葉が胸に深く刺さった。話し終えると、父上は先に退室。

母上と二人きりになると、「何故、このようなことになったのか。わかりますか？」と諭すような言葉が続く。母上との問答で如何に今回の無茶が、色々な人に心配をかけてしまったかを改めて自覚する。母上は最後に僕の頭を撫でながら、優し気に言った。

「リッド。貴方は沢山の人に愛されています。勿論、私も父上もです。ですが、何をしても許されるわけではありません。『人を愛する者が、人から愛される』のです。決して、貴方を愛してくれる人達をおざなりにしてはいけません」

「はい、ご心配をおかけして申し訳ありませんでした」

「でも、大丈夫。貴方は小さいけど、人を大切に愛することを知っていますから。私も父上も無茶をしたことを怒ってはいますけど、貴方のことを誇りに思っているんですよ。その事も忘れないでください」

「……ありがとうございます」

母上の眼差しと言葉には慈愛《じあい》が籠もっており、自然と瞳が潤んでしまう。隠すように顔を背けても、母上は僕の頭をしばらく優しく撫でてくれていた。

「ふぅ、そうだよね。早く元気にならないとね」

ベッド横のファラがニコリと笑う。

「その意気です。さぁ、お薬を飲んでください」

「う、うん。でも、少しずつでお願いね」

彼女の凄みのある笑顔にたじろぎながら、恐る恐る口を開ける。

魔力回復薬の原料である月光草は、錠剤に加工しないと味がとんでもない代物だ。過去にサンドラの治験……いや、実験に参加した時、その味に悶絶したことがある。

それを知ってか知らずか、ファラは微笑みを崩さず、薬がなみなみ入った急須から僕の口にゆっくりと注いでいく。

次の瞬間、月光草のえぐみや臭みが襲ってきた。過去の体験を凌駕《りょうが》するものであり、最早形容できない味である。

「うぅ!?」

想像を絶する味に呻き声を漏らすと、急須から注がれる薬が止まる。何とか吐き出さずに飲み込むが、さすがに咳き込んだ。

「はぁ……はぁ……これは、凄い味だね」

「そのようですね。ビジーカさん達の報告書にも、治験に協力したラスト君が味に悶絶したと記載がありました。しかし、効果は保証されております」

サンドラは満面の笑顔で答えた。

そうか、彼もこれを味わったのか。

ちなみにラストは、第二騎士団で分隊長を務めている狼人族、シェリルの弟だ。彼は母上と同じ『魔力枯渇症』を患っており、現在はレナルーテの研究所で治験に協力してもらっている。ラストのおかげで、レナルーテで行われる研究も円滑に進んでいるわけだ。

まぁ、狂気の科学者……ではなく、好奇と探求心の塊のような医者のビジーカと薬師のニキーク。二人を相手に、彼は上手くやってくれていると思う。

何にしても、この味をすでに体験した子がいると聞くだけで、心に少し余裕が生まれた気がした。でも、それはすぐに気のせいだったと悟る。

「リッド様。恐れながら、まだ半分も飲んでおりません。それに昔から『良薬は口に苦し』と申します。お一人では、飲む決心も揺らぐ事でしょう。ここは、妻である私が心を鬼にして協力します。さぁ、皆様のご心配を払拭《ふっしょく》するため、一気に参りましょう」

ファラは、薬がなみなみ入った急須を容赦なく僕の口元に近付ける。

「え……!? い、いや、ちょ、まっ……うぐぅ!?」

「ふふ。リッド様がお目覚めになるのを、私はずっと待ちました。それに、待つだけではお体は良くなりませんからね」

ファラは、微笑みを崩すことがなかった。無慈悲を貫き、身動きを取れない僕に容赦なく延々と薬を飲ませ続けたのである。普段とは全く違う彼女の言動と雰囲気には、サンドラすら青ざめていた。また、一部始終を間近で見ていた護衛のアスナは、後日こう語っている。

「姫様が見せたあの冷淡冷酷な言動。あれはまさに、エルティア様を彷彿《ほうふつ》させるものでした。やはり、お二人は親子なのだと確信した次第です」

その話を聞いた僕は、ファラを怒らせないように気を付けようと、ひっそり心に誓った。

◇

サンドラとファラに介抱してもらって数日後。

おかげ様で体調も良くなり、サンドラの診察でも「うん。もう大丈夫ですね」と言われ、問題無しと診断される。その日から、今まで通りの生活と第二騎士団関係の業務に復帰することを父上に許可をもらった。

「おかえりなさいませ、リッド様。ご無事で何よりでございます」

「いやいや。こちらこそ、心配をかけてごめんね」

ファラ、アスナ、ディアナに付き添われて、久々に宿舎の執務室に訪れるとカペラが出迎えてくれた。

僕は執務机の椅子に腰かける。

「それで、僕が数日寝ている間、何か問題はあったかな」

「いえ、特にこれと言ったことはありませんでした。しかし、リッド様にこちらの封筒が届いております」

執務机の上に置いてあった一通の封筒を、彼は指差した。差出人の名前を確認すると、眉間に皺が寄る。

「……帝都のヴァレリからか」

彼女とは定期的に手紙のやり取りはしているけど、今回は取り決めた時期じゃない。帝都で何かしら気になる動きがあったのか。

『リッド、元気にしているかしら？　私は、デイビッド皇子と何とかうまくやってるわよ……自信はないけど。さて、そんなことより本題に移るわ。最近、活躍が目覚ましい貴家に、帝国貴族達の妬みによる風当たりが強くなっているの。特に、獣人族の子供達を『保護』したと言いつつも、実態は奴隷と変わらない。これは違法ではないか？　という主張が派閥問わずに出ているわ。皇帝皇后の両陛下、ベルルッティ侯爵。あと、私の父上がその主張を押さえているみたい。だけど、用心したほうが良いと思う。何か嫌な感じがするのよ。だから、この手紙を書いたの。何があるかわからないから、気を付けてね。ヴァレリ・エラセニーゼより』

「これはきな臭いな」

「どうかなさいましたか」

ファラが小首を傾げた。

「うん、ちょっとね。これ、どう思う」

手紙を丁寧に受け取ると、ファラは文面に目を落とす。

「拝見します」

「良ければ、皆も読んで意見を聞かせてほしい」

ファラが読み終わると、手紙をディアナ、カペラ、アスナにも一読してもらった。皆は揃って、怪訝な面持ちを浮かべる。

「どう思う」

ふいに尋ねると、最初に反応したのは意外にもアスナだった。

「出る杭は打たれる。ということでしょうか？　しかし、バルディアが獣人族の子供達を奴隷として扱っている事実はありません。彼等を見れば一目瞭然《いちもくりょうぜん》でしょう。手紙にある通り、『妬みによる言いがかり』に過ぎないのではないでしょうか」

「出る杭は打たれるか……確かにね。ディアナとファラはどうだい」

問い掛けると、彼女達は顔を見合わせた。そして、ファラが「うーん」と思案する。

「私もアスナと同意見です。ですが、あえて違う意見を言うのであれば『主張が派閥問わずに出ている』というのが少し気になります。でも、バルディアは中立派と聞いていますから、そこまでおかしくないかもしれませんけど」

「恐れながら、私もファラ様とアスナさんと同じ意見です。バルディア領は、リッド様とエレン様達が開発した様々な商品により、その活躍は目覚ましいものです。派閥問わず、妬みが噴出するのはしょうがないかと」

「ふむ」

二人の意見に相槌を打つと、カペラに目をやった。

「元暗部として、君の意見はどうだい」

「そうですね。概ね、皆様と同じ意見ですが、ファラ様の仰った『主張が派閥問わず出ている』ということ。そして、もう一つ気になることがございます」

「時期……かな」

彼がゆっくり頷くと、アスナが首を傾げる。

「リッド様。『時期』とはどういうことでしょうか」

「そのままの意味さ。確かに、出る杭は打たれる。妬みもあると思う。でも、バルディアが襲撃される前後に、帝都でその主張が出始めたとも考えられる。そういうことだよね、カペラ」

「はい、ご推察の通りでございます。派閥を問わずに主張が出ている理由は、発信の出処を特定させないためかと。そして、主張の賛同者をより多くしたいということもあるでしょう。最悪の場合、今回のバルディア襲撃に帝国貴族が裏で関わっている可能性もあると存じます」

「な……!?」

僕を除いた皆が、彼の言葉に目を見張った。

「カペラさん、それは本気で仰っているのですか」

ディアナが険しい表情で問いかけるが、それには僕が答えた。

「ただの偶然かもしれないし、帝国貴族が襲撃に絡んでいる可能性もある。でも、物事は最悪を想定して動くべきだと思う」

「リッド様のご意見に賛同します。詳細は言えませんが、私が暗部に所属していた時、今回と似たような動きを間近で見聞きしておりました。時期と状況が、当時の動きに似ています。少なからず警戒はしておくべきでしょう」

カペラが実体験を混ぜた言葉で補足すると、皆は目を丸くする。

見方次第だけど、今回の襲撃と帝都の動きを無理やり紐づけているからね。受け入れられなくても、しょうがないのかもしれない。室内に重々しい雰囲気が漂い始める中、ファラが口火を切った。

「そうですね。これらをただの偶然で片付けてしまうより、警戒しておくべきです。何も無ければ、それはそれで良いでしょうから」

「ありがとう、ファラ。まぁ、いずれにせよ。これが偶然か必然かの答えは近いうちに出るはずさ」

「そう申しますと」

ディアナが首を傾げた。

「うん？　あぁ、もうすぐ父上が今回の件で帝都に行くからね。ここで話した事を伝えておけば、きっと何かわかると思うんだ」

領地が辺境故、父上にある程度の裁量が認められているとはいえ、バルディアはあくまで帝国内の領地だ。外国籍と思しき部隊に領地が襲撃されたとあっては、外交問題である。

近いうち、父上は帝都へ発つだろう。ふと、ヴァレリからの手紙の中にある『何か嫌な感じがする』という一文が目に留まる。

襲撃犯の頭目だった、クレア。彼女は、自分より強い相手と僕がいずれ出会うと言っていた。その相手は、もしかすると帝国貴族なのかもしれない。

何にしても、誰が相手であろうと関係ない。必ずバルディアと皆を守ってみせる。その為にも、まず僕自身も強くならないといけないね。僕は決意を改めて固めた。

訓練の再開と気付き

「さて、リッド様。早速訓練を始めましょう」

「うん。お手柔らかにね、クロス」

今日は数日ぶりの訓練だ。

訓練の目的は身体強化・弐式に体をまず慣らすこと。その先にある『烈火』をいずれ使いこなせるようになることだ。ちなみに、身体強化と属性素質を組み合わせる魔法の正確な名称は、『身体属性強化』と言うらしい。

本当は、父上と訓練を行う予定だったんだけどね。

ヴァレリからの手紙で得た情報を執務室で父上に報告した時のことだ。


「その件は、私もバーンズや懇意の貴族達から連絡が来ている。あまり良くない方向に向かっている、とな。それ故、襲撃の件を含め、急ぎ陛下に謁見するつもりだ。すまんが、数日のうちに帝都へ発つだろう」

父上も帝都の状況にきな臭さを感じているらしく、いつも以上に厳格な雰囲気が漂っていた。

「畏まりました。あ、でも、そうなると私の訓練はどうなるのでしょうか」

「案ずるな。私の代わりとして、クロスに指示を出している。あいつも、弐式と烈火を扱える騎士の一人だからな」

「え、そうなんですか」

「あぁ、奴も伊達にバルディア騎士団の副団長をやっているわけではないからな」

「承知しました」


改めてクロスの立ち姿を上から下へと見る。彼は騎士団員の中では小柄で目元も優しく、あまり騎士という印象を受けない。どちらかと言えば、頼りになるお兄さんのような雰囲気だ。

「ん？　どうかされましたか」

「いや、何でもないよ。それより、父上からクロスも弐式と烈火を扱えるって聞いたのだけど、その認識で良いんだよね」

確認するように尋ねると、彼は「はい。その通りです」と頷いた。

「まぁ、見せた方が早いですね。では、烈火を発動するので、ディアナのところで見ていてください」

「わかった」

頷くと、ディアナの傍に駆け寄った。

ファラとカペラは宿舎の執務室で事務作業をしてくれているから、此処にはいない。

『くれぐれも、無理はしないでくださいね……絶対です』とファラには釘を強く刺されたけどね。

僕が離れるとクロスは目を瞑り、深呼吸をして集中する。彼がゆっくり目を見開くと、辺りに魔力波が吹き荒れ、全身に赤い魔力を纏った。その姿は、父上が見せてくれた『烈火』そのものだ。

「おぉ、すごい」

駆け寄ると、クロスは目を細めて白い歯を見せる。でも、すぐに「ふぅ」と息を吐いて烈火を解いてしまった。

「あれ？　もう止めちゃうの」

「はは。流石にこれは消耗が激しいですからね。この後、弐式の訓練を行うとなれば無駄に消費できませんから」

「それも、そっか。じゃあ、改めてお願いね、クロス」

「はい。お任せ下さい」

こうして、クロスとの身体強化・弐式と烈火の訓練が開始される。最初は、『弐式』に体を慣らすことを優先するということで、烈火は当分お預けになった。

「では、リッド様。弐式を発動してみてください」

「うん、わかった」

深呼吸をして集中すると、心の中でメモリーに呼びかけて弐式を発動する。

よし、上手くいった。でも、前回とはなんかちょっと違う。

「あれ……この感じ」

「リッド様、どうかされましたか」

「いや、何だかさ。今までより魔力を凄く身近に感じる気がしてね。前に発動したより、負担もないんだ」

「ふむ……」とクロスが口元に手を当てた。

前回と違う点と言えば、最初からメモリー協力のもと、弐式を発動していることぐらいなんだけどな。でも、それを加味してもやはり体が前より楽になっている。

「確か、リッド様は弐式と烈火を同日に発動して丸一日、寝込まれていたんですよね？」

「うん。だけど、目が覚めても薬を飲みながら寝たきりだったから、実際には丸二日は寝込んでいたかな」

「ちなみに、その薬とは『魔力回復薬』でしょうか」

「そうだけど、それがどうかした」

質問の意図がよくわからず、首を捻って聞き返した。バルディア騎士団団長のダイナスと副団長のクロスは『魔力回復薬』の存在を知っている。父上から固く口止めされているけど。

「ここからは、あくまで推測ですが……」

彼は前置きすると、言葉を続けた。

「弐式と烈火の発動により、リッド様の体には多大なる負荷がかかりました。おそらく、通常であれば数日でここまで動けるようにはならないでしょう」

「あれ……そうなの？」

「はい。私も弐式と烈火を会得するのに、かなり苦労しましたからね。昔の話になりますが、弐式に慣れた上で烈火を初めて発動させた時のことです。私はその反動で一週間ほどまともに動けませんでした」

「え!?」

呆気に取られてしまった。

クロスは大人になってから、弐式や烈火を扱えるようになったはずだ。体が完成していたにもかかわらず、一週間も動けなかった。それはつまり、弐式と烈火が術者に与える負担が想像以上に大きいということを指している。僕は本当に運が良かったのだろう。

(ようやく、わかってくれたみたいだね)

メモリーの声が脳裏に小さく響いた気がした。

「魔力に耐え得る体造りの方法は、主に三つです。一つは、年齢による身体的な成長。二つ目は、体を鍛える。三つ目は、魔力による負荷を体に馴染ませる。今回の場合、リッド様は三つ目を意図せず行ったことになるのでしょう」

「なるほど……」

「でも、常識で考えれば、三つ目は誰も行いませんがね」

「どうして?」

「魔力による負荷を体に馴染ませる。言うのは簡単ですが、下手すると反動で数日どころか、一ヶ月近く身動きが取れなくなる可能性もありますからね。リッド様の場合、魔力回復薬をがぶ飲みされたのでしょう? そのおかげで、これだけ早く身動きが取れるようになり、結果的に魔力が体に馴染んだ……というのが私の見解です」

「あ、そういうことか。あはは、まさに怪我の功名というやつだね」

合点がいき、白い歯を見せて笑ったその時、背後から刺すような視線を感じて背中に悪寒が走る。青ざめて振り返ると、ディアナが冷淡な瞳で鬼のような形相をしていた。

「リッド様。周りに心配をおかけする事が無いよう、怪我のない功名をお願い申し上げます」

「う、うん。ごめん、気を付けるよ」

たじろいでいると、クロスが咳払いした。

「まぁ、何にしてもです。リッド様の魔法の才能と魔力回復薬のおかげで、弐式の負荷に体が多少馴染んだということでしょう。さぁ、それを踏まえて訓練を再開します。よろしいですね」

「うん。わかった。じゃあ、改めてお願いします」

僕は弐式を発動したままクロスに立ち向かうのであった。

◇

訓練を再開して数日が経過した。

襲撃事件の現場検証や事後処理も一通り落ち着いて、エレンとアレックスが率いる技術開発部も平常運転している。

警備体制は見直され、工房の敷地内に入る為には僕でも事前申請が必要とした。『化術対策』としては弱いけど、何もしないよりは良いだろう。

他にも第二騎士団の辺境特務機関によって、襲撃犯の足取りやどんな諜報活動を行っていたのか、ズベーラとの国境地点を中心に調査を行っている。

襲撃犯であるクレア達の手腕を見る限り、得られる情報は限られるかもしれない。だけど、少しでも手がかりになればと思っている。

第二騎士団の子達に襲撃事件の詳細を説明したところ、「自分達を捨てておきながら拉致するとか、どこまで馬鹿にしているんだ」と怒り心頭の子達も多く、宥めるのが大変だった。

それとつい先日、父上は帝都に出立した。襲撃事件における詳細の報告と、帝都で囁かれる不審な『バルディアが獣人族の子供を奴隷として扱っている』という主張の出処を確認するためだ。必要であれば、主張を一蹴する予定らしい。

当家が獣人族の子達を奴隷として扱っている事実はない。だけど、帝国法に触れないギリギリの所を攻めて、あの子達をバルディアで保護し、受け入れたというのは事実だ。

一部の帝国貴族が妬み、揚げ足取りのようなことをしただけ。そう捉えることもできるけど、襲撃された時期と帝都で主張が広まった時期が都合よく重なっている。これを、ただの偶然として片付けるかどうかが問題だ。

父上もその事が気になっているらしく、それ故に主張の出処を探って来ると言っていた。

皆それぞれに、次に備えて必要なことを進めている。僕はというと、襲撃犯のクレアに手も足も出なかったことを反省して、父上に教わった身体強化・弐式。そして、その先にある身体属性強化・烈火を使いこなせるようになるべく、日々訓練している。

でも、ここ数日はただ訓練をしていただけじゃない。実は、いち早く強くなる為の秘策を閃いたのだ。

今日もいつも通り、クロスの待つ訓練場に辿り着くと、僕は木で造られた瓶箱を丁寧に下ろした。

「よっこいしょ……っと」

瓶箱には『とある液体』が詰まった瓶が大量に入っている。その様子を見たクロスが、眉を顰めて首を傾げた。

「リッド様、それは何ですか？　それに、今日はディアナだけじゃなく、ファラ様とアスナ殿。それに、サンドラ様までご一緒なんですね」

「うん。今日は、新たな訓練方法。『特別強化訓練』を試してみたいんだ」

「特別強化……訓練？」

クロスは、首を傾げてきょとんとしている。

僕の後ろに控えるディアナとファラは「はぁ……」とため息を吐き、サンドラは楽しそうに笑っている。アスナは、どこか期待に満ちた眼差しだ。

特別強化訓練の閃きは、数日前に遡る。

以前、弐式と烈火を同日に発動した僕は、魔力負荷で疲弊してしまい、丸二日動けない状態になってしまった。でも、その状態から回復すると、以前よりも確実に弐式の扱いが上手くなり、魔力負荷に耐えられる体になっていたのだ。まさに、怪我の功名と言えるだろう。

弐式や烈火などの魔力負荷に耐えられる体造りの方法は、クロス曰く三つある。

一つ目、年齢による身体的な成長。

二つ目、体を鍛える。

三つ目、魔力による負荷を体に馴染ませる。

つまり、前回寝込んでしまった時は、意図せずに二つ目と三つ目を行ったわけだ。

通常、魔力負荷で寝込んでしまうと、自然回復だけでは回復に時間が掛かる。でも、バルディアには『魔力回復薬』があるから、これを使わない手はない。

後で知ったことだけど、僕が丸一日寝ていた時もずっと『魔力回復薬』を摂取させていたらしい。その時の僕は、魘《うな》されていたらしいけどね。

この実体験とクロスから聞いた魔力に耐え得る体造りの方法に基づき、サンドラと考案したのが『特別強化訓練』というわけだ。

各々が様々な表情を浮かべる中で『特別強化訓練』の内容を語ると、クロスは青ざめて引きつった。

「つまり……弐式を使って、魔力負荷を体に限界まで与える。その後、すぐに『魔力回復薬』の原液をがぶ飲みして休憩。落ち着いたら訓練再開。以上を繰り返すというわけですか」

「うん。だから、魔力の回復効果の高い『原液』を持ってきたんだ。あと、何かあった時の備えとして、念のためサンドラにも来てもらったというわけなんだ」

「な、なるほど。ちなみに、ファラ様とアスナ殿はどうしてこちらに」

「はぁ……私はリッド様が無茶し過ぎないよう、ディアナさんと一緒にお目付役として参りました」

「あぁ、そういうことですか」

特別強化訓練は、父上にも事前に報告して了承を得ている。最初は反対されたけど、強くなりたいという僕の熱意に父上が折れてくれた。ただその際、サンドラも訓練に立ち会う事を条件に出された。万が一に備えて、対応できるようにということである。

ファラにも説明したんだけど、「それなら、その訓練を行う時は絶対に私も立ち会います」と言って譲らなかった。そして、今に至る。

「ただね。この訓練には一つだけ、懸念があるんだ」

「……なんでしょうか」

「訓練に付き合ってもらう以上、クロスもあの『原液』を飲まないといけなくなると思う」

魔力回復薬の原液が入った瓶箱を指差すと、改めてクロスを見据える。

「その覚悟をしてほしいんだ」

「……何故、薬を飲むのに覚悟が必要なのでしょう」

「ふふ。それは飲めばわかるよ。でも、言っておくけど、クロスは断ることはできないからね」

「は、はぁ？　まぁ、ライナー様の許可が取れているのであれば問題ないでしょう。では、リッド様とサンドラ様が考案した『特別強化訓練』をやってみましょう」

「うん。じゃあ、一緒に頑張ろう」

弐式を発動させた僕とクロスは、限界近くまで魔力負荷を体に与えて『魔力回復薬』を飲んで休憩。再び訓練を行うという行為を繰り返した。結果は上々、魔力負荷を短期間で体に馴染ませることに成功する。

やっぱり、この訓練方法は間違いなかった。大成功と言って良いだろう。でもその代わり、魔力回復薬の原液を飲むたび、僕とクロスは悶絶する。

あまりの不味さに悶絶して原液が上手く飲めない時は、ファラが笑顔で僕達に容赦なく飲ませてくれた。あまり見ない冷淡冷酷なファラの姿を目の当たりにしたクロスは、戦きながら僕に耳打ちする。

「リッド様。ファラ様は絶対に本気で怒らせたら駄目な方ですよ」

「あはは……そうだね。気を付けるよ」

こうして日々、クロスと僕は『特別強化訓練』を行うのであった。

来訪者

その日、宿舎の執務室には僕、ファラ、ディアナ、アスナ、カペラというい つもの面々が集まっていた。

「今日は賓客《ひんきゃく》が来るかもしれないから、早く事務処理を終わらせないといけないね」

作業片手にそう言うと、傍にいたファラがコクリと頷いた。

「はい、私達もお手伝いします」

「うん。いつもありがとう」

執務室にいる皆にお礼を述べると、第二騎士団に関係する書類作業を手分けして始める。

身体強化・弐式と身体属性強化・烈火を使いこなす為、『特別強化訓練』をクロスと一緒に開始してから、少しの時が経過した。

訓練の効果は絶大と言っても良いものであり、僕は既に『弐式』をある程度使いこなせるようになりつつある。

この調子で頑張れば、上位互換である『身体属性強化・烈火』を扱えるようになる日も近いだろう。ちなみに、クロスも、短期間でかなり実力が上がったそうだ。

試しに第二騎士団の分隊長や副隊長の皆にも『特別強化訓練』に参加してもらったんだけど、それは悉《ことごと》く失敗に終わった。

獣人族の子達は、人族の僕達と比べて嗅覚や味覚が敏感らしい。魔力回復薬の原液を口にするなり、昇天しそうな勢いで悶え苦しむという、拒否反応を起こしたのだ。

特に、一口食べれば料理を再現できるという優れた味覚を持つ兎人族の子達。彼等の拒否反応はとりわけ凄い。それでも、強くなれるならとオヴェリアは果敢に挑戦していた。

「ぐうぇええ。だ……だけど、これで強くなれるなら……あたしは……あたしはやってやるぜ」

そう言って彼女は原液を一気に呷《あお》った。あまりに壮絶な様子だったので、思わず心配になり声を掛ける。

「お、オヴェリア。無理はしなくて良いんだからね？　原液が無理なら別の方法で……ってあれ」

ふと気が付けば、彼女の瞳が白眼に変わり、コップを持っていた手が力なくぶらんと下がる。そして、手から地面にコップが転がると、彼女はそのまま前に倒れていくではないか。

「オヴェリア⁉」

慌てて彼女を抱きかかえるが、反応がまるでない。その様子を見ていたアリアが、横からボソッと小声で呟く。

「返事がない。ただの屍《しかばね》みたいだね」

「こら、縁起でもないことを言うんじゃない。誰か、急いでサンドラを呼んで来て」

彼女は意識を失っただけであり、幸い大事には至らなかった。でも、本人曰く「死んだ爺が川の向こうで、まだ来るなって言ってたぜ……」とのこと。

この一件で、原液を用いた『特別強化訓練』が獣人族の子達には当面禁止となった。原液を『カプセル』に入れるとか加工して、いずれ彼等もできるようにしてあげたい。

父上は襲撃事件の詳細を皇帝陛下に報告する為、先日帝都に向けて出立。見送りの際、父上は険しい表情を浮かべていた。

「ズベーラや狐人族の動きが気になるが、帝都に行かねばならん。私が留守の間、しっかり頼むぞ」

「はい、承知しております」

「うむ」と頷くと、父上はハッとする。

「あぁ、それと忘れるところだった。レナルーテのカーティス・ランマーク殿に親書を出した件だが、先方とエリアス王から承諾の返事があった。詳細は後でガルンに確認しておけ」

「畏まりました。お会い出来るのが楽しみですね。あ、でも、どうして御父様から承諾の返事があったのでしょうか」

親書の送り先は、ランマーク家宛だったはずだ。どうして、エリアス王も出てきたのだろう。

「カーティス殿は隠居したとはいえ、元はレナルーテの軍人だからな。色々と制約もあるのだろう」

「あ、そういうことですね」

「私は時期によって帝都に行っている場合があり、カーティス殿と入れ違いになる可能性も伝えている。もし、私が帝都に行っている間に先方が来訪した場合、失礼のないよう丁寧に対応するようにな」

「承知しました。その旨、屋敷の者達にも伝えておきます」

「うむ。では、後を頼むぞ」

父上はそう言うと、木炭車の運転席に乗り込んで帝都に向けて出発した。

バルディアから帝都までの道路と補給所整備は完了している。従って、以前よりも往来にかかる時間はかなり短縮されているはずだ。だからこそ、父上も急いで帝都に向かったのだろう。

ここ最近の出来事を回想しながら事務処理を進めていると、腰に付けている『受信機』から「リッド様。こちら、サルビアです。応答願います」と声が響く。

僕はすぐに、通信魔法を発動した。

「リッドです。サルビア、どうしたの」

「お忙しいところ申し訳ありません。只今、本屋敷のガルン様より、『カーティス・ランマーク様』が到着されたとのことです」

「わかった。すぐに僕達も本屋敷に向かうとガルンに伝えて」

「畏まりました。そのように申し伝えます」

通信魔法を終了して「ふぅ」と息を吐くと、ファラが心配そうにこちらを見つめる。

「どうかされましたか」

「いや、カーティス・ランマーク殿が本屋敷に到着されたそうなんだ。終わってない事務処理は後にして、皆で本屋敷に行こう」

そうして、カーティス・ランマークと対面するべく皆で移動を開始する。

ファラは彼と久しぶりに会えることを喜んでいたけど、アスナが眉間に皺を寄せて心配そうにしていたのが印象的だった。

僕も彼とは披露宴で一度だけ会ったきりだ。まぁ、その時も中々に豪快な人だったけど、さてどうなることか。楽しみだ。

外伝　悪意の矛先

　その日、狐人族の領地を治めるグランドーク家の屋敷で部族長の長女、ラファ・グランドークの部屋を訪れる者がいた。

「姉上。よろしいでしょうか」

「あら、その声はアモンかしら。良いわよ」

　許可を得た彼がゆっくり扉を開けて入室する。室内にいたラファは、ソファーに腰かけ書類に目を通している。また、彼女の横には黒い長髪と細く切れ長の目をした、黒い瞳の狐人族の女性が立っていた。

「良かった。今日はちゃんと服を着ておられるのですね」

「あは。貴方が来るとわかっていたら、からかってあげたのに。残念ね」

　ラファは妖しく目を細めると、書類を机の上に置いてクスクスと笑い出す。アモンはやれやれと肩を竦めるが、すぐに真面目な顔つきとなった。

「バルディアでの一件。あれは最初から仕組まれていたことだった。そして、僕とシトリーは、追っ手に対する囮《おとり》に使うおつもりだったんですよね」

「あら……何の事かしら。囮も何も、私はアモン達と一緒に『彼』の相手をしたじゃない。シトリーを抱きしめながら……ね」

「誤魔化さないでください。あれが姉上の影武者だということぐらい、僕にもわかりますよ」

アモンは、ラファの傍に控える黒い長髪の女性に視線を移す。

「ピアニー。あの時、姉上に化けていたのは君だろう」

「……さて、何の事でしょう」

ピアニーと呼ばれた彼女は一切表情を動かさず、淡々と答えるのみだ。しかし、アモンは意に介さずに視線をラファに戻す。

「そもそもです。尻尾の数が六本ある獣化など、誰にでもできることではありません。他国の者ならいざ知らず、あの姿を披露した時点で、僕に正体をばらしたも同然ではありませんか」

「ふふ、そうね。貴方の言う通りよ、アモン。でも、バルディアで私が動いていたのは兄上の指示よ。それに、貴方達を囮に使ったわけじゃないの。むしろ、彼に対する淡い期待だったと言えば良いかしらね」

不敵に笑うラファの言動に、アモンは眉間に皺を寄せた。

「彼に対する淡い期待……？　リッド・バルディアに何を期待したというのです」

「そうねぇ。強いて言うなら『運命』かしら」

「運命……ですか」

「事前の諜報活動でね。彼があの日、あの町に行く情報は得ていたの。だから、もし運命というものがあるなら、きっと彼は私の元にやってくる。そう思って、淡い期待を貴方とシトリーに掛けていたの。だから、本当に私のところまでやって来た時は、それはもう感動したわ」

「何故、そのような回りくどい真似をされたのですか」

「あら、決まっているじゃない。その方が、面白そうだったからよ」

ラファはそう答えると、笑い出した。アモンはまるで狐につままれたような気持ちになりながら、話頭を転じる。

「何にしても、父上と兄上達はバルディアと敵対するおつもりなんですね」

「えぇ、そのようね」

「リッドと色々と話しました。彼は聡明であり、優しい心根の持ち主です。誠意をもって対応すれば、バルディアと狐人族の双方が大きく発展するでしょう。しかし、敵対すればその道は閉ざされてしまいます」

「だから？　それがどうしたというの」

彼女の眉間に皺が寄り、表情が険しくなる。アモンは、意を決した様子で彼女を見据えた。

「姉上、何とか父上と兄上達を思い留まらせることはできないでしょうか」

ラファはきょとんとすると、「はぁ……」と深いため息を吐く。

「少しは成長したと思ったのにねぇ。アモン、此処にきて人の力を頼るなんて駄目よ。仮に私が進言したところで、父上と兄上が留まることなんてないわ。貴方と父上達の目指す道は全く違うもの。だけど……一つだけ方法があるわよ」

ラファは妖しく目を細めると、おもむろに立ち上がりアモンの傍に近寄る。そして、彼の頬を優しく撫でると耳元で囁いた。

「弑逆《しいぎゃく》して部族長の座を簒奪《さんだつ》するのよ。ガレス、エルバ、マルバスを貴方がその手で殺しなさい」

「な……本気ですか⁉」

アモンは目を見張りながら、何とか声を抑える。ラファは顔色一つ変えずに頷いた。

「えぇ、そうよ。貴方が道を切り開きたいならそれしかないわ。叔父上のようにね」

「しかし、それは……」

アモンは答えられず、俯いて沈黙してしまう。彼女はやれやれと肩を竦めた。

「覚悟が足りないのよ、アモン。父上や兄上と言葉だけで理解し合えるなんて思わないことだわ。貴方が、父上や兄上以上に強くなって従えるのよ。そうすれば、貴方のやることに文句を言う人は誰もいなくなるわ」

「……血で血を洗う骨肉の争いをすれば、結局のところ苦しむのは領民です。『民なくして、長は務まらない。民なき長など滑稽《こっけい》です』……そうでしょう、姉上」

彼の答えを聞くと、ラファが目を丸くした。

「あはは！　それ、叔父上が良く言っていたわね、懐かしいわ。貴方は叔父上と仲が良かったものね。さっき言った事、よく考えておくことだわ。それに、悩んでいる時間はあんまりないわよ」

「どういう意味でしょうか」

「あら。いつか言ったでしょう、アモン。何でも聞けば答えてくれるとは限らないのよ」

ラファは目を細めると、「さて……」と呟いた。

「私は兄上に呼ばれているの。そろそろ、良いかしら」

「承知しました。では、失礼します」

表情を曇らせたアモンが退室すると、控えていたピアニーがラファの傍に近寄る。

「ラファ様、アモン様をあのままにしてよろしいのですか」

「えぇ。あの子が『坊や』のまま終わるのか、それとも化けるのか。それも楽しみの一つだもの」

ラファはそう言うと、目を妖しく光らせ、口元を緩めていた。

◇

アモンとのやり取りが終わると、ラファはエルバの部屋を訪れていた。

二人は机を挟んでソファーに腰かけており、エルバは彼女がまとめた『報告書』に目を通している。やがて、書類を無造作に机の上に置いた。

「ラファ、バルディアでの諜報活動。ご苦労だった」

「いいえ。私も色々と楽しませてもらいましたわ、兄上」

威圧的な物言いをするエルバだが、彼女は臆することもない。

「しかし、可能なら数人ほど攫って来いと言ったはずだ。何故、それができなかった。お前らしくもない」

エルバは頬杖を突きながら、ラファを睨みつけた。

「それは思いがけない『邪魔』が入ったのよ」

首を捻って訝しむエルバに、ラファは襲撃後に起きた一連の流れを説明する。

襲撃は上手くいったが、鳥人族による空の監視と騎士団の動きが連携していたことは想定外だったのだ。

空の監視は事前にわかっていた事であり、煙幕や森を通るなど対策は考えていた。だが、空の監視が得た情報が、どうやったのか地上の騎士団にも伝わっており、あまりに対応が早かった。さらに、可能性が低いと見ていた意外な動きも発生する。

「アモンとリッド・バルディアが共闘したか」

「えぇ。兄上の指示通り、二人の邂逅を演出したわ。でも、襲撃のことを知ると、あの子、リッドに協力すると言い出したそうなの」

「なるほど。それで、当初の計画を変更したということだな」

「あの子の性格を考えると、可能性は低いけど想定はしていたわ。だから、二人の仲がより深まるように救出劇を演出したの。この件でリッドから得たあの子の信用、いざという時に使えそうでしょ」

彼女が妖しく目を細めて冷淡に告げると、エルバは不敵に口元を歪める。

「さすが、俺の妹だ。よくわかっているじゃないか」

「褒めてもらえて嬉しいわ。兄上」

ラファが微笑むと、エルバは「ところで……」と話頭を転じた。

「お前の目で見た実際の『バルディア』はどうだった」

「そうねぇ。まず、領主である辺境伯のライナー・バルディアは相当のやり手ね。領地運営、治安維持、騎士団の統率力、隣国の監視体制、外交。どれを取っても上手くやってる。それに、化粧水や木炭車とかも開発して発展の勢いも凄いの。あと数年も経てば、私達でも手を出せない程に発展するかもしれないわね」

「ふむ。ライナー・バルディア辺境伯。『帝国の剣』と呼ばれているのは、伊達ではないということか」

「ふふ、兄上。その件で、私なりに気付いたことがあるの」

「なんだ、言ってみろ」

「化術を用いて、バルディアのあちこちの施設に潜り込んで色んな情報を集めたわ。それで、バルディアの発展に繋がっている化粧水や木炭車の発案者についても調べたの。でも、木炭車を発案したというドワーフ。化粧水を発案したというエルフ。誰を調べても、その閃きを得た本人には思えなかったのよ」

「ふむ……それは妙な話だ。帝国から得た情報によれば、木炭車を発案したのはバルディア家に仕えるドワーフ姉弟。化粧水などの商品は、クリスティ商会とバルディア家に仕える研究者。それぞれが、ライナーによる指示の下に開発したと聞いているが、それは違う……ということだな」

「えぇ。帝国貴族達は表向きの情報しか見ていないのよ。バルディア家の内部に入り込めば、その違和感はすぐにわかるわ」

「なるほどな。それで、お前のことだ。その発案者とやらにも『目星』を付けているのだろう」

「勿論。バルディア発展の中心にいるのは間違いなくあの子、『リッド・バルディア』よ」

ラファは自信ありげに断言した。

バルディア家の関連施設は、どこも厳重な警備体制が敷かれており、安易な化術では正体が露見する恐れすらあった。

だが、見方を変えれば警備が厳重という事は、それだけ秘匿情報がある事の証拠でもある。何度も危険を承知で情報収集を行うが、いくら時間と人員を割いても『発案者』が確定できる情報は出てこなかった。

その代わり、バルディア家の長男『リッド・バルディア』が『型破りな人物である』という情報だけは、あちこちから集まったのである。ラファは、断片的に集まった様々な情報をまとめ、ある仮説を立てた。

全ての商品、製品開発に関わる中心人物は表に出てこないのではなく、表に出られない。だからこそ、ドワーフとエルフが前面に出ているのだと。そして、その動きを統率しているのが辺境伯の『ライナー・バルディア』である。

そうなれば、『型破りな人物』として噂される彼の息子『リッド・バルディア』が中心人物の可能性が高いのではないか？　ラファは、そう結論付けたのだ。

「なに……？」

エルバは、懐疑的な様子で首を捻った。

「それは、流石に過大評価だろう。リッド・バルディアはまだ年端もいかない子供のはずだ」

「そうね。私もあの子と直接対峙するまで、確信していたわけじゃない。でも、これで考えが変わったの」

ラファが、自身の左腕の袖をおもむろにめくると、腕には焼け爛《ただ》れたような酷い傷が出来ていた。

エルバはその傷をまじまじと見つめ、「ほう……」と驚嘆する。

「これ、リッド・バルディアが本気で放った魔法を受けた時にできたの。獣化はしていたけど、下手すれば死ぬところだったわ」

「獣化しているお前にそこまでの傷を与えるとは。なるほど、確かにリッド・バルディアは只者でなさそうだ」

ラファは左腕の袖を戻すと、話を続けた。

「ローブだったかしら。彼の裏にいる帝国貴族は、まだあの子の本当の価値に気付いていないのよ。だから、兄上がリッドを屈服させて手中に収めるのはどう？　そうすれば、本当の意味でバルディアの力を兄上が得られるはずよ」

提案に身を乗り出すと、エルバは不敵に笑う。

「それは面白い。帝国にはリッドを殺したと伝えておけば、後で価値に気付いたとしても奴らを出し抜けるからな」

「えぇ、それにあの子には『守りたいモノ』が沢山あるみたいなの。だから、兄上だったら屈服させることは容易いはずよ」

「ふん。まるで、俺が血も涙もないような言い方だな」

「あら、そう言ったつもりだったんだけど。まさか、怒ったの」

「失礼な奴だな。俺のような紳士はそういないのだぞ。ふふ、それにしても、リッド・バルディアか。楽しみな奴だ」

残忍を極めたかのようにエルバが口元を歪めたその時、扉が丁寧に叩かれる。

「兄上、マルバスです。バルディア家より書状が届きました故、お持ちしました。よろしいでしょうか」

「ああ、構わんぞ」

エルバが返事をすると、彼は静かに扉を開けて入室する。マルバスはラファを見て眉をピクリとさせるが、淡々と書状をエルバに渡した。

「……予想通りの回答だ。さて、マルバス。近いうちに出かけるぞ」

「は……？　えっと、どちらにでしょうか」

「決まっている、バルディアだ。それに、品定めはこの目でしたいからな」

マルバスはきょとんとするが、ハッとして目を丸くした。

「な……!?　兄上が直接行かれるのですか。そ、それに、品定めとは一体……」

「ふふ、兄上らしいわ。でも、あの子には先に私が唾を付けたの。そこは、汲んでほしいわね」

ラファの視線に、エルバはやれやれと肩を竦めて頷いた。

「あぁ。屈服させた後は、お前の好きにすれば良い」

「あら、それは楽しみだわ」

「お、お二人共、仰っていることがよくわからないのですが……」

途中からやってきたマルバスは、兄姉の言葉に戸惑うばかりであった。

四方山話

子に悩む親

「眠ったか。やはり、体に対する負荷と消費した魔力量は相当だったようだな」

ライナーは、息子がちゃんと寝息を立てているか確認し安堵の表情を浮かべた。

彼の指導の下、本日行われた身体強化の訓練。息子のリッドは、『とんとん拍子』と言って良い程に、弐式と呼ばれる身体強化を会得した。これだけでも十分驚異的な成長だが、次の目標を示す意図でライナーは、『身体強化・烈火』をリッドに披露した。まさか、息子がすぐに挑戦。あまつさえ発動までさせるとは、夢にも思っていなかったのである。

ライナーは無謀な挑戦をしたことに心配を通り越して怒っていたが、同時に息子の『天賦の才』を見られたことに、喜んでもいた。複雑な感情に、ライナーは深いため息を吐く。

そんな親の心を知らず、すやすやと寝息を立てる息子を優しくも忌ま忌まし気に見つめた。

「まったく……お前は、間抜けな天才だな」

「う……ううん。ちちうえ……れっかできましたぁ……ほめてくださぁい……」

「まさか起きているのか」

ライナーは眉間に皺を寄せる。しかし、様子を見る限り、リッドは間違いなく寝ていた。

「なんだ、寝言か。ふふ、良いだろう。お前はすぐに調子に乗るからな。寝ている時だけは誉めてやろう。その歳で、弐式と烈火を発動したお前は、間違いなく天才だ。凄いぞ、リッド」

ライナーが息子の頭を優しく撫でたその時、部屋の扉が叩かれた。

「ライナー様。よろしいでしょうか」

「うむ。入ってくれ」

返事に反応して、ディアナとダナエが入室する。

「待っていたぞ。すまんが、息子の服を着替えさせてやってくれ」

「畏まりました」

二人が揃って会釈すると、ディアナが言葉を続けた。

「ライナー様。ご指示の通り、サンドラ様にも連絡しております故、もう間もなく来られるかと存じます」

「そうか、わかった。では、後を頼むぞ」

ライナーは席から立ち上がると、退室するべく踵を返す。しかし、ふと扉の前で立ち止まった。

「それと念の為、リッドが目を覚ますまでは必ず誰かが部屋に待機するようにしてくれ。体に相当な負荷が掛かっているからな。万が一にも容態が急変しないとも限らん」

「畏まりました。私達を含め、交代してリッド様が目を覚ますまで見守り致します」

ディアナが畏まると、ライナーは「頼むぞ」と頷き部屋を後にする。

そして彼は、ナナリーの部屋にその足で向かった。

◇

「あなたがこんな時間に来るのは、珍しいですね。何かあったんですか」

ナナリーは暗くなり始めている窓の外を見ると、少し心配そうにライナーに尋ねた。

「いやなに……今日、リッドと身体強化の訓練を行ったんだがな……」

ライナーは少し決まりの悪い顔を浮かべると、今日の出来事を丁寧に説明した。

リッドが、新たな魔法を会得。さらに、その先にある高度な魔法まで発動させてみせたこと。しかし、魔法の反動による負担と魔力消費によって、今は自室で眠っていることを告げた。ナナリーの表情はみるみるうちに曇っていく。

「まぁ……それで、リッドは本当に大丈夫なんですか」

「あぁ。サンドラにもすぐ診てもらうよう連絡している。それに、ディアナ達には悪いが、寝ずの番でリッドを見守るように指示を出したからな」

「そうですか……」

ナナリーは頷くが、表情は曇ったままだ。ライナーは表情を崩すと、優し気に目を細めた。

「安心しなさい、リッドは強い子だ。それより、あの子の『天賦の才』は本当に凄い。さすが、君の子だよ」

「あら。でも、武術の才能というなら、バルディアの血ではありませんか」

「武術だけであれば、バルディアの血と言えるかもしれん。だが、魔法の才能となれば、君のロナミス家の方が強い気がするよ。リッドの顔つきは、君によく似ているからな」

「ふふ、それなら嬉しいわ。でも、そうね。確か、ロナミス家の先祖に高名な魔術師がいたとか……生前、父上が酔っぱらってそんなことを言っていたような気がするわ。あの時は、気にも留めていなかったけど、もう少し詳しく聞いておけば良かったかしら」

二人はそこから、リッドの天賦の才はどこから来たのか？　という話題で談笑を楽しんだ。話が落ち着いたところで、ライナーが話題を転じる。

「ナナリー。実は、君にリッドのことでお願いがあるんだ」

「はい、何かしら」

彼女が首を傾げると、ライナーは真剣な表情を浮かべた。

「今回、リッドが無茶をした件について目を覚ましたら、しっかりとお灸を据えるつもりだ。その後、君には折を見てリッドを慰めつつ、諭してほしい」

「わかりました。あの子が無茶をするのは、これが初めてではありませんからね。では、あなたがお灸を据えたら、その内容を教えてください」

「わかった。そうしよう」

ライナーが頷くと、ナナリーがハッとする。

「そうでした！　似たような話がメルにもあるんです。私がメルにお灸を据えますから、その時はあなたがメルを諭してくださいね」

「う、うむ」

頼りない返事に、ナナリーは鋭い目を光らせた。

「あなたは、メルに甘いところがあります。諭す時は、メルの上目遣いに負けないようにしてください。子供は見ていないようで、しっかり大人を見ているんですからね」

「あ、あぁ……わかった。その時は、しっかり話そう」

鋭い指摘に、ライナーはたじたじとなっている。

辺境伯とその妻という立場がある時、二人が今の姿を誰かに見せることはない。
その姿は、どこにでもいる子に悩む夫婦の一幕であった。

書き下ろし番外編

マローネという少女

その日。帝都のひと際大きなジャンポール侯爵邸に、一台の紋章入りの馬車が訪れた。その紋章は、車輪を半分に割ったようにも、海から太陽が昇り始める光景にも見える。馬車が門前で停止すると、門番が近づいて軽く扉を叩いた。

「ロードピス男爵家の馬車とお見受けしますが、お名前を伺ってもよろしいでしょうか」

「当主、アシェン・ロードピスだ。これが、ベルルッティ殿からの親書だ」

アシェンは、眉目秀麗《びもくしゅうれい》で、優しげな目の瞳は青い。茶髪は後ろに流れる綺麗なオールバックだが、前髪は一部だけ垂らしている。男女問わず、彼の容姿を見れば、一度は目を留めてしまうだろう。

「確かに……ありがとうございます」

封筒を確認した門番は、門を開けたのだった。

◇

「ベルルッティ様が来られるまで、こちらで少々お待ち下さいませ」

「あぁ、わかった」

ジャンポール侯爵家の執事が貴賓室を退室すると、アシェンは見定めるように室内を見回した。

「ふむ。相変わらず、質素の中に気品がある程よい内装だ。是非とも、帝国中の貴族達に見習ってもらいたいものだな」

彼は、帝国全土を商圏とした『アシェン商会』の代表でもあり、商売で帝国貴族達の屋敷に出入りすることが多い。屋敷の内装は、貴族の深層心理や趣味趣向がわかる情報の一つであると、アシェンは考えていた。

内装が意味も無く必要以上に豪勢であれば、表面上どうであれ、管理する者は自己顕示欲が強い場合が多い。逆に、質素過ぎれば気が利かない無頓着であり、最悪の場合、資金繰りや運営手腕など、当主もしくは、それに近い者に問題があったりする。

勿論《もちろん》、全てがそれだけで判断出来るわけではない。しかし、アシェンの経験上、八割方が当てはまっていた。

机の上に置かれた紅茶を口に運んだ時、部屋の扉が軽く叩かれる。

「アシェン様。入ってもよろしいでしょうか」

透き通るような声であり、彼は誰が来たかすぐにわかった。

「あぁ、マローネだろう？　構わんよ」

明るく白に近い金色の長髪と白い肌に加え、優しく儚《はかな》げな目に藍色の瞳をした清麗な少女が入室してきた。彼女は、アシェンの傍に寄ると気品ある所作でカーテシーを行う。

「アシェン様、お久しぶりでございます。本日はようこそ、いらっしゃいました」

「うむ。その様子だと、マローネも問題なく過ごせているようだな」

「はい。御父様になって下さったベルルッティ様を始め、ベルガモット様、ベルゼリア兄様。皆様には、とても良くして頂いております」

「そうか。お前は、孤児院に居た時から器量良しだったからな。ベルルッティ様が養女に欲しいと仰せでなければ、私の養女にしていたことだろう」

「まぁ⁉　そんな風に仰って頂けるなんて、お世辞でも嬉しいです」

マローネは、屈託《くったく》のない笑顔を浮かべる。

「お世辞なものか。君は私が知っている子の中では一番、優秀だったよ」

アシェンの言葉は本心だった。彼はマローネの頭を撫でながら、彼女と出会った当時のことを思い返す。

二人が出会ったのは、アシェンが運営する孤児院の敷地内に併設されていた、馬小屋の中である。

◇

数年前、その日は大雨だった。

孤児院の管理状況の視察からアシェンが帰ろうとすると、想像以上に雨が激しい。思わず顔を顰《しか》めたその時、何かの音が彼の耳に入る。

「ん？　何か聞こえなかったか」

アシェンは、近くに居た孤児院管理者の男に尋ねるが、彼は首を横に振った。

「いえ、私には何も……」

「ふむ。気のせいか」

アシェンが首を捻《ひね》ったその瞬間、敷地内にある馬小屋に何故か目が留まる。同時に、激しい雨音に混ざって赤ん坊の泣く声が聞こえる気がした。

いや、そんなことはあるまい。疲れているのだろう、馬鹿馬鹿しい。そう思ったが、何故か確認せずには居られなかった。

「……傘を貸せ」

「え？　あ、はい。どうぞ、お使い下さい」

管理者から傘を奪い取るように借りると、アシェンは馬小屋に急いだ。

なんだというのだ……何故、こんなにも気に掛かる。

自問自答しながら馬小屋に近寄ると、赤ん坊の泣き声が雨音に混ざり微かに、だが間違いなく聞こえてきた。

アシェンが馬小屋の扉を開け、「誰かいるのか」と呼びかける。しかし、返事は赤ん坊の泣く声だけだ。

声が聞こえる場所に近寄ると、我が目を疑った。

夥《おびただ》しい血だまりの中に、女性と泣き続ける赤ん坊が居たからである。アシェンは顔色を変えず、「おい、大丈夫か」と声を掛けつつ、冷静に女性の状態を確認した。

「……母親は死んでいるようだな」

それにしても、厄介なことだ。やれやれと首を横に振った時、彼はある異変に気付いた。赤ん坊の泣く声が止まっている。

ふと赤ん坊に目をやると、泣かずにじっとアシェンを見つめていた。その時、赤ん坊の目。藍色の瞳の奥に紋様《もんよう》のような光が浮かび上がった気がして、アシェンは眉をピクリとさせる。

「不思議な子だ。お前が優秀であることを私に示せば、我が養女となることも可能なのだがな。挑戦してみるか」

彼はそう呟くと、ハッとして自傷気味に笑った。どうやら、最近の多忙に続き、孤児院の視察で疲れていたらしい。

「私は、何を言っているんだ。こんな赤ん坊に……」

首を振りながら吐き捨てたその時、赤ん坊が微笑み頷《うなず》いたのだ。

アシェンはぎょっとして、偶然か見間違いだろうと思ったが、何故か気付けば「本気か」と尋《たず》ねていた。すると、赤ん坊は再び頷いたのである。

この子は、すでに言葉を理解……もしくは私の感情を読み取っているのだろうか？　疑問を抱くと同時に、彼はとある話を思い出した。

そういえば、生まれた時からの記憶を鮮明に持つ子が、極稀にいると。そして、総じてそうした子は聡明であり有能だとか。

「面白い。眉唾物《まゆつばもの》ではあるが、お前の、瞳の奥に見える光に賭けてみようではないか」

アシェンの言葉に、赤ん坊は嬉しそうに目を細めて再び頷いた。

◇

その赤ん坊は、彼が運営する孤児院で一時預かりの身となる。合わせて、赤ん坊は女の子であることがわかり、母親の遺体から身元確認も行われた。

しかし、母親は身元確認が出来る物を所持しておらず、帝国全土の行方不明者と照合しても、当てはまる者は見当たらない。そうした状況もあり、赤ん坊は正式な手続きの後、アシェンが運営する孤児院で引き取ることになった。

赤ん坊の名前をどうするか？　という話になった際、亡くなった女性の持ち物の中に、「生まれてくる子は女の子。名前は、マローネ」とつたない字で書き記されたメモ紙が発見されていたことから、女の子は『マローネ』と名付けられた。

だが、彼女が不思議だったのは出生だけではない。

マローネは、話せずとも大人の言葉を理解していた節があった。当初は言葉と言うより、大人達の表情を読み取って理解していたようである。

孤児院で一ヶ月も過ごすと、マローネは言葉に頷いたり、首を振ったりして簡単な意思の疎通も可能となっていた。

三歳にもなると、マローネは大人とほぼ会話が出来る上、不思議なことを言い出すようになる。

空を呆然《ぼうぜん》と見上げていたかと思うと、「明日は雨です」とか「明日は朝は晴れますが、夕方は雨です」と天気を言い当てるようになったのだ。

孤児院の大人達は、最初こそ半信半疑で聞き流していたが、彼女の言葉は百発百中だった。一部の大人達は気味悪がったが、アシェンは喜び、口外しないよう厳しく口止めする。

さらに一年後。四歳になったマローネは、彼女より幼い子達の面倒もよく見るようになった。だが、その様子も孤児院の大人達を驚愕させる。

マローネは、一度に十人以上の子供達から話しかけられても、全てを理解していたのだ。それだけでなく、子供や大人の機微を敏感に捉え、気付けば彼女はいつも中心におり、孤児院を明るく照らしていた。


また、アシェンがマローネに孤児院の外を見せようと、川釣りに連れて行った日のこと。彼女は、川の流れをぼうっと見つめてから「アシェン様」と呟き、水面を指差した。

「きっと、あそこに投げれば大きな魚が釣れるでしょう。その次は、あっち。次はあちらです」

「ほう、面白い。それが本当なら、帰りに好きな物を買ってやろう」

「ふふ。私、嘘は言いません。約束ですよ」

余裕たっぷりの笑顔を浮かべるマローネに、アシェンは苦笑しながら言われた場所に餌《えさ》を投げ込んだ。すると、すぐに魚が食い付き、彼女のいった通り大きな魚を釣り上げられたのである。アシェンは、さすがに驚きを隠せなかった。

「ほら。いった通りでしょう、アシェン様」

「……そうだな」

偶然だろう。彼は半信半疑のまま、マローネの指示通りに餌を川に投げ入れた。だが、これは単なる偶然ではないと、アシェンは考えを改める。

何故なら、指示通りに餌を投げ込むたび、魚が食い付くのだ。試しに、彼女の指示とは関係ないところに餌を投げ込むが、全く釣れない。

しかし、指示通りに投げると、またすぐに魚が食い付くのである。気付けば、それなりに大きい魚を一五三回もアシェンは釣り上げていた。

「ふむ。君は魚のいる場所がわかるのか」

「いいえ。ただ、釣れるだろうなって感じて、アシェン様が釣り上げる姿が観えるんです。私も、不思議なんですけど……やっぱり、変でしょうか」

「いや。どうやら君には、素晴らしい力があるようだ。でも、それは決して他言してはならない。私とマローネだけの秘密だ」

「はい。畏《かしこ》まりました」


この日から、アシェンのマローネに対する見方が変わった。

マローネは、素晴らしい力を持っている。この子を上手く使えば、帝国貴族の頂点まで登りつめられるかもしれない。そう考えたアシェンは、マローネに英才教育を施すようになった。

彼女は特別な力だけなく、聡明であり、教えることをたちまち理解して、大人達をまたもや驚愕させる。

そして、マローネが六歳となった日。帝国貴族の革新派と呼ばれる派閥の頂点に君臨する、ベルルッティ・ジャンポール侯爵がアシェンの孤児院を訪れる。

侯爵は、更なる政治力強化を目論《もくろ》み、帝国の皇子達と年齢の近い少女を探していると、一部の貴族達の間で噂が流れていた。

アシェンもその噂は耳にしていたが、まさか貴族でもない者が運営している孤児院に、彼のような大物が来るとは夢にも思って居なかったのである。

ベルルッティ侯爵は、孤児院の運営方針や管理の徹底。何より、アシェンの手腕をとても高く評価した。

「孤児院について一通り見させてもらったが、アシェン殿の手腕はとても素晴らしいものだな。どうだろう、貴族にならんかね？　最初は男爵からになるが、君ならすぐに陞爵《しょうしゃく》できるだろう」

「それは、有り難いことです。是非、お願いしたく存じます」

アシェンが畏まると、ベルルッティ侯爵はニヤリと笑った。

「うむ、良かろう。だが、その前に一つ尋ねたい。この孤児院には、特に優秀な少女がいると聞いている。その子に会わせてもらえんかね」

アシェンは、眉をピクリとさせる。

どこで聞きつけたのか。いや、それより、マローネがベルルッティ侯爵の養女になれば、帝国貴族において頂点の片翼を担う存在。ジャンポール侯爵家が、アシェン商会の後ろ盾となる。帝国内で商売をするにあたり、此程の強力な後ろ盾はないだろう……彼は考えを巡らせた。

アシェンは、完全な実力主義者である。彼から見れば、利権だけ貪《むさぼ》る貴族というのは、とても愚《おろ》かに見えていた。

帝国の国力と軍事力を生かせば、大陸全土を帝国が支配することもできるはずと、彼には算段が付いていたのだ。しかし、アシェンには立場もなく、発言力も無い。故に、商会で資金力と人脈を着々と築き、機会を狙っていたのである。

だが、将来を考えれば、ただ貴族になるだけでは駄目だ。エラセニーゼ公爵家、ラヴレス公爵家、ジャンポール侯爵家のような大貴族の推薦を得て叙爵《じょしゃく》できるのが理想であった。その千載一遇《せんざいいちぐう》の機会が、アシェンに訪れたのである。

底知れぬ不思議な力を持ったマローネと、耐え忍び待っていた千載一遇の機会。これらを天秤《てんびん》に掛け、彼は決断した。

「……畏まりました。では、ご案内いたします」

「うむ。よろしく頼む」

二人が訪れた時、マローネは子供達の中心にいた。

彼女は何かを感じ取ったのか、二人がいる方に振り向くと、ぼうっとベルルッティ侯爵に目を注ぐ。そして、二人の前にやってきて、綺麗で無駄のない所作《しょさ》でカーテシーを行った。

「お待ちしておりました。ベルルッティ・ジャンポール侯爵様」

アシェンは目を丸くする。ベルルッティ侯爵のことをマローネに話したことなどなかった。勿論、今日のことも何も伝えていない。だが、侯爵は目尻を下げた。

「ほう。私のことを知っていたのか」

「はい。今日、ベルルッティ侯爵様が孤児院を訪れることは、夢で何度も観ましたので」

「ふふ、夢か。なるほど、なるほど。確かに、只《ただ》の娘ではないようだな」

ベルルッティ侯爵は、満足げに自身の顎《あご》を撫でた。

「アシェン殿。この子を我が養女にしたいのだが、よろしいかな」

「は、はい。勿論です」

こうして、マローネはベルルッティ侯爵の養女となり、アシェンは叙爵して男爵となったのである。

◇

「アシェン様。どうかされましたか」

「む。いや、マローネが孤児院で過ごしていた時のことを少し思い出していたんだよ」

ハッとして回想から戻ったアシェンは、誤魔化すように笑った。

「そうなんですか」

「あぁ。本当に大したことじゃないよ」

きょとんと首を傾げるマローネは、孤児院に居た時の雰囲気と変わらない。しかし、彼女の瞳の奥には、以前よりも何か怪しい光が潜んでいると、アシェンは感じていた。

貴賓室にベルルッティ侯爵が訪れると、マローネは「では、私はお邪魔になるので、これで失礼します」と退室する。

一人で廊下を歩くマローネは、ふと足を止めて窓の外を眺めた。

「リッド・バルディア……貴方と早く会ってみたいな。きっと、私を楽しませてくれるもの……ふふ」

偶然か必然か。彼女が眺めた方角の遙か遠い先には、バルディア領があった。

書き下ろし番外編

前途多難の
ヴァレリ・エラセニーゼ

「はぁ……全く、どうしたものかしら」

私は力なく愚痴を溢すと、ベッドでうつ伏せになり枕に顔を埋めた。

もし、神様がいるのであれば、きっと私のことが嫌いに違いない。だって、将来的に断罪される運命にある人物に『中途半端な前世の記憶持たして転生』させるなんて、趣味が悪いにも程がある。

いや、もしかしたらこの神様は、性格が悪すぎて友達がいないから、人が困る姿をどこからか見て憂さ晴らしをしているのかもしれない。

「あぁ……本当に理不尽で腹が立つわ」

枕から顔を上げて、部屋にある鏡を見た。その鏡には、まるで『お人形』のように可愛らしい、目つきの鋭い少女が映っている。

やり込み系乙女ゲーム『ときめくシンデレラ!』に登場するお邪魔キャラ、『悪役令嬢ヴァレリ・エラセニーゼ』……それが今の私だ。まぁ、断片的な記憶しかないけど、前世でいうライトノベルとかにありがちなやつね。

それにしても、悪役令嬢なんて娯楽として読むから面白いのよ。当事者になれば、『このままだと、断罪確定だから何とかして生き延びてね』という超無茶振り前提の人生を歩むことになる。身も蓋《ふた》もない言い方をすれば、クソゲーの死にゲーだわ。

とはいえ、諦めたらそこで試合終了……いえ、私の場合は人生終了が正しいかしらね。何にしても、生き残る方法を模索するしかないわ。

「……せめて、第一皇子の印象が最悪になる前に記憶が戻ればまだ良かったんだけどねぇ」

私は額にある傷を摩った。

前世の記憶が戻る前の私は、まさに悪役令嬢街道まっしぐらな天上天下唯我独尊《てんじょうてんげゆいがどくそん》な性格だったのだ。その性格による言動が切っ掛けで第一皇子のデイビッドと口論になり、この額の傷を負う結果となった。なお、前世の記憶が蘇《よみがえ》ったのはその時だ。

その後、エラセニーゼ公爵家の令嬢に第一皇子が暴力を振るった、という醜聞《しゅうぶん》を防ぐ意図で、私とデイビッドの婚約が秘密裏に決定。そして、婚約の顔合わせが、エラセニーゼ公爵邸で行われたんだけど、私に対するデイビッドの印象は最悪だった。

『ヴァレリ・エラセニーゼ。私はお前のことなど大嫌いで、婚約者として認めておらん。親同士が決めたことだから従うだけだ。よく覚えておいてくれ。ではな』

彼は私の耳元でそう告げると、ニコリと微笑んで去って行ったのだ。

『こっから、どうすりゃいいのよぉ⁉』

一人残された私がそう叫んだのが、今日の出来事である。

しかし、私は前世では立派な大人のレディだった……はず。なんにしても、こんなことではへこたれない。何か、打開策があるはずだ。

「あ、そういえば、この世界には『魔法』があったはずだわ。そうよ……何で気付かなかったのかしら。転生後に困難が訪れた時、『魔法』で解決したりするのが基本よね……よし」

私はベッドから飛び起きると、いま一番頼りになる人のところに急いで向かった。

「魔法が使えるようになりたい……だって」

「はい、お兄様。私が前世の記憶を持っていることを信じて、一緒に対策を考えてくださるんですよね？　だから、私に魔法を教えてください」

今、目の前にいるのは『ラティガ・エラセニーゼ』。彼は、前世の記憶を私が持っていることを既に知っており、かつ協力をしてくれると言ってくれた頼りがいのある兄だ。きっと、力になってくれるはず。そう思っていたけど、お兄様は首を横に振った。

「ヴァレリ。魔法はね、簡単じゃないんだよ？　毎日練習しないと、一朝一夕《いっちょういっせき》で使えるものじゃない。その点、わかってるのかな」

「え……そうなの」

私は思わず首を傾げてしまった。

魔法ってそんなに難しいのかしら。でも、ゲームとかだとすぐに使えるものがほとんどだったわ。大抵はレベルアップして覚えたり、お店で魔法を買ってすぐに使えたりしたのに、そんなに難しいのかしら。

「ふむ。じゃあ、少し魔法について僕の知る範囲で説明しようか」

「ありがとう、お兄様」

考えを察してくれたらしく、お兄様は魔法について知っている知識を私に語ってくれた。

魔法を使用するには、自身の中にある生命力を自覚することから始まり、生命力を魔力変換で魔力に換える感覚を覚え、ようやく発動できるようになるらしい。しかも、扱えるようになるまで最短でも数ヶ月はかかるそうだ。

何それ、そんな話きいたことないわ……。

困惑していると、お兄様が私の頭上に優しく手を置いた。

「だから言っただろう？　そう簡単に習得できることじゃない。それに、ヴァレリは皇后になるための厳しい勉強が始まるんだ。魔法を練習している暇なんてないと思うよ」

「へ……!?　そ、そんな話は聞いてないわ」

皇后になるのための勉強ですって!?　冗談じゃないわ。そんなことより、断罪回避に向けた計画を立案、実行していかないといけないのに。でも、私の焦る気持ちとは裏腹に、お兄様は目を細めた。

「はは、それはそうだろう。今日、デイビッド様と顔合わせをしたばかりだからね。近々、色んな勉強が始まるよ。大丈夫、ヴァレリならやれるよ」

「そ、そういうことじゃないの。お兄様、言ったでしょ？　このまま何もしないと、エラセニーゼ公爵家は断罪されてしまうのよ。だから、お願い。私に魔法を教えてほしいの」

必死に懇願《こんがん》すると、お兄様はやれやれと肩を竦《すく》めた。

「そこまで言うならしょうがないね。僕で教えられることは出来る限り伝えるよ」

「本当!?　お兄様、大好き」

そう言って抱きつくと、お兄様は顔を少し赤らめた。

「はは、僕もヴァレリのことは大好きだよ」

「じゃあ、善は急げと言うから早速やりましょう。お兄様」

「え……今から⁉」

「勿論です」

私は有無を言わさず、お兄様の腕を引っ張り訓練場に向かった。


「さぁさぁ、お兄様。早く魔法を見せてください」

「あぁ、わかった、わかった。危ないから少し下がって」

訓練場に着くと、お兄様は背後に私を立たせて深呼吸をする。そして、少し離れた場所にある的を見据えた。

「……雷球」

そう呟くと、お兄様の右手の掌上に黄色い球体が雷鳴と共に作られていく。

「す、凄い……」

思わず息を呑んだその時、ある程度の大きさになった雷球をお兄様は的に向かって放った。

雷球は、勢いよく飛んでいき的に命中して激しい雷名を轟《とどろ》かす。気付けば、的は黒焦げになっていた。

「ふぅ……これが、エラセニーゼ公爵家の血と共に受け継がれてきた雷の属性素質における基本魔法。『雷球』だね。言っておくけど、これが使えるようになるためには相当な訓練が必要なんだよ」

「これよ……これこそ、異世界転生の王道よ。見てなさい、私も使いこなして見せるわ」

「……？　ヴァレリ、どうしたんだい」

「お兄様、私もやってみます」

「え⁉」

まずはやってみる。駄目なら、次の一手を考えれば良いのよ。私は目を瞑《つむ》ると、お兄様が見せた『雷球』を脳裏で蘇らせて深呼吸する。そして、目を見開き、右手を掲げて叫んだ。

「雷球」

「ま、まさか……⁉」

お兄様が驚いたような声を発する。そうよ、できる……私もエラセニーゼ公爵家の血を引いているんだもの。きっと、発動できるわ……私はそう確信していた。

しかし、いつまで経っても雷鳴は響かない。訓練場に強めの風が吹いた。ちょっと、体が寒い。そして、心が寒くなり、私の顔は火照《ほて》った。

「うぐ……」

「はぁ……だから言ったじゃないか。魔法を使うのは難しいってね。自分の中にある魔力を感知できるようになる訓練だけでも、最低一ヶ月近くかかると言われているんだ」

「うがぁああ⁉　なによ、なによ！　転生ボーナスでそれぐらい出来たって良いじゃないの。神様のどけちぃいいいいいい」

「ど、どうしたんだい、ヴァレリ。そんな、奇声を発して……」

私の魂の叫びに、お兄様が困惑している。

前世の記憶にあるライトノベル、アニメ、ゲームとかだとさ。転生者って大体、魔法とかの天才じゃないの。だから、私もできると思ったのよ。でも、現実は甘くないという事ね。がっくり項垂れていると、「ヴァレリ！」と名前をよばれてハッとする。顔を上げて振り返ると、そこには私の母上『カトレア・エラセニーゼ』の姿があった。

「お母様、こんなところにどうしたのですか」

私が尋ねると、お母様は眉をピクリとさせる。

「どうしたのですか？　ではありません！　今日はデイビッド皇子との顔合わせが終わったら、皇后教育の先生達との顔合わせもあるって伝えていたはずですよ」

「えぇ!?　そんな話いつしましたっけ」

聞き返すと、お母様は呆れ顔で首を横に振った。

前世の記憶を取り戻して以降、断罪のことで頭がいっぱいだったから聞き逃していたのかもしれない。

「なんだ、ヴァレリ。やっぱり、皇后教育についての話があったんじゃないか。僕はいつでも相談にのるから、早く行っておいで」

「……そうですね。では、行って参ります」

お兄様はそう言って、白い歯を見せる。

「はぁ……全く、少しは落ち着いたと思ったのに。やっぱり、まだまだ子供ね」

お母様はため息を吐くと、私の手を握って歩き出した。

「じゃあ、先生達を紹介するわ」

「え……？　お母様、なんでこんなに先生が沢山いらっしゃるんですか」

お母様に連れてこられた部屋には、男女様々十人以上の大人が畏まっていた。

「いいえ。これでも出来る限り選別したのよ。皇后教育となれば礼儀礼節から始まり、帝国と他国の歴史、言語、国家運営、帝国貴族の関係性、外交、内政、踊り、音楽、文化と勉強しないといけないことは多岐《たき》に亘《わた》るの。これでも、現皇后陛下の助言をいただいて先生の数を減らしたぐらいです」

「えぇ……」

顔が引きつってしまった。これだけ学ぶことが多いと、魔法を練習する時間を作ることは難しいだろう。というか、年端もいかない少女にこんなに先生を付けたところで覚えられるはずがない。

無茶振りも良いところだ。

「大丈夫。絵本をあれだけすらすらと読めるようになったヴァレリですもの。最初は大変でも、すぐにできるようになるわ」

「な……!?」

や、やられた。お母様は私の考えたこと察して、おそらく先に逃げ道を潰したのだ。

以前の私なら不可能に近い勉強内容だけど、前世の記憶を取り戻した今の私なら、確かにできないことはないわね。でも、断罪回避に向けた計画の立案を考えれば、ここは駄々をこねてでも、勉強量を減らしてもらうべきかもしれないわ。

「あ、あの、お母様。さすがに、これだけの勉強はまだ私には早いかと……」

恐る恐る尋ねると、お母様は目を潤ませた。

「駄目よ、ヴァレリ。最初から諦めてはいけないわ。それに、先生の手配には両陛下の口添えもいただいているの。無下に断れば、エラセニーゼ公爵家の評判がどうなるのか……賢い貴女ならわかるでしょ」

「う……」

確かに、下手にエラセニーゼ公爵家の評判を落とすことになれば、断罪への近道を進んでしまう可能性もある。外堀は完全に埋まっているというわけだ。はぁ、観念するしかないのね。

「わかりました。皇后教育、頑張ります」

「さすが、ヴァレリ。私の娘だわ」

返事をするなり、お母様は私は力強く抱きしめた。その目に、もう涙はない。どうやら、嘘泣きだったようだ。私は、お母様の胸の中でがっくりと項垂れた。

そうして、先生達の自己紹介が始まり、最後の先生が挨拶を終えると、私は「ん？」と首を傾げた。

「お母様。魔法の先生はいらっしゃらないのですか」

何も、魔法はお兄様だけが使えるわけじゃない。皇后教育にも魔法があるから、それでも良いかなと思っていたのに、魔法教育の担当はいなかった。

「当たり前でしょう。貴族の場合、魔法を学ぶのは国を守る当主や嫡男ですからね。皇后は魔法を使えなくても問題ありません。まぁ、使えることに越したことはないかもしれませんが、優先度は低いので今回の教育内容からは除外しました」

「え……えぇぇぇえ!?」

お母様の言っていることは、一般的に考えれば正しいのだろう。でも、私にとっては正しくない。私の上げた声の意図がわからないらしく、お母様を含めてこの場にいる先生達は、一様にきょとんとしている。

「……ちなみに、時間割はどんな感じなんですか」

「あ、そうだったわね。はい、これよ」

なによこれ……朝から晩まで、びっしりじゃない。一体、どこの受験生の時間割だろうか。なお、この世界の一年は、前世と同じ十二ヶ月であり、一ヶ月の日数もほぼ同じである。

しかし、時間割をよく見ると毎週日曜日だけは、日中にまとまった空白の時間があることに気付く。良かった、この時間で色々と計画を進めていくようにすれば良いわね……と胸をなで下ろしていると、お母様がその空白の箇所を指差した。

「ふふ、その時間はね。毎週、ヴァレリとデイビッド皇子が顔を合わせる時間よ。喧嘩《けんか》せず、仲良くしなさいね」

「へ……?」

こうして、地獄の皇后教育が始まったのである。

でも、魔法習得を諦めきれない私は、時折授業を抜け出して魔法の練習をしてみたりもした。だけど、お母様にばれてしまい、何度も大激怒されてしまう。結果、授業中は監視が付くようになってしまい、事実上魔法習得は後回しになってしまった。

はぁ……本当に前途多難だわ。

紙書籍限定
書き下ろし番外編

リッドと魔球2

「なぁ……リッド」

「はい、父上」

「どうして、またこんなことになっている？」

「あはは……何故でしょうね」

父上は呆れ顔で首を横に振っている。苦笑しながら周りを見渡せば、第二騎士団の皆と一緒に作った『魔球会場』は満員御礼だ。お客さんは騎士団の非番だった団員やその家族など、バルディア家の関係者だけどね。

会場内にはクリスが手配した売り子も歩いており、観客は、購入した飲食物を片手に『魔球規則書』を読みながら試合開始を楽しみ待ってくれている。

ちなみに魔球とは、『魔力付与』と『身体強化』を同時に行う訓練を模索した結果、前世の記憶にある『野球』と『魔法』を組み合わせたものだ。競技規則は『野球』を参考にしつつ、『魔法』を有効活用できるように工夫している。その為、競技名は『魔球』となった訳だ。

魔球が生まれた切っ掛けは、『魔力付与』の訓練で僕が小石の投げ込みをしていた際、カペラが興味を持ったことだった。

彼はすぐに『魔力付与』と『身体強化』の組み合わせた投げ込みに気付き、さらにその先には『サッカー』の時のように、競技があると察したのだ。そこからは、エレンやアレックスの協力の下で『魔球』に使用する道具を作成。トントン拍子に事は進み、いよいよ魔球による紅白戦を行うまでに至った訳だ。

「リッド様。こちらにいらっしゃったんですね」

名前を呼ばれて振り向くと、赤を基軸とした色合いの長袖長ズボン姿のファラが立っていた。彼女の傍にいるアスナとメルは、いつも通りの姿だ。なお、僕の服装もいつもと違って白を基軸とした長袖長ズボン姿となっている。野球服を参考にした魔球服だ。

「紅組の皆は、私を含めて準備運動も終わりました」

「うん、わかった。じゃあ、僕も白組の皆と合流するよ」

「……ちょっと待て。まさか、ファラも『魔球』に参加するのか」

僕達のやり取りを見て、父上が眉をピクリとさせる。

「はい。急遽でしたけど、魔球規則書は読破しましたし、皆さんとしっかり練習したから大丈夫です！」

ファラが満面の笑みを浮かべて頷くと、父上は僕を冷たい目で一瞥してため息を吐いた。

「……そうか。だが、怪我だけは無いようにな」

「はい、御父様」

「ご安心下さいませ、ライナー様。姫様の身体能力の高さは私が保証いたします」

アスナが畏まって補足するが、父上は眉を八の字に首を軽く横に振った。

「い、いや。そういう心配をしているわけではない。ファラは元王女……いや、まぁいい。ともかく、重ねて言うが怪我だけはないようにな」

三人のやり取りを横目に、メルがつまらなさそうに口を尖らせる。

「いいなぁ。私も姫姉様や皆と参加したかったのに……」

「それはお控え下さい、メルディ様。見ている私達の心臓が幾つあっても足りません」

メルの後ろに立っていたダナエが、丁寧に。でも、しっかりとした口調で諌めた。

「ダナエの言うとおりだ。それに、メルは貴族令嬢なのだぞ？　怪我をする可能性が高い激しい運動は、控えねばならん」

「えぇ!?　じゃあ、姫姉様はどうしていいの」

メルに指摘されると、父上は僕とファラを見やって咳払いをした。

「ファラは、すでに結婚しているからな。夫であるリッドが許可をすれば、特に問題はない」

「むぅ……」とメルは頬を膨らませて「わかりました」と頷き、プイッとそっぽを向いてしまう。

可愛らしい姿に、この場にいる皆の表情が崩れた。

カペラやディアナにも協力してもらい第二騎士団の面々と一緒に訓練として始めた『魔球』だったけど、気付けばバルディア家の皆に存在を知られ、『また、第二騎士団が面白いことをしている』と話題になっていたらしい。

バルディアにやって来たファラも『これは、面白い遊びですね！』と第二騎士団の団員に混じり、積極的に魔球訓練に参加してくれた。皆が魔球に慣れたところで僕を中心とした『白組』と、彼女を中心とした『紅組』に分かれた組を編成したわけだ。

「リッド様。そろそろお時間です」

空から声が聞こえ、鳥人族のアリアが空から降り立った。

「あ、もうそんな時間か。じゃあ、父上。皆、行ってきます」

「うむ。怪我だけは気をつけなさい」

「頑張ってね。兄様、姫姉様」

父上とメルに見送られ、僕達はその場を後にする。


白組、紅組の皆が待つ場所に向かっていると、アリアが「それにしても……」と不満げに呟く。

「どうして、私達が実況と審判なの」

「あはは、ごめんね。でも、魔球を競技で考えると空を飛べるアリア達は強過ぎるからさ」

今回の魔球ではカペラと第二騎士団の航空隊に所属する子達が審判を務め、ディアナとアリアは実況解説をお願いしている。訓練には、アリア達にも参加してもらったんだけど、空を自由に素早く飛べるというのは攻守ともに強すぎた。

攻撃で塁に出ようものなら、進塁で相手側の守備を上手に飛んで躱して進んでいく。技術ともいえるが、守備側の負担が凄まじい。挟殺……つまり、走者が守備側二人に挟まれる場面では、アリア達は上空に一旦飛んで相手の跳躍を誘う。

守備側が誘いにのって跳躍してしまえば、上空で自由自在に動ける彼女達に触るのは至難の業であり、進塁がほぼ確定してしまう。止められない走者もしくは、止めるのが至難の走者の誕生だった。

でも、アリア達の真骨頂は守備だ。地上から少し足を浮かして待機しつつ、鋭い目でどんな打球も即座に反応して守備範囲内であれば捕球してしまう。外野を守ろうものなら、本塁打が全く出なくなってしまった。

他の了達でも高く跳躍して本塁打を捕ることはある。だけど、アリア達は自由自在に空を飛べるから守備範囲がともかく広い。彼女達が守備につくと、飛んだ打球は全て捕球されると言っても過言ではなかった。結果、打者は地面を転がす強烈なゴロや地面に強烈に叩きつける打球を繰り出さなければならず、ゲーム性が根本から変わってしまったのだ。

訓練ならまだいいけど、初めて魔球を見る人も多いからね。今回だけは、彼女達は裏方に回ってもらったわけだ。でも、アリアは「えぇ?」と頬を膨らませている。

「アリア。リッド様は、『強すぎる』と仰ったんです。それは凄いことだと思いますよ」

「え? そ、そうかな」

ファラに諭され、彼女は嬉しそうに頬を掻いた。

「へへ。姫姐《ひめねぇ》様にまで言われるなら間違いないね。じゃあ、私は先に行ってるね」

アリアは飛び立つと、ディアナのいる実況席に向かって飛んで行った。

「補足してくれてありがとう、ファラ」

「いえいえ、あれは本心です。第二騎士団に所属する団員達は、アリアを含めて本当に凄い子達ばかりですからね。私も負けないよう、頑張ります」

「あはは、試合ではお手柔らかにお願いね」

「はい」

笑顔を浮かべるファラと握手をすると、彼女達と別れて白組の面々が集まる場所に移動した。

◇

「お待たせ」

「あ、リッド様」

僕が会場のベンチに顔を見せると、すぐに駆け寄ってきてくれた子は熊人族のアレッド。彼は陸上隊第一分隊に所属しており、隊長のカルアを支える副隊長だ。

「皆、準備運動も終わっています。後は、試合開始を待つのみです」

「そっか、ありがとう」

答えながらを見渡すと、第二騎士団の陸上隊に所属する副隊長の子達が僕と同じ白い長袖長ズボン姿で体を解したり、素振りをしている。

今回の紅白戦に参加する面々は、ファラが率いる紅組が第二騎士団の隊長格。白組は副隊長格の子達と僕で構成されている。

第二騎士団の隊長格の子達は特に優れた身体能力や判断力を有した子達が選別されており、副隊長格は次点で優れた子達だ。

今回の紅白戦は、第二騎士団の隊長格を率いるファラと僕率いる副隊長格の子達の試合ということになる。僕は咳払いをして、皆の耳目を集めた。

「さて、皆。今日は隊長格の子達が相手だけど、恐れることはない。全力で勝ちに行くよ」

「おぉ！」

皆の勢いのある声が響くと、前方に見える紅組のベンチからも声が響いてくる。ふと見やれば、オヴェリアやミアが不敵に笑っていた。

「……あの二人。リッド様に絶対勝つって言ってましたから、やる気満々ですよ」

「あはは、そうなんだね。教えてくれてありがとう、アルマ」

彼女はオヴェリアと同じ兎人族であり、第八分隊の副隊長だ。身体能力こそオヴェリアに一歩劣らないけど、優れた思考力を持っている。本人曰く、『私は二番手ぐらいが丁度良いです』ということらしい。なお、白組と紅組の面々はこんな感じだ。

白組

打順・背番号・名前（種族）・（守備位置）

一番・八・マリス（馬人族）・（外野手中）

二番・六・アルマ（兎人族）・（遊撃手）

三番・四・レディ（猫人族）・（二塁手）

四番・一・リッド（人族）・（投手）

五番・二・アレッド（熊人族）・（捕手）

六番・九・ベルジア（狼人族）・（外野手右）

七番・三・ベルカラン（牛人族）・（一塁手）

八番・五・エンドラ（猿人族）・（三塁手）

九番・七・ノワール（狐人族）・（外野手左）

紅組
打順・背番号・名前（種族）・（守備位置）
一番・八・オヴェリア（兎人族）・（外野手中）
二番・九・ミア（猫人族）・（外野手右）
三番・七・シェリル（狼人族）・（外野手左）
四番・二・カルア（熊人族）・（捕手）
五番・三・トルーバ（牛人族）・（一塁手）
六番・五・ゲディング（馬人族）・（三塁手）
七番・四・ラガード（狐人族）・（二塁手）
八番・六・スキャラ（猿人族）・（遊撃手）
九番・一・ファラ（ダークエルフ）・（投手）

打順と守備位置はそれぞれの組で話し合い決定。

背番号は、プロ野球のように皆が好きな数字でも良かったんだけどね。取り合いになると大変だし、観客の人達にもわかりやすいように前世の記憶から『高校野球』を参考にして背番号と守備位置は繋げている。

紅白の面々がそれぞれベンチの前に立つと、主審のカペラが「集合！」と声を発し、副審の鳥人族、エリア、シリア、サリアと共に本塁の前に走り出す。僕達も合わせて走り、本塁の前で顔を合わすように並んだ。僕の正面には、目を細めて笑うファラがいる。

「これより、魔球の紅白戦を行います。先行は、紅組。後攻は、白組。双方、悔いの無いように正々堂々、試合を楽しんでください。では、双方、礼」

「よろしくお願いします」

カペラの言葉に合わせて皆が一礼すると会場の観客から歓声が上がり、観客席に並ぶ演奏者達による吹奏楽も鳴り始めた。指揮者は、僕に音楽を教えてくれている『サティリック・ベドルジーハ』、通称サティ先生だ。彼は絶対音感を持っているから、口ずさんだ旋律を楽譜にしてこの世界に蘇らせてくれる人でもある。

白組の僕達がグラウンドの守備位置に勢揃いすると、紅組のベンチから出てきたオヴェリアが元気にバットを振りながら右打者のバッターボックスに入ってきた。

「へへ、今日こそはリッド様に勝ってみせるぜ」

彼女はそう言うと、バットの先端を外野の観客席に向けた。ホームラン予告である。

「言ってくれるじゃないか。でも、そう簡単には打たせないよ」

僕とオヴェリアが視線を交えると、カペラの「プレイボール！」という声が会場に響いた。いよいよ、試合開始だ。

捕手のアレッドはバットを構えたオヴェリアを横目で一瞥すると、外角低めの位置でミットを構えた。まずは様子見ということだろう。僕は頷くと球に魔力を込めながら振りかぶった。

「さぁ、いくよ！」

魔力付与を施した球は、子供が投げたとは思えない速度で飛んで行き、心地よい……いや、激しい破裂音を鳴らした。

「ストラーイク！」

「おぉおお！」

アレッドの少し斜め後ろ。スロットポジションに少し腰を落として立つカペラが体を捻ってストライクのジェスチャーを大袈裟に行い、観客席から声が上がる。魔球を楽しんでもらうため、彼なりの配慮だろう。

一方の見送ったオヴェリアは、真剣な表情で紅組のベンチを横目で一瞥してから再びバットを構えている。僕はアレッドが構えた内角のミットに向かって二球目を投げたその時、彼女はバットを横に寝かせた。

「バントだって⁉」

「一番手は、塁に出るのが仕事ですからね！」

オヴェリアは球を上手く一塁側のライン際に転がして、俊足を発揮する。急いで球を拾ったときには、彼女はすでに一塁に立っていた。

「……ホームラン予告をしておきながら『バント』とはね。やられたよ」

「あたしはそんな予告はしてませんよ。まぁ、『リッド様に勝つ』とは言いましたがね」

一塁ベースを踏みながら、彼女はニヤリと笑っていた。

「さぁ、次は俺の出番だな。性に合わないけど、二番手は繋ぐのが仕事って姫姐様の指示なんでね」

バッターボックスに立ったミアは、最初からバントの構えを見せている。彼女の言う、姫姐様とはファラのことだ。オヴェリアの動きも、おそらくファラの入れ知恵だろう。勢いと元気のある子達を上手く統率しているなと感心しながら、僕は皆の守備位置を少し前にした。そして、一塁に牽制球を投げつつ、ストライクとボールの判定の境目である『クサイところ』を突いて追い込んだ。

「さぁ、次の一球で終わりだ！」

魔力を込めて内角に球を投げ込んだ瞬間、ミアはバントを辞めてバットを構えて振り抜いた。

「はは！　絶好球だぜ」

「……!?」

小気味のいい音と共に強烈な勢いで球が転がり、一塁と二塁の間を抜けていった。本来の守備位置であれば取れた打球だけど、バント対策で前進守備にしていたせいで抜けてしまったのだ。でも、動きはそれだけじゃなかった。

一塁にいたオヴェリアが、僕の投球に合わせて走り始めていたのだ。ライトを守るベルジアが素早く前に出てゴロを捕球する。すぐに二塁へ投げるが、ミアは一塁で止まり、オヴェリアは三塁まで進んで笑みを浮かべている。

紅組があっという間に得点圏に走者を置いたことで観客席から歓声が上がり、吹奏楽の演奏にも勢いと力が入り始めた。

「リッド様、大丈夫ですか？」

「うん、大丈夫。この後は、変化球も入れていくよ」

駆け寄ってきたアレッドにそう答えると、僕は微笑んだ。

「まぁ、いきなりノーアウトで一、三塁まで持って行かれるとは思わなかったけどね。でも、その分だけ燃えてきたよ」

彼と会話していると、紅組の三番手がバッターボックスに立った。

「さぁ、リッド様。いざ、尋常に勝負しましょう！」

「次は、シェリルか」

性格的に真っ直ぐな彼女がオヴェリアやミアのような動きをすれば、すぐに作戦が露見する恐れがある。おそらく、シェリルは真っ直ぐな勝負してくるはずだ。

「……走者に気をつけながら、彼女は三振。次の相手を打ち取ろう」

「わかりました」

アレッドは頷くと、守備位置に戻って両手を広げた。

「皆、しまっていこう」

「おぉ！」

グラウンドから聞こえる皆の声に応えるべく、僕は深呼吸をして球をグラブの中で丁寧に握ると力一杯に投げ込んだ。球は打者のシェリルに向かって飛んでいく。危険球のようにも見えたが、途中で吸い込まれるように内角に入り込んでミットを鳴らした。

「な……⁉」

「ストラーイク！」

カペラの声が響き、シェリルの目が丸くなる。明らかにボールだった球が異常に大きな変化をしたから当然だろう。

今の変化球は、魔槍系魔法の弐式を球に付与したものだ。弐式は僕が目視しているところに魔槍を誘導させる魔法であり、球に付与すれば狙ったところにほぼ確実に投げ込める。ただ、結構な集中力を要するし、発動を察知されると打たれる危険性があるから、通常の投球と上手く混ぜ合わせて使っていかなければならない。

「まさか、もうこの変化球を使わされるとはね……」

初見で対応に苦慮するシェリルを順調に追い込み三振した時、一塁にいたミアが二塁に向けて走り出し、盗塁を仕掛けてきた。

「させませんよ！」

捕手のアレッドが即座に強肩《きょうけん》を振り抜く。その球を受け取った二塁手のレディは、目の前に迫るミアの前に立ち塞がった。

「すまねぇな、ミア。今日は敵同士だから、恨みっこなしだぜ」

「良いってことよ、でも、俺は捕まらねぇ」

「ふふ、それはどうかしらぁ」

一塁手のベルカランが笑みを浮かべ、背後から近づいている。だけど、ミアは身軽な動きを得意としており、挟み込んでも二人を躱して盗塁を成功させる可能性が高い。その事を理解しているレディとベルカランは、慎重に距離を詰めていっている。

「ホームスチールです！」

三塁手、エンドラの声に皆がハッとする。しまった、ミアは囮だったのか。

「レディ、本塁だ！」

「く……⁉」

カバーで一塁に入っていた僕が叫ぶと、レディは本塁に向かって素早く投げる。幸い、オヴェリアが本塁に到着する前にアレットに届いた。捕手と走者の一対一の状況だ。だけど、オヴェリアは止まらず不敵に笑って前に出る。

「ホームは、踏ませません」

アレットがミットでタッチしようとしたその時、オヴェリアが体を捻って彼を躱しながら跳躍する。そしてそのまま、本塁の上に降り立った。

「む、ムーンサルト……⁉」

「へへ、わりぃな。アレット。まずは、あたし達が一点先制だ」

唖然とするアレットを横目に、オヴェリアが勝ち誇ったように口元を緩めた。

一時の静寂が訪れると、観客席から歓声が轟いてグラウンドを揺らす。ミアを見やれば、彼女はすでに二塁の上に立ってほくそ笑んでいる。

試合開始早々のセーフティーバントから始まり、バスターバント、ホームスチール。どれも、オヴェリア達の長所を生かした戦略だ。でも、驚くべき事は、そんな知識や知恵を僕は一言も語っていない。紅白戦は、草野球程度に考えていたからだ。

誰が、こんな本格的なことを思いついたのか。呆然としながら紅組のベンチを見やると、オヴェリアが皆に祝福されていた。その時、ファラがこちらの視線に気付き、怪しく目を細める。彼女の微笑みに、薄ら寒いものを感じて察した。

そうか、全ては君の戦略か。よくよく考えてみれば、彼女のチェスや将棋の腕前はかなりのものであり、紅白戦の開催に伴っては魔球規則書を読み込んでいた。おそらく、色々な戦略を彼女なりに導き出したのだろう。

「……ファラ、恐ろしい子だ」

ピッチャーマウンドに戻ると、バッターボックスにはカルアが静かに闘志を燃やして凄んでいた。

「あいつらだけに、良い格好はさせられない。ここで流れを決める」

「彼が四番か。ファラも思い切ったことをするね」

カルアは、熊人族特有の怪力と冷静な思考力を備えたとても頼りになる子だ。ただ、魔球では打つタイミングを取るのが苦手という意外な弱点を抱えており、現状は力を生かせていない。

投げる前に彼を観察してみるが、特に大きな変化はみられない。捕手のアレットも横目で一瞥するが、問題ないと判断したらしく内角低めにミットを構えた。

ファラの思惑が何であれ、弐式を付与した速球を駆使すれば三振。悪くても凡打に抑えられるだろう。

「これ以上、点はあげるつもりないよ」

肩を素早く振り抜き投げ込んだその時、カルアの構えが急に変わる。彼は片足を上げ、軸足だけで立った。そう、前世の記憶にある鳥、『フラミンゴ』のように。

「一本足……打法だって⁉」

「リッド様。今回は、私の勝利です」

会場にバットが速球を捉えた快音が鳴り響く。打球は空に高く舞い上がり、外野の先にある観客席に吸い込まれるように飛んでいった
観客席に落球しないように待機していた鳥人族の子達が捕球すると、主審のカペラを始め、審判全員が右手を掲げて円を描く……文句なしの本塁打だ。

「おぉおおおおおお⁉」

観客席から再び歓声が轟き、カルアが右手を拳にして塁を回っていく。

二塁にいたミアが本塁を踏んで間もなく、カルアが戻ってくる。二人は、ベンチで皆とハイタッチを行い、満面の笑みを浮かべていた。

一本足打法とは、足を上げることによって手元までボールを引き付け、打つタイミングを取りやすくするという利点がある構えだ。ただし、片足だけで立つので体の軸もぶれやすく、下半身への負担が大きいから使いこなすのは難しいとされている。

「……でも、身体能力の高いカルアにはぴったりの構えかもしれないな。ファラが彼を四番にした理由はこれか」

気付けば、一回表の攻撃で三失点。紅組に翻弄されてしまったと言わざるを得ない。

「リッド様。カルアの変化に気付けず、申し訳ありません」

「いやいや、僕も気付けなかったからしょうがないよ。あれは、カルアの技術が凄かったのさ」

マウンドにやってきた心配顔のアレットを励ますと、小声で続けた。

「少し早いけど、『アレ』を使っていこう」

「……!? わかりました。では、投げる場所は全てお任せします」

「うん。基本的に真ん中でいくからお願いね」

彼は頷くと、守備位置に走って戻っていった。

次の紅組のバッターは、五番のトルーバ。身長は少し低いけど、彼はカルア以上のパワーヒッターだ。選球眼も優れているから、甘い球を投げようなものなら確実に打たれるだろう。

「リッド様。悪いですが、畳みかけさせてもらいますよ」

「できるものなら、やってみるといいさ。トルーバ」

大きく振りかぶり、僕はとある魔法を付与して投げ込んだ。ど真ん中に向かっていく速球に、トルーバは笑みを溢してバットを振り抜いた。

「失投ですか？ でも、容赦はしません！」

しかし、バットは空を切ってアレットの構えるミットに入り込む。

「ストラーイク！」

「な……!?」

トルーバは目を丸くして、アレットと僕を交互に見やった。

「ま、間違いなく、当たっていたはずなのに……」

今投げたのは、『風槍』を付与した球であり、打者の振り抜くバットの風圧に反応して軌道が変わる。つまり、『バットを避ける変化球』ということだ。

「名付けて、『風魔球《ふうまきゅう》』さぁ、ここからが本当の勝負だよ」

変化球を駆使してトルーバから三振を奪うと、後攻である白組の攻撃に移る。まさか、一回表で三点も取られるとは思わなかったけど、まだまだこれからだ。

紅組の面々が守備位置に着いていく中でファラが投手としてマウンドに立ち、カルアが捕手の位置に座り込む。

僕達、白組の攻撃の一番手はマリスだ。

「えっと、取りあえず塁に出れば良いですよね？」

「うん、君の足の速さなら大丈夫なはずだよ」

「わかりました……やってみます」

のほほんとしながらも、やる気に満ちた様子で彼女がバッターボックスに入ると、投手のファラが大きく振りかぶって体を大きく捻る。

「そう簡単に、打てると思わないでくださいね」

不敵に笑った彼女は、地面すれすれの低い位置から腕を振り抜き投げ込んだ。アンダースローである。

「ほぇ……」

マリスの目が点になった。気付けば、球は激しい破裂音を鳴らしてミットに吸い込まれていたのだ。とんでもない速球……いや、速すぎると言った方が良いかもしれない。

「さぁ、どんどん行きますよ！」

「えぇぇぇぇ⁉」

僕達、白組の驚愕した声が会場に轟いた。

身体強化と魔力付与を駆使しているとはいえ、アンダースローであの速球は凄すぎる。ファラが生まれ持った身体能力の高さと体の柔軟性が為せる技なのかもしれない。

マリㇾは何とか塁に出ようとバントも試してみるが、前進守備で対策されて止むなくアウトとなった。

二番手のアルマは選球眼によってボールを見極めつつ、厳しい球はファールで対応したが三振で終わる。彼女は、三番手打者のレディとすれ違いざまに何かを耳打ちした。何か対策でも見つけたのかな？

「さすが、姫姐様です。球速、球威、正確性、どれを取っても素晴らしいので、あれは簡単には打ち崩せませんね」

ベンチに戻ってきたアルマは、悔しそうにファラを見やった。

「そっか。でも、何か見つけてレディに伝えたんでしょ？」

「えぇ。でも、一回しか通じなさそうです。まだ体が温まり切っていない状況で、何とかリッド様に回したいと思いまして」

アルマは、バッターボックスに立ったレディに視線を向ける。ミアと同じ猫人族のレディは、やる気はあまり見せないけど身体能力は非常に高い。あと、お金が大好きな子でもある。しかし、ファラは独特のアンダースローから繰り出す速球で、彼女をすぐに追い込んだ。

「この回は、これで終わりです！」

「さて、そう簡単にいくかなぁ！」

レディは白い歯を見せて挑発的に笑うと、速球を叩きつけるようにバットを振り抜いた。グラウンドで大きく跳ね上がった打球は、ファラが身体強化を駆使してすぐに捕るかと思われたが、動きが鈍い。どうやら、あの投球方法だとその後の動きが取りにくいようだ。

遊撃手のスキャラが即座に動くが、その間にレディは俊足を生かして一塁に滑り込む。

「へへ、アルマの言ってた通りだな」

「……やられましたね」

マウンドのファラは、悔しげにレディを見つめた。

「なるほど。アルマが伝えたことは、ファラの投球後に起きる硬直のことだったんだ」

「はい。あの投げ方から繰り出す速球は驚異的ですが、体の負担が大きいのでしょう。投げた後の対応は取りにくいと思います。まぁ、今みたいにスキャラや二塁手のラガードが理解した上で守備を補佐すればいい話ですから、次は通用しないでしょうけどね」

「さすが、オヴェリアを補佐してきたアルマ。鋭い着眼点だよ」

「お褒めにあずかり、光栄です」

わざとらしく畏まるアルマを横目に、僕はバッターボックスに進みバットを構えた。

「リッド様、鉢巻き戦では引き分けに終わりましたけど……この試合は勝たせていただきます」

「僕だって、負けるつもりはないよ」

ファフは不敵に笑うと、独特なアンダースローで投げ込んできた。

地面すれすれから放たれる彼女の速球は、間近で見ると浮き上がってくるような軌道を描いて向かってくる。最早、速球というよりある種の変化球と言えるだろう。

初球を見送ると、僕は深呼吸をする。

打てない球じゃないけど、かなり集中しないと厳しいな。

二球目を何とかバットに当てると、特大のファールになって落球防止で配置された鳥人族の子達が捕球する。僕とファラの対決に観客席が盛り上がり、応援と吹奏楽で会場が揺れ始めた。

ボール球を見極め、厳しい球はファールにして何とか食い下がる。カウントは、あっという間にフルカウントになっていた。

「次で決まりですね」

「あぁ、そうだね」

ファラと視線を交えると僕はバットを構え、彼女は腕を素早く振り抜いた。

速球の軌道に目も少し慣れてきたから、次はいける。そう思っていたら、違和感に気付いた。

ファラの投げ方、腕を振り抜く速度も先程までと一緒だったのに、飛んでくる球だけが異様に遅いのだ。遅い、遅すぎる。速球を打つ気持ちで構えていたのに、リズムが狂っていく。でも、この球を見逃せば三振で終わってしまう。

「く……⁉」

球は遅いことに加え、僕の手前で大きく曲がって落ち始めた。必死に振り抜いて、何とかバットで捉える。しかし、打球は力なく内野を転がっていくと、遊撃手のスキャラが悠々と捕球。一塁に投げられて、僕はあえなくアウト。白組の攻撃は終わってしまう。

「緩急を付けたスローカーブまで使いこなすとはね。恐れ入ったよ」

「ふふ、言ったではありませんか。この試合は勝たせていただきます」

ファラはそう言って微笑むと、紅組のベンチに戻っていった。

その後、白組と紅組の魔球試合は一進一退の攻防を九回表まで繰り広げことになる。

僕の『風槍』を付与した魔球と皆の好守備によって紅組の追加点を抑えつつ、白組は何とかファラの投球を少しずつ攻略していき、一点を積み重ねていった。

九回表となった試合は、三対三の同点となっている。今回の紅白戦は、同点であってもこの回で終わりだ。

泣いても笑っても最終回である紅組の攻撃は、五番のトルーバから始まった。

彼とゲディングを変化球にて三振に抑えるが、その後のラガードとスキャラにヒットを打たれてしまう。二死で走者が一、三塁という状況下、迎えた打者はファラだ。

多くの打者を三振にしてきたオリジナル変化球こと、風魔球。でも、下位打順の三人には効果が薄くなるという事態が起きていた。

バットが起こす風圧によって変化が起きる……この性質上、打者がある程度強く振ってくれることが大前提なんだけど、紅組の下位打順三人はそこまでの風圧が起きない。従って、ファラ達にとって風魔球はそこまでの脅威になり得なかった。

九回までの投球で僕はスタミナも削られており、立て続けにヒットを許してしまう。

それでも、何とかファラをフルカウントに追い込んだ。

「はぁ……はぁ……」

肩で息をしながら額の汗を袖で拭うと、バッターボックスで凄む彼女と視線を交える。

「軽い草野球のつもりが、ここまで本気で向き合うことになるとは思わなかったよ。だけど、次の『新魔球』で終わらせる」

「え……!? まだ、魔球をお持ちだと言うのですか!?」

ファラの驚きの表情に答えるように、口元を緩めた僕は身体強化を発動しながら球に魔力を込めて振りかぶり、投げる直後に真上に跳躍した。

「いくぞ……大跳躍魔球、流星落とし！」

上空からの急角度に加え、落下する勢いと速度を球威に加える。大人げないかもしれないけど、白組の……皆の期待に応える責務があるんだ。

「私だって……負けられないんです！」

僕の投げた『流星落とし』とファラのバットがぶつかり合って間もなく、グランドに鈍い音が響いた。見やれば、ファラのバットは折れてミットの中に球がある。

「く……」

「よし、抑えた！」

大地に降り立ち、手を拳に変えると観客席から歓声が上がった。これで、僕達が次の攻撃で点を捕れば勝ちとなる。

だけどその時、主審のカペラは決まり悪そうな表情で咳払いをした。

「えぇ、今のリッド様が行った投球について皆様にご案内があります」

「へ……？」

呆気に取られる僕をよそに、カペラは続けた

「魔球規則書によりますと、投手は投球の際にプレートを踏み外してはならないとあります。大変素晴らしい投球ではありましたが、先程の『流星落とし』は規則上反則となります。従いまして、走者は無条件に進塁の権利が与えられ、投球はやり直しといたします」

「なんだってぇえええぇ⁉」

や、やってしまった……僕は、両膝を突いてがっくりと項垂れる。

三塁にいたラガードが、本塁に帰ってきて紅組は一点を追加。一塁にいたスキャラが二塁に進み、ファラとの勝負は仕切り直しとなった。

何とも気まずい空気の中、ファラを何とか三振で抑える。そして、白組最後の攻撃が始まった。

白組は一番手のマリスからだけど、今日の彼女はまだヒットを打てていない。

バッターボックスに立ったマリスは、試合開始の時と変わらずのほほんとした表情をしている。

「マリス、何とか塁にでてぇ！」

「後続に繋げればいい！」

「ほぇ？」

皆が必死に声援を上げると、マリスはバットの構えを解いてこちらに手を振った。

「うん、がんばってみるねぇ」

「あぁ!?　こっちは見なくていいよ！」

「ストフーイク！」

「あれ？」

今のやり取りの間に、ファラの投げた球がど真ん中に入ってしまった。皆は思わず頭を抱えるが、マリスは首を傾げている。

「こっち見なくて良いから、打つんだよ！」

レディやアルマ達の声に、彼女は「はーい」と頷くとバットを構えた。

「あ、いけない!?」

すっぽ抜けたらしく、ファラの二球目がマリス目掛けて飛んでいく。

「おぉ、これは……絶好球ですね」

誰もが死球と思った直後、会場に快音が鳴り響く。

「な……!?」

打たれたファラは勿論、この場にいる誰もが目を丸くした。打球は外野の上空をみるみる飛んで行き、鳥人族の子達が落球しないように捕球する。

「あ……捕られちゃった」

マリスがあっけからんと呟くが、白組のベンチは色めき立った。

「す、すげぇ！　ホームランだ⁉」

「回れ、マリス。塁を回るんだ！」

「ほぇ？　はーい」

一塁、二塁、三塁を回った彼女は、丁寧に本塁を踏んでベンチに戻ってきた。

「えっと、これで良いですか？」

「うん、凄いよ、マリス。悪球打ちで本塁打なんて、早々できることじゃないよ」

「あっきゅう……うち？　それって、何ですか？」

相変わらず、彼女はのほほんと首を傾げた。

「あー……。えっと、とにかく素晴らしいってことだよ」

「おぉ、そうなんだ。じゃあ、後でゲディングとかアリスお姉ちゃんに褒めてもらおう」

マリスが嬉しそうに微笑むと、皆は釣られて笑みを溢していた。だけど、後続の打者であるアルマとレディは、速球とスローカーブの緩急に打ち取られてしまう。

「……せめて、試合は引き分け。リッド様を完封して終わらせてもらいます」

ファラは肩で息をしているが、瞳には気迫が籠もっている。今日、僕はヒットを打てていない。

ここで、終われば彼女の言うとおり『完封』されてしまう。

「マリスや皆が頑張ってくれたんだ。簡単には終わらせられないよ」

「リッド様。実は、私にも隠し球があるんです。今から、それをお見せしましょう」

「え？」

彼女は不敵に笑うと大きく振りかぶり、勢いを付けたアンダースローで投げ込んだ。地面すれすれの腕から放たれた球は、低い軌道のまま真っ直ぐに向かってきている。

このまま見逃せば確実にボール球だけど……。直後、バッターボックス手前まで来た球が急に軌道を変えて上昇する。

「……!?」

慌ててバットを振るが、間に合わず空を切った。

「ストライク！」

カペラの声が響いて会場が歓声に包まれると、ファラが目を細めて笑う。

「『昇魔球《しょうまきゅう》』……と言ったところでしょうか。簡単には打てませんよ」

「この最終回で、こんな隠し球があるとはね」

「切り札は最後まで取っておくものですから」

新しい変化球に加えて、速球とスローカーブの緩急付けたピッチングはまさに圧巻だった。でも、僕だって伊達に白組の四番に立っているわけじゃない。ファールを含め、十球近く粘ってフルカウントまで耐えきった。

ふと見れば、ファラも大分息が上がっている。あれだけの変化球であれば、要する集中力と体力は相当なものだろう。

「これで……最後です！」

彼女は大きく振りかぶると、今までより勢いを付けたアンダースローで投げ込んだ。軌道と球速から察するに、『昇魔球』で間違いない。

攻略の鍵は、あの球が上昇するタイミングを見極められるかどうかだ。フルカウントまで粘った中、何度かバットに当ててファールにすることはできた。つまり、捉えることは可能ということだろう。球が足下にきてから振ったら間に合わないから、軌道をある程度予想した上で振り抜くしかない。

集中していくと歓声は聞こえなくなり、球の軌道がゆっくりと目に浮かんでいく。

「ここだ……」

自分の目と勘を信じてバットを振り抜くと、地面すれすれを飛んでいた球の軌道が読み通りに上昇を開始する……よし、捉えた。

直後、会場に快音が轟いた。真芯で捉えた打球は外野に向けてどんどん飛んでいく。そして、落球防止で空に待機している鳥人族の子達が打球を捕球した。

「なんと、リッド様。まさかの試合終了間際で本塁打を放ちました。この九回で紅白戦は終了となりますので、紅組は逆転する術がありません。終わり際、さよなら……『サヨナラ本塁打』です。凄すぎます！」

「アリア、興奮しすぎですよ。まぁ、気持ちは理解できます」

解説実況席にいるディアナとアリアの声が会場に響くと、観客席から今試合最大の歓声が轟いた。

「はぁ……まさか、隠し球を持って行かれるとは思いませんでした」

「いやいや、運が良かっただけさ。また同じ事をやれって言われても、打てる自信はないよ」

塁を回って本塁を踏むと、僕は頬を膨らませるファラに駆け寄って声を掛けた。実際、あの感覚を再現しろと言われても無理だ。

「リッド様、さすがでした！」

「あぁ、あたしも痺れちまったぜ」

背後の声に振り向くと、アルマとレディを筆頭に白組の子達が駆け寄ってきていた。

「ありがとう。でも、これは皆でつかみ取った勝利だよ」

魔球の紅白戦は、こうして三対四で白組の勝利で終わった。ちなみに、魔球も以前のサッカー同様にバルディア騎士団内の訓練に正式採用となる。

面白い遊びとしても領内で広く伝わっていくことになったらしいけど、僕はその事を知る由もなかった。

あとがき

読者の皆様。いつもお世話になっております、作者のMIZUNAです。

この度は、『やり込んだ乙女ゲームの悪役モブですが、断罪は嫌なので真っ当に生きます8』を手に取って下さり本当にありがとうございます。また、この場をお借りして作品に関わって下さった皆様へ御礼申し上げます。支えてくれた家族、TOブックス様、担当のH様、素敵な絵を描いて下さったイラストレーターのRuki様、漫画家の戸張ちょも様。他ネットにて応援して下さっている沢山の方々。そして、本書を手に取ってくれた皆様、本当にありがとうございました。

さて、書籍八巻を振り返ってみれば様々な動きが立て続けに起きました。

帝都で貴族との舌戦と出会い。皇族の面々とのやり取り。バルディア領の生産品のお披露目。そして、陰謀の渦に巻き込まれ始めたバルディア領は何者かの襲撃を受けてしまいました。リッド君も新たな力を求め、父であるライナーと特訓開始。今回の動きが今後にどう繋がっていくのか。是非、楽しみにしていただければ幸いです。

ちなみに、八巻共通SSのヴァレリとマローネの物語は七巻のSSとして当初は執筆したものです。執筆を終えた時期と内容の関係から七巻ではなく、今回の八巻に入れることになりました。悪役令嬢であるヴァレリは、今後もSSで執筆していきたい部分ですので執筆頑張ります。

話を八巻の内容に戻しますと、今回は新顔が沢山でてきましたね。

皇族、ケルヴィン辺境伯家の面々、マローネとベルゼリア。口絵では獣化姿のアモン、挿絵では大人で妖艶な狐人族の獣化姿もありました。これだけ様々な登場人物を魅力的に描いてくださったイラストレーターのＲｕｋｉ様は本当に素晴らしいと思います。

あとがきを書いている現時点ではまだ不明ですが九巻、十巻においてはまた沢山の魅力的な登場人物達が出てくるはずなので、その点もご期待いただければと存じます。

では、今回は少し短いですが、次巻で読者の皆様とまたお会いできるのを楽しみにしております。

最後までご愛読いただきありがとうございました。

コミカライズ
第7話

試し読み

漫画：戸張ちょも
原作：MIZUNA
キャラクター原案：Ruki

第7話
……

もう一度お伺《うかが》いしてもよろしいですか？

ええと
魔法を発動する時に消費する魔力量を調べたかったから「魔力測定」っていう特殊魔法を創作したんだけど…

わかるかな？

ハ〜〜…

考えることが常識を突き抜けていますね…

どうやって創ったんですか？

サンドラに「魔力測定」の創作に至るまでの経緯を説明した
10
20
水の計量にヒントを得て
まず決まった1Lの水を出す魔法を創ってから
魔力数値の仮説を立てて…
30
40
50
そんな発想考えたこともありませんでした…
というか水属性素質もお持ちだったんですね
ううん…なんかできちゃった
ギクッ
なんだかサンドラの反応が鈍《にぶ》いような…？
いいですかリッド様
その魔法は当分口外禁止です
「魔力測定」を行えると広まったら
帝都に連れていかれますよ？

どうしてそこまで⁉
連れていかれる⁉
水属性素質のある人なら誰でも思いつきそうだけど…
カタ
少し感覚がズレていますね…
一般的な人たちについてお話ししましょう
まず…
魔力変換できる人は平民の中にほとんどいません
つまり魔法が使える人はとても少ないんです
そもそも知識や方法を知りませんからね
サンドラ先生みたいな研究者とかは？
確かに魔法研究者は魔力変換を行えます
ただリッド様ほど高度な操作が行える人はよほどの天才か努力家でしょうね
そうか……

この世界において
魔法は生活に必須
なものではなく
戦闘
軍隊
冒険者
研究
限られた
ところでしか
使われていない
屋敷で魔法を
使っている人を
見ないなと
思っていたけど
みんな
〝使わない〟
じゃなくて
〝使えない〟
だったんだ
せっかくの
ファンタジー世界なのに
魔法があまり
使われてないなんて…
もったいない
ような

私でも「水を1Lだけ正確に生成する魔法」だなんて
創ろうと思って創れるものではありません
水の属性素質もないですしね
悔しいですが
型破りな神童
という感じです
少しは認識できましたか？
はい……
思った以上に僕《リッド》はハイスペックだったのか…
あれ？でも
僕はともかくサンドラ先生はどうなの？
僕よりも魔力変換が得意なサンドラ先生は
それこそ帝都に連れていかれるんじゃ…

にこー…
だから私は
帝都の研究所で所長という立場に選ばれたのです
…そうです

ぱっ
まぁ
やっかみと策略で すぐに潰されて しまいましたけどね
ドッドッ
ドッ
コツン☆
私 こう見えて
天才として 帝都に 招かれたのです
…サンドラ先生
遅かれ早かれ 僕が型破りな ことをすると 予想していましたね？
リッド様の 才能を磨けば すごいものが見れる…
そう思ったら 楽しくて楽しくて
研究対しょ……ではなく ずっとそばで見守る つもりだったのです
うふふふふ…
今 研究対象って 言おうとしたよね？

大丈夫です
世の中 〝出る杭は打たれますが 出すぎた杭は誰にも打てません〟
キュピーン
常識にとらわれず突き抜けていきましょう!!
わかったよ…
あまり人に知られないようにするよ
こうなるとわかってたならもっと早くに教えてくれてもよかったのに
たぶん「おもしろいから」とか言われそう…
そのとおりおもしろそうだったからです
ガタッ
こわ!!
ふふ リッド様はわかりやすいんですよ?

それから僕たちは
魔力回復薬の
作成に取り組んだ
こちらが試作品です
ひとまず月光草を
・生で食べる
・ゆでて食べる
・乾燥させて粉末にする
これらを順番に試してみることにした
わかったやろう!
この月光草えぐみが強くてまともに食べられるものではないらしい
だが母上のため――……

実験に
取りかかる！
すべての試作品を
口にした結果――…
うっぷ…

生で食べる
魔力回復効果：20
えぐみが強すぎてきつい
おかわりは絶対いらない
リッド's食レポ
ゆでて食べる
魔力回復効果：10～30
プ～ン
無理一番無理
汁も飲み干さないと効果が下がる
NO!!
ふるふる
乾燥させてから粉末に
魔力回復効果：50
一番飲みやすくて効果も高かった
水で一気に飲み干せばいけそう…
おいしくはない

最後のやつがまだマシかな…
ポン
飲み方も関係あるかもしれませんから
すぐに口の中で転がして飲み込まずみてください
鬼――!!!
…とまあ
粉末にしてから錠剤にすればナナリー様でも大丈夫そうですね
お疲れ様ですリッド様
めちゃくちゃまずかった…
――だがこれで

ついに
魔力回復薬を作ることができた！
ちら…
さっきのサンドラ先生楽しそうだったなあ…
ねぇねぇ
味は？味は？
どうおいしい？
私の愛情を入れたのよ？
圧

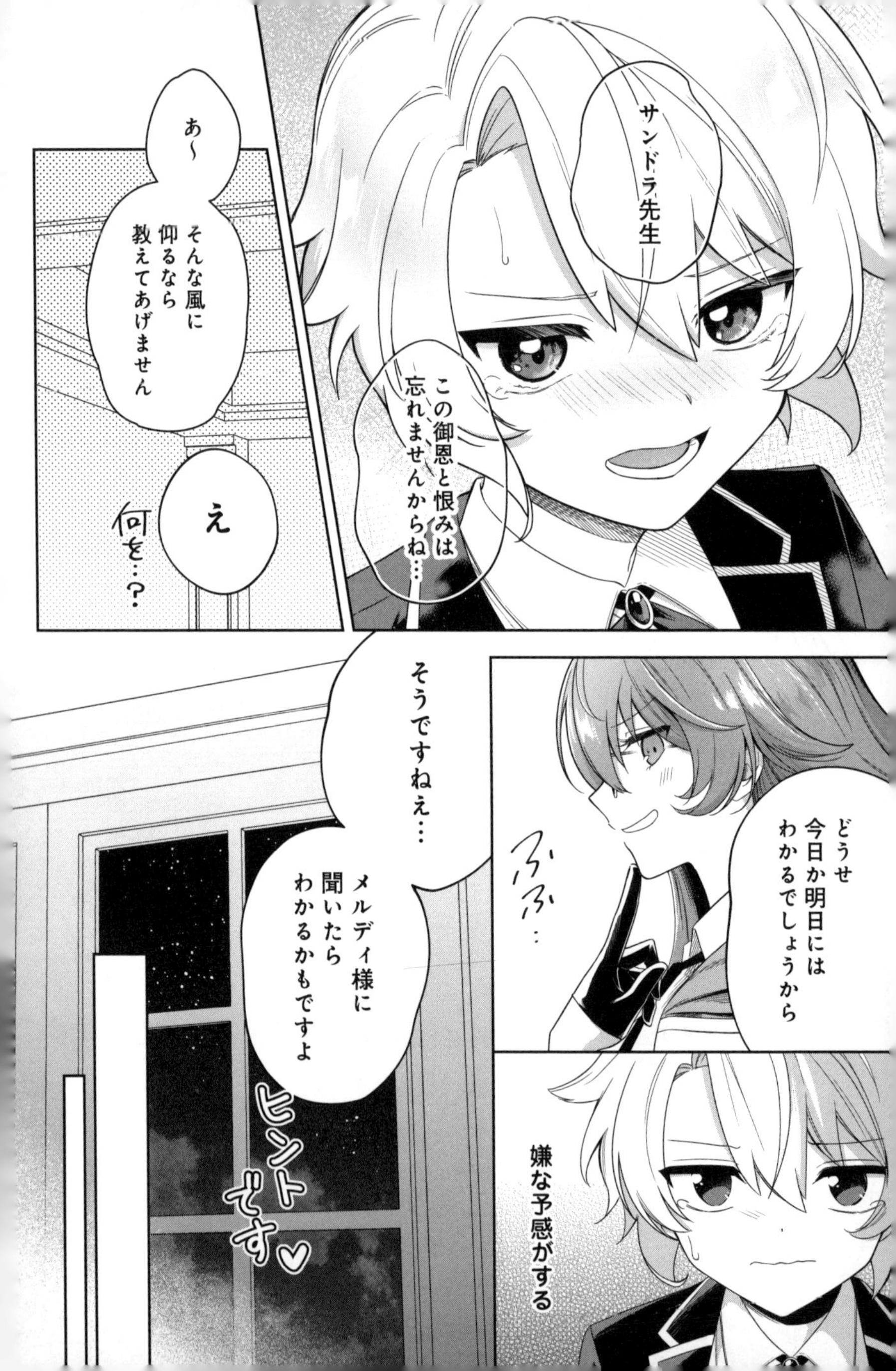
サンドラ先生
この御恩と恨みは忘れませんからね…
あ～
そんな風に仰るなら教えてあげません
え
何を…？
どうせ今日か明日にはわかるでしょうから
ふふ…
そうですねぇ…
メルディ様に聞いたらわかるかもですよ
ヒントです♡
嫌な予感がする

あっ
メル！ ただいま～
おいで～
にーちゃま！
たたーっ
おかえりなさっ…
ピタッ
メ メル？
じりじりじり…

くちゃい〜〜〜〜!!!
だっっ
こんなにくさいにーちゃまはメルのにーちゃまじゃないのっ!
サッ
なっ‥
きょろっ
めちゃめちゃ避けられてる!!

リッド様
大変申し上げ
にくいのですが…
その服の香りは
いささか
きつすぎます
まずはお体を
清めていただいて…
ごめん
そうするよ
……サ
サンドラァァァァァ!!

いちにっ
さんしっ
ごーろく
しち
はちっ
僕がやっていたラジオ体操をルーベンスが騎士団に伝えたところ
大評判となっていた
いちにっ
うーん圧巻…
うう…
まだ少し気持ち悪い
怪我の防止と同調訓練を兼ねていて素晴らしいって団長が言ってました
さんしっ

そこォ!!
動きが乱れてるぞ！
僕の知ってるラジオ体操じゃない
ルーベンスは騎士団の有望株の若手だ
運動神経に関してリッドに勝るとも劣らない潜在能力を持っている
だからこそ
運動前の体操の重要性にいち早く気が付いたんだろう
まさかあそこまでの規模になるとは
訓練中に考え事は…

ダメですよ！
わっ!!
わーーッ
ドサッ
…ちょっと油断しちゃった
訓練でも気を抜いたらダメですよ？
実戦だと死につながりますから
まあリッド様の場合まずダンジョン訓練があるでしょうけどね
はいお手を
ええダンジョンは駆除対象ですから
発生したら騎士団が対応します
ぱあっ
ダンジョンがあるの!?
もっと詳しく知りたい！

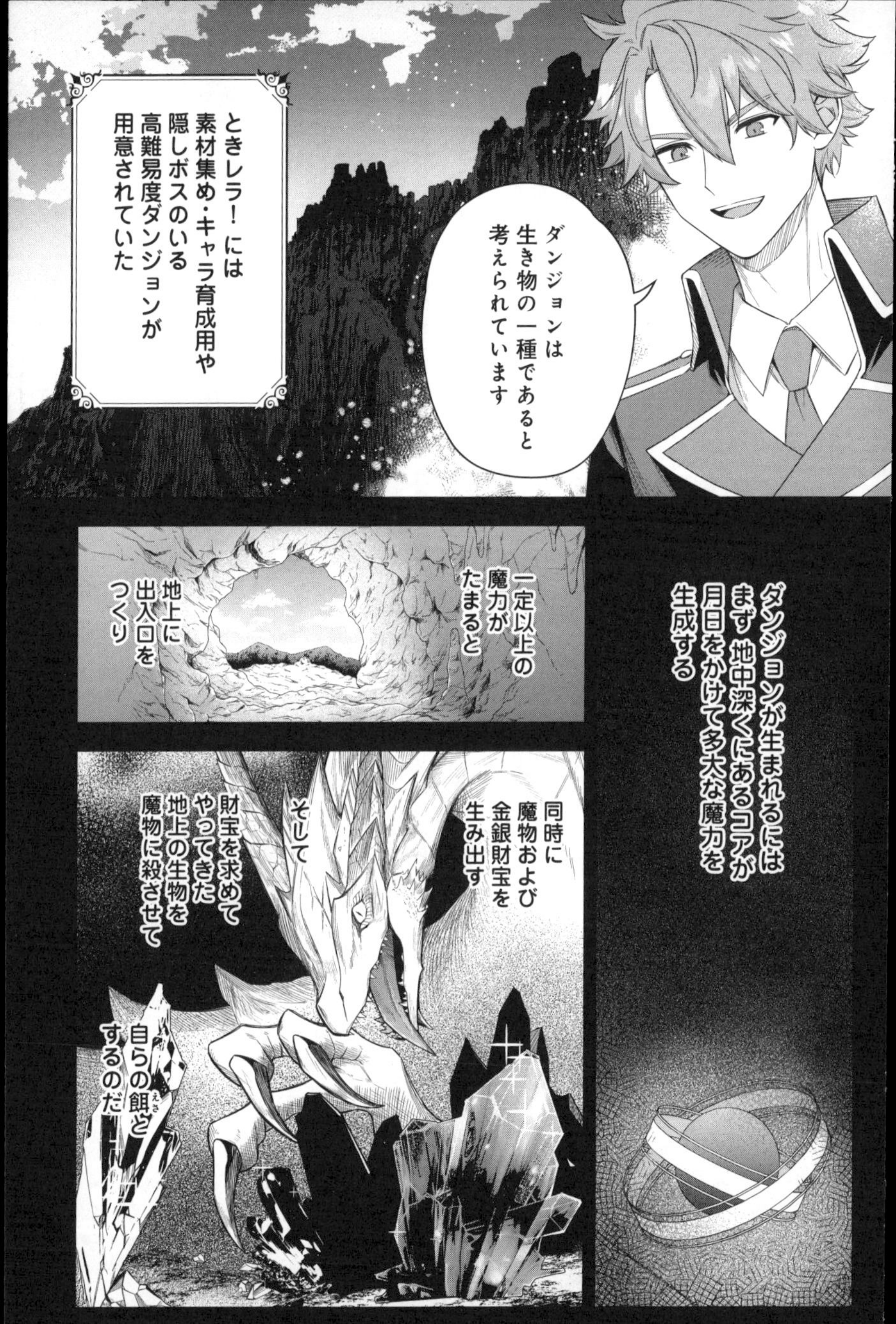
ダンジョンは生き物の一種であると考えられています
ときレラ！には素材集め・キャラ育成用や隠しボスのいる高難易度ダンジョンが用意されていた
ダンジョンが生まれるにはまず 地中深くにあるコアが月日をかけて多大な魔力を生成する
一定以上の魔力がたまると
地上に出入口をつくり
同時に魔物および金銀財宝を生み出す
そして
財宝を求めてやってきた地上の生物を魔物に殺させて
自らの餌《えさ》とするのだ

ダンジョンを放っておくと魔物が大量発生し外界に進出してしまうため
騎士団や冒険者ギルドが駆除にあたっている
駆除するためにはダンジョン最深部まで潜りコアを破壊する必要があるが
ダンジョン自体が崩壊し生き埋めとなってしまうため
コアを傷付けて弱らせる対応を取ることが多いそうだ
ダメージを受けたコアは地中にもぐって再び魔力をためる
騎士団が定期的に見回りしてチェックしています
なんだかアリの巣みたいだ
コアが女王アリ魔物が働きアリみたいな
BOSS

ちなみに冒険者ギルドっていうのは…!?
そそられるワード!!
わかりやすく言えば「なんでも屋」ですね
国営と民間の2種類あるんですよ
マグノリア帝国のギルドは国営です
ギルドでは領内から依頼を募集してフリーランスの冒険者に対応してもらう仕組みで
依頼難易度ランクが高いものほど報酬も増えるそうだ
加入するとギルド証がもらえる!
バルディア領では騎士団が討伐・駆除を行うことが多いので
冒険者ギルドに集まる依頼はアイテム採取系が多いらしい
のんびり暮らしたい冒険者向け
へぇ〜〜!
長くなりましたがこんなもんですかね

いずれ僕も
登録して
おきたいなぁ
リッド様の剣術は
どんどん上達
していますから
将来が楽しみです
うんうん
ダンジョン攻略も
お手の物でしょう！
にやっ
その将来が
近付くまでに
ちゃんとディアナと
結婚しておいてね
なっ!!

だっ…
からその話はしないでくださいと…
カァァ…
なんでそんなに自信がないかなぁ
ディアナは絶対ルーベンスに気があるよ?
そんなわけないじゃないですか!!
つっつっつ
どうして?
だって俺朝起きるのが苦手なんですけど…
ディアナがいつも起こしに来てくれるんです
でもその時必ず
「いつまでも私に起こしてもらえるなんて思わないでね! 私もいつか結婚するんだから!」
って言われるんですよ!
!?

あと
お昼のお弁当も
ディアナが作ってきて
くれるんですけど
その時も
ありがとう～!!!
「いつか夫が
できた時のための
練習だから
あんたのためじゃ
ないんだからね！」
って！
……………
ディアナの両親からも
「早く結婚したら」って
言われます
でもディアナは
ないない
ない
「ルーベンスはただの友達！
そういうんじゃないから！」
と
答えていました
………
そんなあいつが
俺のことを好きなわけ
ないじゃないですか!?

何を聞かされているんだ？
他にもー……
あとはー……
スン……
ディアナが不憫《ふびん》すぎる…
…ルーベンスとディアナってふたりだけの思い出の場所とかある？
ええ？
子どもの頃「ディアナを守れる騎士になってみせる」って
約束したところがありますよ！
……
幼馴染のお約束なのか…？
そこにディアナとデートして告白すること！
絶対だからね！

どうしてリッド様がそんなことをお決めにっ…
告白っ!?
かああああーっ
騎士のくせにうじうじしない！
ディアナの性格を一番知ってるのはルーベンスでしょ？
ずいっ
ディアナの言葉の真意を考えなよ！
！
ディアナの本音を……

思い当たる節があるなら大丈夫そうだね
…わかりました
ここまで言わないとダメだなんて
手が掛かるなぁ
くす
?
にーちゃまなに笑ってるの?
ううんなんでもない
みんなにはまだ黙っておいてあげよう

懐かしい…
ここ昔よく遊んでいたところね
それで
何？話って…
ッ…
ディアナ
俺さ───…

後日聞いた話によると
ふたりは無事付き合うことになったらしい
さっさと結婚まで突き進めばいいのに
続きはコミックシーモアにてお楽しみ下さい!

せいぜい楽しませてくれよ
帝国の神童VS
お前だけは許さない
悪役モブですが、断罪は嫌なので真っ当に生きます
2
コミックス
2巻
好評発売中
!!!!!!

漫画：戸張ちょも

狐人族のカリスマ、
ついに
激突!!!…
兄様……
家族の危機に
〝型破りな腹黒神童〟が
怒り心頭！
ハートフル家族
再創造計画第9弾！
やり込んだ乙女ゲームの悪役モブですが、断罪は嫌なので真っ当に生きます 9
著 MIZUNA ill. Ruki
2024年発売予定!!!!!

出来損ないと
呼ばれた元英雄は、
実家から追放されたので
好き勝手に生きることにした
テレ東・BSテレ東・AT-Xほかにて
TVアニメ絶賛放送中！
「Blu-ray＆DVD BOX 上巻が2024年7月26日（金）発売！」

[NOVELS]

原作小説
第7巻
好評発売中!

[著]紅月シン
[イラスト]ちょこ庵

[COMICS]

コミックス
第9巻
2024年6/15発売!

[原作]紅月シン [漫画]烏間ル
[構成]和久ゆみ
[キャラクター原案]ちょこ庵

[TO JUNIOR-BUNKO]

TOジュニア文庫
第3巻
好評発売中!

[作]紅月シン [絵]柚希きひろ
[キャラクター原案]ちょこ庵

[放送情報]

※放送日時は予告なく変更となる場合がございます。

テレ東
毎週月曜 深夜26時00分～

BSテレ東
毎週水曜 深夜24時30分～

AT-X
毎週火曜 21時30分～
(リピート放送 毎週木曜9時30分～/
毎週月曜15時30分～)

U-NEXT・アニメ放題では
最新話が地上波より1週間早くみられる!
ほか各配信サービスでも絶賛配信中!

STAFF

原作:紅月シン『出来損ないと呼ばれた元英雄は、実家から追放されたので好き勝手に生きることにした』(TOブックス刊)
原作イラスト:ちょこ庵
漫画:烏間ル
監督:古賀一臣
シリーズ構成:池田臨太郎
脚本:大草芳樹
キャラクターデザイン・総作画監督:細田沙織
美術監督:渡辺 紳
撮影監督:武原健二 坂井慎太郎
色彩設計:のぼりはるこ
編集:大岩根力斗
音響監督:高桑 一
音響効果:和田俊也(スワラ・プロ)
音響制作:TOブックス
音楽:羽岡 佳
音楽制作:キングレコード
アニメーション制作:
スタジオディーン×マーヴィージャック
オープニング主題歌:蒼井翔太「EVOLVE」
エンディング主題歌:愛美「メリトクラシー」

CAST

アレン:蒼井翔太
リーズ:栗坂南美
アンリエット:鬼頭明里
ノエル:雨宮 天
ミレーヌ:愛美
ベアトリス:潘めぐみ
アキラ:伊瀬茉莉也
クレイグ:子安武人
ブレット:逢坂良太
カーティス:子安光樹

TVアニメ
公式サイトはコチラ!
dekisoko-anime.com

シリーズ累計90万部突破!!(紙+電子)

やり込んだ乙女ゲームの悪役モブですが、
断罪は嫌なので真っ当に生きます８

2024年6月1日　第1刷発行

著　者　MIZUNA

発行者　本田武市

発行所　TOブックス
〒150-0002
東京都渋谷区渋谷三丁目1番1号　PMO渋谷Ⅱ　11階
TEL 0120-933-772（営業フリーダイヤル）
FAX 050-3156-0508

印刷・製本　中央精版印刷株式会社

ISBN978-4-86794-200-0